Trouver son Chez-soi

Également par Keira Andrews

En Français

Rumspringa Interdit
Un Nouveau Départ
Trouver son Chez-soi
Le Vœu de Noël

Par-delà l'océan
Si ce n'est qu'en rêve
Passion en Arctique
Vaincre les Ténèbres
Combattre la Marée
Au Pied du Sapin
Transfert à Ottawa

Valor on the Move
Test of Valor
Cold War
In Case of Emergency
Eight Nights in December
The Next Competitor
Arctic Fire
Reading the Signs
Beyond the Sea
If Only in My Dreams
Where the Lovelight Gleams
The Chimera Affair
Love Match
Synchronicity (free read!)

En Anglais

Gay Amish Romance Series
A Forbidden Rumspringa
A Clean Break
A Way Home
A Very English Christmas

Historical
Kidnapped by the Pirate
The Station
Semper Fi
Voyageurs (free read!)

Contemporary
Merry Cherry Christmas
The Christmas Deal
Ends of the Earth
Flash Rip
Swept Away (free read!)
Santa Daddy
Honeymoon for One

Paranormal
Kick at the Darkness
Fight the Tide
Taste of Midnight (free read!)

Fairy Tales (with Leta Blake)
Levity
Rise
Flight

Trouver son Chez-soi

par Keira Andrews

Trouver son Chez-soi
Keira Andrews ©2015.
Print Édition

Artiste pour la Couverture : © 2015 Dar Albert
Traduction française par : Bénédicte Girault
Relectures et Corrections par : Yvette Petek, Clotilde Marzek-Boulée
Formatting : BB eBooks

ISBN : 978-1-988260-17-4

Dédicace

Pour Rachel, pour son amitié loyale et indéfectible, allant même au-delà pour faire en sorte que ce livre soit le meilleur qui puisse être.

Un énorme merci à Anne-Marie, Becky, Jules et Mary pour leur excellent travail de bêta et leur soutien enthousiaste. Et aux ex-Amish qui ont partagé leurs histoires et qui ont répondu à mes nombreuses questions lorsque j'écrivais cette série.

Note de l'auteur

La chose la plus surprenante que j'ai apprise pendant mes recherches pour ce livre a été les variations qu'il y avait dans l'univers Amish. La communauté de Zebulon est fictive, mais basée sur les pratiques des Amish Swartzentruber, l'un des plus conservateurs sous-groupes de l'Ancien Ordre. Bien qu'il y ait beaucoup de similitudes, j'ai découvert que, parmi les Swartzentruber, chaque communauté avait ses propres règles. Ce qui peut être vrai pour une communauté Amish ne veut pas dire que ce soit le cas pour une autre.

Partie Une

Chapitre Un

— DE QUOI J'AI l'air ?

Alors qu'Isaac jetait un coup d'œil à Aaron, il s'arrêta dans un tas de boue qui imprégna immédiatement sa basket. C'était la fin du mois d'avril, cependant les vestiges de l'hiver s'accrochaient encore au nord du Minnesota, et des bancs de neige boueuse recouvraient le parking de l'hôpital. Aaron s'arrêta et lissa sa veste d'une main. C'était un bel imperméable – couleur lie de vin, muni de boutons sur le devant – mais ils savaient tous deux que ce n'était pas important.

Pourtant, Isaac hocha la tête.

— Tu es superbe.

Aaron tenta de sourire.

— Merci.

Il repoussa une mèche de cheveux blonds qui s'était glissée sur son front et appuya sur un bouton pour verrouiller les portières de la berline qu'il avait louée à l'aéroport.

La vérité était qu'Aaron pouvait porter son costume le plus chic, toutefois la seule façon de plaire à leurs parents était d'enfiler à nouveau sa tenue civile – vêtements qui suivaient les règles de l'*Ordnung*, jusqu'au moindre détail. Isaac ne portait pas de vêtements Amish non plus et il réalisa que ce serait la première fois que ses parents le verraient dans un jean anglais et un sweat-shirt à capuche. Son imperméable vert était fin et il frissonna, souhaitant avoir des gants.

Peut-être qu'il aurait dû se changer et mettre une tenue Amish après tout. Mère et Père détesteraient le voir comme ça, mais il avait voulu… quoi ? Faire une déclaration, supposa-t-il. Que disait-elle réellement ? Était-ce courageux de cracher au visage de ses parents et de tourner le dos à son héritage ? Ou cruel ?

Isaac tira sur ses manches et frotta le bout de sa chaussure en caoutchouc sur le béton humide. Conduire de Minneapolis jusqu'à la ferme de June près de Zebulon avait pris plus de temps qu'il ne s'y attendait et il ferait bientôt nuit. S'il demandait à Aaron de retourner chez June maintenant afin qu'il puisse se changer, les infirmières pourraient même ne pas le laisser voir Nathan au moment où ils y retourneraient.

Ils se tenaient près de la voiture, leurs souffles opacifiant l'air humide et hivernal et Isaac regarda le bloc de béton beige et gris qu'était l'hôpital. Les portes vitrées du service des urgences s'ouvrirent tandis qu'une infirmière en blouse bleue sortait. Elle alluma une cigarette tout en s'éloignant de la porte, rejoignant un homme en fauteuil roulant avec un trépied métallique d'où pendait un sac en plastique. L'infirmière exhala un nuage de fumée et se frotta les bras.

— Je suppose que nous devrions aller à l'intérieur.

Aaron fixait les portes, les épaules voûtées.

— Ouais.

Aucun d'eux ne bougea. Ils désespéraient d'atteindre le Minnesota après l'appel de l'infirmière. Mère et Père avaient refusé de prendre le téléphone et elle avait pu leur en dire si peu. Nathan avait un cancer. Il aurait probablement besoin d'une sorte de greffe. Acceptaient-ils de se faire tester ?

Debout dans le parking plein de neige de l'hôpital, sous un ciel gris ardoise, Isaac avait l'impression d'être aussi loin que s'il avait été à San Francisco. *Nathan a un cancer.* La terreur qu'il avait ressentie à l'idée que son frère meurt avant qu'Isaac puisse le revoir l'avait conduit jusqu'ici, comme s'il était un cheval éperonné par un cavalier sans merci. Ne pas être capable de parler à Nathan ou à ses parents avait été une torture.

Pourtant, maintenant qu'Aaron et lui étaient arrivés, les entrailles d'Isaac se nouaient. La vision de sang détrempant la neige blanche et fraîche remplit son esprit et la voix de David revint à sa mémoire.

Je dois me repentir ou ma mère va mourir. Tous ceux que j'aime paie-

ront pour mes péchés. Tu dois rester loin de moi.

Isaac ravala difficilement une boule d'émotion. Ils étaient allés si loin ensemble, mais, d'une certaine manière pas encore assez loin. David n'avait pas répondu à ses appels ni à ses messages à propos de Nathan. Pourquoi ne l'avait-il pas fait ? Le besoin vital d'avoir David à ses côtés creusait un trou dans la poitrine d'Isaac. Cela le démangeait de se raccrocher à la main de David et de sentir sa chaleur, sa force tranquille.

— David arrivera demain.

Isaac cligna des yeux en direction de son frère, son pouls sursautant.

Ai-je parlé à voix haute ?

— Quoi ?

Aaron brandit son téléphone.

— Jen l'emmènera à l'aéroport demain matin à la première heure. Il aura les yeux rouges, mais il sera à Minneapolis en début d'après-midi.

La vague de soulagement qu'il ressentit fut tempérée par les sombres vrilles de la déception et du tourment. Il aurait aimé pouvoir frotter son cerveau et effacer l'image de David à cet endroit. L'image de Clark le touchant. *L'embrassant.* Embrassant *son* David ! L'esprit d'Isaac tourbillonnait inutilement.

— Oh.

Aaron haussa les sourcils.

— *Oh ?* C'est tout ? D'accord, dis-moi ce qui s'est passé. Je sais que tu ne veux pas, cependant avant que nous allions là-bas pour faire face à tout… *ça*, nous devons régler ceci. Crache le morceau. Pour quoi vous disputiez-vous, les gars ?

Soupirant, Isaac coinça ses mains les poches de son manteau. Son visage rougit et il ne savait pas si c'était de colère ou d'embarras.

— Il a embrassé quelqu'un d'autre, marmonna Isaac.

Il détestait même prononcer ces mots ignobles.

— *Quoi ?*

Aaron ouvrit et referma sa bouche.

— Tu es sérieux ? Bien sûr que tu l'es… oublie ce que j'ai dit. Que s'est-il passé ?

Isaac garda les yeux fixés sur un grain de sel.

— Je les ai vus s'embrasser au night-club. David ne pensait pas que j'irais là-bas, mais j'ai une fausse carte d'identité. J'étais venu pour lui faire une surprise.

Il eut un rire sinistre.

— Ça ne s'est pas déroulé comme je m'y attendais.

— Je… wow ! Je ne peux vraiment pas y croire. Cela ne ressemble pas du tout à David. Il est tellement amoureux de toi. Je veux dire… quand il te regarde, on voit des petits cœurs de dessin animé sortir de ses yeux.

— Vraiment ? Tu crois ?

Isaac cligna rapidement des paupières pour combattre des larmes imminentes et souffla précautionneusement.

— Alors, pourquoi ? Je suppose que Clark a quelque chose que je n'ai pas, marmonna-t-il.

— *Clark ?*

Isaac acquiesça et Aaron pinça les lèvres.

— Je ne peux pas y croire. Je vais le tuer ! Tous les deux ! Qu'a dit David ?

— Que Clark l'embrassait quand je l'ai vu et qu'il tentait de s'éloigner de lui, mais que Clark l'avait suivi. Ensuite, je les ai surpris à entrer dans les toilettes ensemble. David soutient qu'il ne s'est rien passé.

Isaac inhala profondément pour refouler la vague de nausées.

— Cependant, je sais ce que les gens font là-dedans.

Les yeux d'Aaron s'étrécirent.

— Attends… David déclare qu'il ne s'est vraiment rien passé ?

— J'ai voulu le croire, mais… Je n'arrive pas à me sortir de la tête le fait de les avoir aperçus ensemble. Cela me met tellement en colère et ça me rend… malade. J'en ai mal au ventre. J'aurais dû m'en douter.

J'ai entendu Clark déclarer qu'il allait mettre David dans son lit, le premier soir où nous l'avons rencontré.

Mâchoire serrée, Aaron secoua la tête.

— Eh bien, ça, je peux certainement y croire. J'aime bien Clark, toutefois il se conduit parfois comme un crétin égoïste. Cependant, David… ? Je ne sais pas. Il ne m'a pas semblé être un menteur, Isaac.

— Nous mentons à nos familles et à tous ceux que nous connaissons depuis des mois. Nous le faisons *encore*.

Il agita son doigt vers l'hôpital.

— Je vais devoir entrer là-dedans et *mentir*. Parce que c'est déjà bien assez mauvais de trahir Dieu et ma communauté en les quittant. Et s'ils découvrent qui je suis vraiment ? Ce sera terminé pour de bon. Plus de visites. Plus de lettres. Rien.

Aaron soupira.

— Isaac, à quand remonte la dernière fois que tu as eu une lettre ? Le seul moyen par lequel ils te laisseront revenir dans leurs vies, c'est en te repentant de tout ton mal, autrement dit, si tu rentres à la maison et que tu rejoins l'église. Qu'ils sachent ou non que tu es gay ne compte pas vraiment au final. Oui, tu as raison – s'ils le découvrent, ils se détourneront de toi. Pour l'instant, tu n'es pas ignoré comme je le suis, mais tu n'auras jamais de véritable relation avec eux. Non, sauf si tu reviens et que tu fais tout ce qu'ils veulent, si tu abandonnes tout ce que tu as. Tout ce que tu *es*.

C'était totalement vrai, pourtant Isaac secoua la tête.

— Je ne peux pas leur dire la vérité. Ils ne doivent jamais savoir.

— Je ne te suggérais pas d'entrer là-bas et de faire ton coming out.

Aaron serra gentiment l'épaule d'Isaac.

— Je dis juste que tu devrais penser à jusqu'où tu veux aller pour garder cette ombre d'espoir. Quelles parties de toi-même es-tu prêt à abandonner et pour quoi ? Peut-être une lettre ou deux par an si tu as de la chance ?

— C'est toujours mieux que rien, murmura Isaac.

Aaron sourit tristement.

— Peut-être. Et oui, tu as raison en disant que David et toi avez menti à propos de qui vous êtes, et sur la vérité de votre relation. Ne retiens pas cela contre lui maintenant. Ce n'est pas juste. Écoute-le. T'a-t-il déjà menti auparavant ?

— Non… Je ne sais pas. Je ne crois pas. Comment suis-je censé le savoir ?

C'était cela qui l'atteignait le plus, l'affectant et le mettant en colère – au point qu'il ne soit plus sûr de quoi que ce soit maintenant. David lui avait-il menti par le passé ? Le cœur d'Isaac disait non, peut-être qu'il se leurrait ?

— Je sais que tu es blessé et en colère et tu as tous les droits de l'être. Ne prends pas de grande décision pour l'instant. Quoi qu'il se passe en fin de compte, je te soutiendrai, mais ne mets pas un terme à ta relation avec David sans vraiment discuter avec lui. C'est quelqu'un de bien. Vous l'êtes tous les deux. Vous pouvez surmonter cela. Je sais que tu peux le faire.

Il hocha la tête. Une partie de lui voulait révéler à Aaron que David avait apparemment menti également à propos de la boisson, mais les mots ne venaient pas. Il n'avait pas la moindre idée de ce qu'il fallait penser à ce sujet. Sur tout. Il désirait tellement croire que David n'avait jamais voulu que quoi que ce soit se passe avec Clark, toutefois, il ne voulait pas être… quel était le mot que Chris avait utilisé ? Un *ballot*. C'était comme si les sensations d'Isaac se trouvaient dans une grande marmite à ragoût à l'intérieur de lui, tourbillonnant encore et encore. Ce ne serait pas long avant que tout cela déborde.

Dans sa poche, son téléphone bourdonna. Avec une boule dans la gorge, Isaac le sortit et lut les mots sur l'écran.

Je serai bientôt là. Je t'aime.

Il soupira en tremblant, les bords tranchants de sa panique s'émoussèrent lorsqu'une vague de chaleur le traversa. Aussi blessé qu'il soit, il savait que David l'aimait réellement. Si cela faisait de lui un ballot, alors ainsi soit-il. Il y avait tellement de choses qu'il voulait dire, mais cela devra attendre jusqu'à ce qu'ils soient ensemble.

— Je suppose que nous devrions vraiment entrer là-dedans.

Aaron laissa échapper un long soupir.

— C'est facile de te donner des conseils, toutefois, ce n'est pas aussi simple de les appliquer à moi-même. Je sais que je ne devrais pas avoir des espoirs aussi élevés. Ils pourraient même ne pas me regarder, encore moins me parler. Seigneur, cela fait si longtemps. Presque dix ans désormais. C'est difficile d'y croire, n'est-ce pas ? Les revoir, c'est... terrifiant. Excitant aussi.

Isaac serra le bras d'Aaron.

— Je suis là. Nous le ferons ensemble.

À l'autre extrémité du parking, un grand camion de livraison grondait en s'éloignant, révélant un cheval et un buggy recouvert, accroché à un lampadaire. Le cœur d'Isaac rata un battement lorsqu'il reconnut tout de suite le vieux Roy. Il songea à sa chère Silver et espéra qu'il la reverrait bientôt. En regardant la carriole, il eut l'impression d'être revenu à la maison – Mère et Père étaient réellement à l'intérieur, ainsi que Nathan. Son petit frère était là, allongé sur un lit, ne sachant pas s'il allait vivre ou mourir et, ici, Isaac s'inquiétait pour lui-même.

Sans ajouter un autre mot, ils se hâtèrent de traverser le parking, courant pratiquement au moment où les portes vitrées glissèrent, les laissant affronter tout ce qui pourrait les attendre à l'intérieur.

BIEN QU'IL SOIT habitué à l'électricité à présent, les lampes fluorescentes de l'hôpital semblaient toujours trop lumineuses. Les sols gris étaient identiques à leur précédente venue et, alors qu'Aaron et lui prenaient l'ascenseur pour le troisième étage et marchaient dans un long couloir, les baskets d'Isaac couinaient. Il scruta les numéros tandis qu'ils passaient devant des portes, son cœur battant plus fort à mesure qu'ils se rapprochaient. Une femme brune familière dans une tenue verte sortit d'une pièce en griffonnant quelque chose sur un presse-papiers avant de le remettre dans son support en plastique, accroché au mur.

Elle leva les yeux et sourit brillamment.

— Isaac ? Est-ce bien toi ?

Il réussit à sourire.

— Oui. Salut. Voici mon frère, Aaron.

— Salut.

Danielle tendit une main à Aaron avant de serrer le bras d'Isaac.

— Wow ! Tu as l'air différent.

— Je suppose que je le suis.

Isaac détourna le regard, mal à l'aise.

— Vous avez l'air différent aussi.

Il agita sa main en direction de son ventre.

— Ouais.

Elle se mit à rire et tapota son ventre plat.

— J'ai eu une petite fille il y a quelques mois. Je t'ennuierai avec des photos plus tard.

Son sourire s'estompa.

— Je suis contente que vous ayez pu venir, tous les deux.

— Comment va-t-il ? demanda Aaron.

— Il s'accroche. Ils testent tous les membres de la famille pour voir s'il y a une correspondance, mais ils n'ont pas eu de chance jusqu'à présent. Si tu pouvais faire un don de moelle osseuse, cela pourrait beaucoup l'aider. Nathan est en train de dormir, donc j'ai bien peur que vous ne puissiez pas lui parler pour l'instant. Il a eu quelques tests supplémentaires et il dormira pour le reste de la nuit, probablement. Nous enverrons vos échantillons au laboratoire à la Mayo pour un typage des HLA – antigènes des leucocytes humains, après que vous ayez salué vos parents.

Salué vos parents. Elle faisait paraître cela si simple. Isaac n'était pas certain de savoir ce que signifiait HLA, mais il ne prit pas la peine de demander. Tant qu'il pouvait aider Nathan à aller mieux, c'était tout ce qui comptait.

— Il se sent bien ?

Elle grimaça.

— Je ne vais pas te mentir… il a mal. Il subit de hautes doses de chimiothérapie et de radiations. C'est difficile.

Isaac n'était pas tout à fait certain de ce qu'étaient ces traitements, cependant avant qu'il puisse poser une question, Mère apparut dans l'embrasure de la porte, au bout du hall, à environ une trentaine de mètres de là. Figée dans son élan, elle les dévisagea, et Isaac réprima un soudain sanglot. Il voulait courir vers elle pour qu'elle le tienne de la manière dont elle l'avait fait à l'hôpital après l'accident de Madame Lantz, lorsqu'elle avait été si inquiète pour lui. L'était-elle toujours ? S'en souciait-elle encore ? La gorge d'Isaac s'asséEcha et il jeta un bref coup d'œil en direction d'Aaron.

— Laisse-moi… Puis-je leur parler une minute ? demanda Aaron. À condition qu'ils me parlent, bien entendu.

Isaac hocha la tête et le regarda marcher vers le fond du couloir. Comme c'était étrange de voir Aaron et Mère au même endroit, à nouveau.

— Tu loges chez ton frère ? fit gentiment Danielle.

— Oui. À San Francisco. Il est parti il y a des années.

— Comment était le voyage ? Était-ce la première fois que tu prenais l'avion ?

Il acquiesça, les yeux rivés sur Mère, souhaitant qu'elle regarde à nouveau dans sa direction.

— Voler était… bizarre. Un peu effrayant, mais Aaron était avec moi.

C'était difficile de croire qu'hier, il avait fait tout le chemin jusqu'en Californie et qu'aujourd'hui, il était de retour dans le Minnesota. Il avait suivi Aaron à l'aéroport et fait tout ce qu'il lui avait indiqué, souhaitant pouvoir profiter de l'expérience, mais il s'était seulement senti engourdi. Peut-être que si David avait été là… maintenant, il était en chemin, enfin. *Qu'allons-nous dire l'un à l'autre ? Tout est-il perdu ? Que ferais-je sans lui ?*

— Tu vas bien ?

Danielle saisit son épaule.

— On dirait que tu es sur le point de vomir.

Elle posa le dos de sa main sur son front.

— Je vais bien.

Il prit une inspiration et fixa Aaron et Mère, face à face.

— Comment ça marche ?

Danielle fronça les sourcils alors qu'elle suivait son regard.

— J'ai entendu parler de mise à l'écart, toutefois je ne sais pas ce qui est réel de ce qui est arrangé pour la télévision.

— Euh… C'est…

La voix d'Isaac s'estompa.

Père rejoignit Mère juste à l'extérieur de la chambre, se tenant debout, très rigide. Des larmes piquèrent les yeux d'Isaac alors qu'il observait ses parents. Cela ne faisait que quelques mois seulement, toutefois ils paraissaient plus âgés. Le gris de la barbe qui pendait au menton de Père se retrouvait sur sa tête, parsemant ses cheveux noirs. Père serrait son chapeau noir dans ses mains. La longue robe noire de Mère s'accrochait à sa silhouette plus mince et Isaac soupçonnait que sous son capuchon et son lourd bonnet, ses cheveux blonds pouvaient avoir leur propre teinte grisée.

Aaron parlait, et au moins Mère et Père écoutaient, mais avec des expressions crispées. Le regard de Mère était fixé sur le sol. Isaac se souvint que Danielle avait posé une question.

— Aaron a été baptisé avant son départ, donc il a été excommunié. Il est devenu un paria et a été banni. *Meidung*, comme c'est appelé.

— Excommunié, répéta-t-elle. Donc, c'est une réaction officielle ?

— Oui. Une fois qu'ils ont décidé qu'il n'y avait plus d'espoir pour qu'une personne revienne, à l'église, l'évêque bannit officiellement la personne, la vouant à Satan. Ils sont considérés comme païens parce qu'ils ne veulent pas vivre à la manière des Amish.

Aaron parlait toujours, et même à distance, Isaac pouvait distinguer de la supplication sur ses traits.

— Wow ! Ça paraît si…

— Cruel ?

Il tenta d'ignorer la boule qui s'était formée dans sa gorge.

— Ils sont persuadés que c'est juste. Et pas seulement mes parents, mais l'évêque et les prédicateurs. Toute la communauté. C'est leur manière de vivre. Ils pensent que c'est la meilleure façon de montrer leur amour. Parce que si vous aimez quelqu'un, vous voulez ce qu'il y a de meilleur pour lui, et être Amish, ça l'est. C'est la seule voie possible.

Bien qu'il soit parti depuis des mois, cela lui paraissait étrange d'en discuter avec des termes comme « d'eux » et « nous ». Père disait quelque chose et Isaac souhaita pouvoir entendre.

— Parlent-ils encore aux personnes qui sont mises à l'écart ? Ou est-ce une circonstance spéciale ? demanda Danielle.

— Ils peuvent toujours discuter un peu, bien qu'en général, ils ne le fassent pas. Personne ne pourrait vendre quoi que ce soit à Aaron, ni acheter auprès de lui, ou encore prendre quelque chose directement de sa main. Il aurait à manger à une table séparée. C'était un véritable paria.

Danielle soupira, rentrant une mèche sombre qui s'était échappée de son chignon.

— Alors à quoi sert tout cet amour aussi dur ?

Isaac sourit ironiquement aux mots Anglais.

— C'est censé convaincre la personne de revenir à la vie Amish, afin qu'elle trouve à nouveau le salut. Qu'elle aille au ciel. Quand Aaron est parti, j'ai prié matin et soir pour qu'il revienne vers nous. Cela me tuait de penser qu'il ne puisse pas aller au Paradis. Tout est si blanc ou noir. Je suppose que ça l'est toujours pour nos parents.

— Comment va ton ami, David ? J'ai demandé de ses nouvelles, parce que j'ai eu l'impression que vous aviez quitté la ville ensemble ?

La poitrine d'Isaac se resserra tandis que son désir pour lui le traversait.

— En effet. Il est en chemin.

Danielle baissa la voix.

— Vous êtes ensemble, *ensemble*, non ?

Il hocha brusquement la tête. Ils l'étaient toujours, non ? *Nous devons l'être.*

— Oui.

— Vos familles n'en ont aucune idée ? En dehors de ton frère, je suppose.

Isaac acquiesça de nouveau, ses doigts vibraient.

— Ils ne doivent pas savoir.

— Ne t'inquiète pas, mon grand. Ils ne l'apprendront pas de moi. Seriez-vous également excommuniés ?

Au bout du couloir, la voix d'Aaron s'éleva et Isaac mourait d'envie de s'approcher pour entendre ce qu'ils disaient. Il attendit et se concentra de nouveau sur Danielle.

— Non. Je n'ai pas rejoint l'église, donc ils ne peuvent pas m'excommunier. Cependant, je serais tout de même considéré comme un paria, même si ce n'est pas officiel.

Bien qu'il ait quitté Zebulon et n'avait parlé à quiconque là-bas depuis des mois, la pensée provoquait encore un frisson de terreur le long de sa colonne vertébrale. La pensée que sa famille apprenne qu'il était gay était encore pire.

— Je pense que cela les blesserait encore plus que ça… le fait que je les ai quittés et que je me suis perdu dans le monde. Ils ne pourraient jamais accepter mon genre de péché.

— Je ne crois pas que ce soit un péché, mais je comprends ce que tu dis.

Elle sourit tristement.

— Isaac.

La voix de Père retentit comme un ordre.

Les pieds d'Isaac se mirent en mouvement avant même qu'il ne puisse cligner des yeux. Aaron se tenait là, les bras croisés et la mâchoire serrée et Mère avait disparu, sans doute dans la chambre de Nathan. *Nathan.* Que trouverait-il dans cette pièce ? Il hocha la tête alors qu'il arrivait au bout du couloir.

— Père, croassa-t-il.

Le regard de celui-ci le balaya froidement de la tête aux pieds et, pour la première fois depuis qu'il les avait essayés dans le magasin, les vêtements Anglais lui paraissaient insupportablement *mauvais*. Il avait pris une douche rapide chez June après son arrivée et n'avait, au moins, pas beaucoup de gel dans ses cheveux trop courts. Il tira sur le col de sa veste, l'ouvrant pratiquement avec la fermeture éclair avant de réaliser que l'utilisation d'un objet venant du monde extérieur devant Père ne pourrait que faire empirer les choses. Il tendit le cou pour regarder dans la chambre, mais ne peut qu'apercevoir un pied de lit.

Il se racla la gorge.

— Comment va-t-il ?

— Le Seigneur pourrait le vouloir bientôt dans les cieux, répondit Père en allemand.

Aaron ricana et marmonna quelque chose entre ses dents.

Isaac lutta pour trouver les mots justes en allemand.

— Mais s'il a une transplantation ? Ira-t-il mieux ?

Honnêtement, il ne savait pas vraiment ce qu'était une greffe de moelle osseuse ni comment cela fonctionnait. Aaron avait essayé de lui expliquer, mais c'était si difficile à comprendre.

— Si c'est la volonté de Dieu, déclara Père.

Il fixa Isaac.

— Mais tu as tout oublié de Dieu. Tu as laissé le monde te prendre.

Ses yeux dévièrent sur Aaron.

— Tu t'es laissé être induit en erreur.

— Non. Ce n'est pas la faute d'Aaron. Père, je sais que c'est difficile pour vous de comprendre…

— *Difficile ?*

Père explosa avant de lancer un coup d'œil aux alentours et de redresser ses épaules. Il tourna les talons et entra dans la chambre de Nathan.

Lorsque la porte ne se referma pas, Isaac suivit lentement avec

Aaron derrière lui. Il ravala son envie de crier à la vue de Nathan – pâle et bien trop petit dans le lit, avec des tubes en plastique disparaissant dans son nez et son bras, ses cheveux bruns plaqués contre son front. Pour que leurs parents l'aient fait admettre dans un hôpital moderne, cela signifiait que son pronostic était sombre, mais le voir si faible et maigre lui coupa tout de même le souffle.

La sonnerie mécanique indiquant le rythme cardiaque de Nathan constituait le seul bruit de la pièce. En dehors de ses doux ronflements. Un sentiment de culpabilité et de honte envahit Isaac tandis qu'il se souvenait de toutes les fois où il s'était plaint que les ronflements de Nathan le maintenaient éveillé. La pensée que c'était un des symptômes de son cancer le déchira. *J'aurais dû savoir.*

Tous les autres étaient tellement silencieux qu'ils auraient aussi bien pu retenir leur souffle. Mère se tenait près de la tête de lit de Nathan, les mains jointes et les phalanges blanches. Elle contemplait Nathan et Isaac aurait aimé qu'elle lève les yeux. Il repensa à la dernière fois qu'ils avaient été dans cet hôpital, après l'accident de charriot de Madame Lantz, et la manière dont Mère l'avait serré si fermement. Il n'y aurait aucune étreinte aujourd'hui.

— Mère, je suis désolé.

Elle tourna brusquement la tête.

— L'es-tu, Isaac ?

Elle jeta un bref coup d'œil à Aaron, derrière lui, et ses yeux se mirent à briller.

— Il n'est pas trop tard. Tu peux rentrer à la maison.

— Mère...

Une petite partie de lui était tentée, malgré tout. Ce serait si facile de revenir à la manière dont les choses étaient, à un moment où il connaissait toutes les règles. Bien sûr, il savait que cela ne pourrait jamais être aussi simple, que cela ne l'avait jamais véritablement été.

Tendant la main, elle fit un pas dans sa direction.

— Isaac, tu peux revenir à la maison et faire tout ce qui est juste. Ce n'est qu'une phase. Tu n'appartiens pas à ce monde. Tu n'es pas comme lui.

La voix d'Aaron était aussi tranchante qu'un rasoir.

— Ma propre mère ne peut même pas dire mon prénom.

Ses lèvres tremblèrent.

— Tu as clairement indiqué que tu ne te repentirais pas de ta perfidie. Tu devrais supplier Dieu pour une rédemption. Si tu montrais une véritable humilité de cœur et une volonté d'expier, tu sais que nous serions heureux de t'accueillir. Nous avons prié pour ça pendant toutes ces années. Mais, désormais, tu as également corrompu notre Isaac.

— Ce n'est pas vrai ! Il n'a rien fait d'autre que m'aider, insista Isaac.

— *T'aider* ?

Mère se détourna et sa voix vacilla.

— Tu nous as brisé le cœur.

Dans le silence qui suivit, Nathan ronfla et s'agita sur son lit, ses lèvres s'entrouvrirent.

— Nous devrions aller faire ces tests, dit Aaron. C'est pour cette raison que nous sommes là. Pour notre frère.

Père fixa froidement Aaron.

— Nous ne voulons rien de toi, en dehors de ton retour à l'église et des excuses pour ce que tu as fait, que tu fasses preuve de véritables remords.

— Vous ne m'auriez même pas parlé au téléphone pour l'amour de Nathan.

Les yeux d'Aaron flambèrent.

— Vos précieuses règles sont plus importantes. Je n'allais certainement pas laisser Isaac venir ici tout seul. Impossible ! Vous souciez-vous au moins de Nathan ? Je suis étonné que vous n'ayez pas simplement concocté quelque remède fait maison d'après le journal et essayez de prier pour que le cancer s'en aille. En quoi est-ce normal d'accepter la médecine Anglaise avec toutes ces machines et cette électricité maintenant ? Vous êtes de tels hypocrites !

La voix de Père était à peine plus forte qu'un murmure.

— Nous voulons que notre Nathan vive. Le sauver est ce qu'il y a de plus important, si Dieu le veut. Nous avons déjà perdu deux fils.

Isaac eut mal et dut baisser son regard vers le sol, clignant rapidement des yeux.

— Nous allons parler au médecin.

Aaron tourna les talons et disparut.

Isaac jeta un coup d'œil à ses parents, puis au visage blême de Nathan.

— À demain. Quand Nathan sera réveillé.

Il recula.

— Je suis désolé.

— Isaac, mon fils…

Il s'arrêta, le cœur battant.

— Oui, Père ?

Père saisit sa main.

— Il n'est pas trop tard pour toi. Reviens à la maison. Incline-toi devant le Seigneur et tout sera pardonné.

— Je…

— S'il te plaît, Isaac, murmura Mère. *S'il te plaît…*

Père tenait la main si serrée et Isaac pouvait à peine prononcer les mots.

— Comment vont Éphraïm et les autres ? Puis-je venir les voir ?

Père échangea un coup d'œil avec Mère avant de répondre.

— Nous allons prier pour cela. Tout est déjà sens dessus dessous avec Nathan ici. Nous ne voulons pas les perturber davantage.

— Isaac, viens, appela Aaron depuis le couloir.

Doucement, Isaac libéra sa main de celle de son père, portant le poids de la déception de ses parents sur ses épaules à chaque pas qu'il faisait pour s'éloigner d'eux.

— TOUJOURS A L'HEURE de la Côte Ouest ?

Isaac sursauta lorsque June le rejoignit près de la clôture. Il tenta de sourire.

— Je suppose, oui.

— Désolée… je ne voulais pas t'effrayer. Je pensais que tu étais endormi à l'étage.

— J'ai essayé, mais…

Isaac suivit du doigt un nœud dans le vieux bois.

— Je comprends. Je suis certaine que tu pourras parler avec Nathan demain matin, de bonne heure.

Il hocha la tête, parce qu'il n'y avait rien d'autre à dire. Le sol était détrempé et ses baskets seraient sans doute boueuses, mais il ne voulait pas revenir à l'intérieur.

— Comment allez-vous ? Je n'ai même pas demandé.

June sourit.

— Je vais bien. Comme d'habitude. Heureuse que le printemps arrive enfin. J'étais jalouse que vous, les garçons, soyez en Californie.

Elle ricana.

— Mon amie Susan essaie de me convaincre de déménager en Floride avec elle. Elle vit dans un immeuble pour retraités avec des appartements autour d'une grande piscine, juste à côté d'un golf, bien entendu. Elle fait de l'aquagym chaque matin et joue au bingo ou au golf l'après-midi. Elle aime ça.

— Ça semble… bien ?

Isaac ne savait pas trop quelle sorte de jeu était le bingo, mais c'était peu important.

— Je détesterais ça. Tous ces gens aux alentours, chaque jour ?

June frémit.

— Non, merci. Je suis très contente ici, dans mon petit coin du monde.

Isaac regarda les étoiles scintillantes au milieu des ombres noires des nuages.

— C'est si calme. J'avais oublié à quel point.

— Tu es un garçon de la ville maintenant, hein ?

La brise souleva les cheveux fauves de June et elle les repoussa de son visage.

L'était-il ?

— Je ne sais pas. C'était excitant. J'aime particulièrement être au bord de la mer.

Il aimait la salinité de l'air près de l'eau, mais ici, l'air de la campagne paraissait tout aussi doux. Il ne l'avait jamais véritablement apprécié auparavant.

— Je suis allée voir l'océan une fois, pendant l'été, à Atlantic City. Il n'y a vraiment rien de tel. Je peux aisément imaginer à quel point San Francisco doit être assez incroyable.

— Ouais.

Isaac sourit à la pensée des trajets en funiculaire avec David.

— J'ai pu faire tellement de nouvelles choses. J'ai rencontré des gens et ils m'apprécient et ne pensent pas que je suis bizarre. J'ai toujours rêvé d'aller dans différents endroits, et maintenant, je peux.

June sourit.

— Ça semble amusant.

— Ouais.

Isaac tira un peu sur un vieux bout de fil attaché à la clôture.

— Amusant. Mais ce n'est pas comme… Je n'avais pas réalisé, jusqu'à ce que je revienne ici, combien tout était devenu flou. Tout va si vite, vite, vite. Loin de la ville, j'ai l'impression que je peux respirer plus profondément, même avec tout ce qui se passe.

Il fit courir une main dans ses cheveux.

— Cela n'a pas de sens.

— Bien sûr, que ça en a.

Elle prit une inspiration exagérée et la relâcha avec un sourire narquois.

— Rien ne vaut l'air de la campagne, la paix et la tranquillité pour restaurer une âme.

— J'aimerais pouvoir avoir les deux. La ville et la campagne, je veux dire.

— Pourquoi ne pourrais-tu pas ? Plein de gens font la navette entre deux villes, et même une souris des champs comme moi aime visiter les villes enfumées parfois. Cela n'a pas à être l'un ou l'autre.

— Je suppose. Je n'ai jamais vraiment songé à cela. Je ne suis même pas certain de connaître toutes les options. Le monde est si vaste.

— Pas besoin de choisir tout de suite. Tu as beaucoup d'années devant toi, Isaac.

Il lutta pour savoir si oui ou non, il pouvait poser sa question.

— Vous ne vous sentez pas seule à vivre ici ?

— Oh, j'ai encore des amis à Warren. Mon mari me manque, bien sûr.

Son regard devint nostalgique.

— C'était quelqu'un de bien, mon Conrad. Je le reverrai tôt ou tard. Il me garde une place au chaud au paradis.

Isaac sourit, mais un brusque sentiment de perdition le traversa. C'était une question qu'il n'avait pas cessé de se poser depuis qu'il avait quitté Zebulon et maintenant qu'il était de retour, il n'était pas plus près de trouver une réponse.

— Qu'y a-t-il ?

— Je pensais juste au paradis.

Il observa les branches nues des arbres qui se balançaient tandis qu'un autre souffle de vent glacial venait de l'est.

— Tout le monde à Zebulon déclare qu'il n'y a qu'un seul moyen d'y arriver.

— Qu'en dis-tu, Isaac ?

— Je ne sais pas. Je… Je ne suis pas prêt à renoncer à David pour ça, ni à qui je suis. Cependant, je me sens coupable et j'ai peur de faire le mauvais choix.

— Pour rester fidèle à toi-même ? Un certain vieux type a dit ça, il y a des centaines d'années et je pense qu'il savait quelque chose. Tu es quelqu'un de bien, Isaac. Je crois que Dieu t'aime tel que tu es. Toi, comme David. Oh, et je suis impatiente de le revoir.

Se tenant debout près de la clôture du vieux paddock, à la lumière de la lune qui se cachait, le désir emplissait Isaac. Il voulait que David soit ici, avec lui. Il jeta un coup d'œil aux bois, de l'autre côté du champ, et fut heureux qu'il fasse trop sombre pour que June voie le rougissement qui envahit ses joues tandis qu'il se souvenait de cette nuit-là, quand ils étaient tombés du cheval de David et qu'ils s'étaient caressés pour la première fois. Cela avait été si génial et… il songea au mot qu'il avait appris à l'école : *libérateur*.

— J'ai rencontré ton frère Éphraïm l'autre semaine.

Isaac détourna son regard loin des arbres et fixa June, son cœur s'accélérant.

— Vraiment ? Où ?

— Anna l'a amené par ici il y a peu de temps. C'est une sacrée boule d'énergie. Je pense qu'elle a un petit béguin pour lui, bien que je sois prête à parier qu'elle le nierait farouchement.

Il se mit à rire doucement.

— Cela ressemble bien à Anna. Tout comme Éphraïm. Je voudrais aller à la maison dès maintenant et frapper à la porte pour que je puisse le voir, ainsi que Joseph et Katie. Et si mes parents ne me laissaient pas faire ?

Son sourire avait disparu et une vague de nausée le fit déglutir difficilement.

— Je dois les voir. Éphraïm a-t-il parlé de moi ? Est-il en colère que je sois parti sans dire au revoir ?

— Je pense qu'il l'était probablement, quand je lui ai parlé, il a seulement paru curieux. Il m'a posé une douzaine de questions à propos de toi et d'Aaron.

Isaac agrippa la barrière.

— Sait-il à propos de David et moi ? Anna le lui a-t-elle dit ? Ou vous ?

— Je n'en ai pas parlé.

June fit claquer sa main sur une des siennes, serrant toujours fermement le bois usé.

— Je ne pense pas qu'Anna l'ait fait non plus. Il vaudrait mieux que tu lui dises toi-même et je pense que tu devrais le faire. Pour le meilleur ou pour le pire. Mais c'est ta décision. Je ne veux que ce qui est le mieux pour toi. Pour vous tous.

Il hocha la tête.

— Merci. Pour tout.

La pensée d'avoir à en parler à Éphraïm était presque aussi effrayante que de l'avouer à ses parents. Et s'il était dégoûté ? Et s'il lui tournait le dos ?

June resta silencieuse pendant quelques instants.

— J'aime bien Aaron. David dit qu'il a été très gentil avec vous deux.

Levant les yeux vers les champs vides de June, il se souvint de David ici, avec lui à nouveau, pâle sous les rayons de la lune, leurs lèvres se rencontrant doucement, puis la chaleur de leurs langues découvrant ce qu'était véritablement un baiser.

— Il l'est. Je ne sais pas ce que nous aurions fait sans Aaron.

— Ce doit être très difficile pour lui de revoir vos parents après autant d'années.

— Oui.

Isaac éructa le mot par le biais de sa gorge serrée.

— Difficile pour tes parents également. Et merveilleux en même temps. Je ne peux pas imaginer à quel point il a dû leur manquer. Ce n'est pas aisé de couper tout lien avec son propre enfant. Je ne dis pas que c'est la bonne chose à faire non plus.

Elle soupira.

— Les Amish ne se facilitent pas la vie, n'est-ce pas ?

Isaac sourit à moitié.

— Certainement pas.

— C'est super que l'oncologue fasse des visites ici au lieu d'avoir à transférer Nathan à la clinique Mayo de Rochester. Cela aurait été une véritable contrainte pour tes parents et bien trop loin pour y aller en carriole.

— Danielle dit que c'est un cas tellement inhabituel qu'il écrira probablement une sorte d'article sur lui. Oh, Danielle est infirmière. Elle était là après l'accident de l'année dernière.

— Ah, oui. Je me souviens d'elle, quelqu'un de très aimable.

Une rafale de vent provoqua un frisson chez Isaac. Avant qu'il ne puisse s'en empêcher, il laissa échapper :

— Je n'ai aucune idée de ce qu'il faut faire.

Il suivit le nœud du bois avec son doigt.

— À propos de quoi en particulier, mon chéri ?

June frotta son dos, de cette manière facile qu'avaient les Anglais de toucher les gens.

Isaac voulait se glisser entre ses bras et repousser les pensées tourbillonnantes de son esprit.

— Je ne sais pas. Tout. Je déteste la manière dont mes parents me regardent maintenant. La déception. La trahison. Et s'ils apprennent que je suis gay en plus de tout ça, j'ai juste… Je ne peux pas imaginer comment ils réagiront face à cela.

Il prit une profonde inspiration.

— Et je suis en colère après David.

Elle ne cessa pas de frotter son dos.

— Que s'est-il passé ?

— C'est… Nous…

Cela lui semblait déloyal de discuter avec June de David, surtout qu'elle était son amie, avant qu'Isaac ait fait sa connaissance.

— J'aurais dû l'obliger à me parler. Je savais que quelque chose n'allait pas depuis ces derniers mois.

Elle soupira.

— Ce garçon a tendance à tout garder à l'intérieur de lui.

Le souvenir de David sans chemise, et de Clark pressé contre lui, traversa l'esprit d'Isaac.

— Je veux lui faire confiance, mais j'ai l'impression de ne même pas croire en moi-même. Comprenez-vous ce que je veux dire ? Je lui en veux, mais je suis également en colère contre moi.

— D'accord. Pourquoi donc ?

Elle le tapota une dernière fois avant d'éloigner sa main et de s'appuyer contre la clôture. Elle attendait.

Isaac se figea, agitant ses doigts sur le bois.

— Depuis que nous sommes arrivés en ville, j'ai été capable de faire tout ce que je voulais faire pour la première fois de ma vie. Aaron, Jen et David ont tous pris soin de moi. J'ai pu aller à l'école et sortir avec mes nouveaux amis, faire des choses cool, sans avoir à travailler. Je n'avais pas à m'inquiéter à propos de l'argent parce que je savais qu'Aaron et David me donneraient tout ce dont j'avais besoin.

Ses joues s'échauffèrent dans la fraîcheur de la nuit.

— Je les ai laissés me gâter. Je n'ai pas aidé David au travail autant que j'aurais dû. Il a continué de dire que c'était normal. J'aurais aimé qu'il ne le fasse pas. Je ne sais pas pourquoi il l'a fait.

— Eh bien, il t'aime. Il veut ce qu'il y a de meilleur pour toi.

— Bien sûr, je le sais. Mais qu'en est-il de lui ? Si c'était tellement difficile pour lui, pourquoi ne m'en a-t-il pas parlé ?

— Certaines personnes ont beaucoup de mal à exprimer leurs sentiments. Et, après l'accident de sa mère, il a refusé de te parler, ainsi qu'à moi. Il a simplement tout gardé pour lui.

Isaac acquiesça.

— N'aurait-il pas dû comprendre que je l'aurais écouté ?

— De la manière dont je le vois, la mort de Joshua a laissé une marque profonde chez David, bien plus qu'il ne le réalise. Je sais que je suis une psy de pacotille, toutefois en tant que seul fils restant, il s'est senti responsable de toute sa famille. En plus de tout ça, il était secrètement gay dans une société qui l'interdit formellement. Il a dû intérioriser ses peurs et sa solitude. Je pense qu'il est comme un iceberg. Il ne laisse émerger qu'une petite partie, cependant il y a bien plus sous la surface.

— Un iceberg, répéta Isaac.

Il songea au film qu'ils avaient vu à propos du bateau qui en avait heurté un.

— Je ne sais pas vraiment ce qui s'est passé avec David à San Francisco, toutefois je suis certaine qu'il détesterait te décevoir. Je peux aisément l'imaginer préférer se mordre la langue plutôt que de prendre le risque de te bouleverser ou de te nuire d'une quelconque façon.

La pensée donna à Isaac l'envie de pleurer.

— Mais je l'aime. Nous ferons face à tout ça. Je ne veux pas être dorloté comme un gamin.

— Je ne peux pas t'en vouloir. Je crois également qu'il doit se sentir terriblement vulnérable.

Isaac fronça les sourcils.

— Pourquoi ? J'étais avec lui. Je ne laisserai jamais quelque chose de mal arriver.

— Oui, cependant, là-bas, il vit avec ton frère et toi. Bien qu'il travaille, il est tout de même dépendant d'Aaron et de Jen. Il était celui vers qui les autres se tournaient depuis la mort de son père. À San Francisco, il vit sous le toit de ton frère et tous ceux qu'il connaît sont d'une manière ou d'une autre liés à Aaron ou à Jen. Je sais qu'il était stressé par tout l'argent qu'ils avaient dépensé pour lui.

— Cela ne les dérange pas.

— J'en suis certaine, cependant peux-tu imaginer combien… il a dû se sentir exposé. Si jamais lui et toi veniez à rompre, où irait-il ?

La voix d'Isaac s'éleva brusquement.

— Nous ne le ferons pas ! Ce n'est pas parce que je suis en colère et que je me sens *blessé* que cela signifie que nous sommes sur le point de nous quitter.

— Je le sais, mon chéri. Je ne dis pas que c'est ce que vous allez faire.

— Et sous prétexte que nous sommes jeunes, cela ne veut pas dire que ce n'est pas réel.

Son estomac se serra à la pensée de vivre sans David.

— Je veux faire de nouvelles choses, et je veux les faire avec lui.

Isaac secoua la tête.

— Je suis désolé d'avoir crié après vous.

— Ne le sois pas. Je suis heureuse que cela t'irrite à ce point. Bats-toi pour lui. Lutte *avec* lui si c'est ce qu'il faut. Ne le laisse pas tout garder en lui et te dire que tout va bien. Parle avec lui.

Elle haussa les sourcils.

— Et ne t'enfonce pas la tête dans le sable.

Isaac acquiesça.

— Je l'ai laissé me répéter qu'il allait bien. Puis il y a des situations qui m'ennuient, cependant je n'ai rien dit à ce sujet. Parce que je ne voulais pas y penser. Il y a tellement d'autres choses qui se passent que je me suis dit que tout rentrerait dans l'ordre tout seul.

Il soupira.

— Stupide, je sais.

— La plupart des hommes réagissent ainsi. Les relations ne sont pas faciles. Tu dois travailler dessus.

Isaac coinça le bout en caoutchouc de sa chaussure dans la boue.

— J'ai toujours pensé qu'une fois qu'on aimait quelqu'un, le reste se mettait simplement en place.

Le rire de June se répercuta dans le champ.

— Ne serait-ce pas super ? L'amour compte pour beaucoup, cependant, tu as besoin d'énormément de patience et de cran aussi. Parfois, Conrad parvenait à me frustrer au-delà de tout. J'avais le même effet sur lui. Mais nous en discutions. Nous trouvions des compromis. David et toi, vous ne pouvez pas faire ça si vous ne vous montrez pas totalement honnêtes l'un envers l'autre.

Isaac pensa à Clark et à ce qu'il avait entendu le premier soir au bar. Pourquoi n'en avait-il pas parlé à David ? Peut-être qu'il n'était pas le seul qui gardait des choses pour lui après tout.

— Vous avez raison.

Il hocha la tête, son esprit tourbillonnant avec tous les sujets que David et lui avaient besoin de discuter.

— Vous avez raison, répéta-t-il.

— Bien entendu ! Je suis une sage vieille femme, Isaac.

— Vous n'êtes pas vieille. Vous paraissez largement plus jeune que ma mère.

— Eh bien, je n'ai pas mis au monde... combien est-ce ? Huit enfants ? De plus, j'ai de l'électricité. Comment gère-t-elle tout ce linge ?

Isaac se rendit compte qu'il n'avait jamais songé à ce sujet.

— Elle le fait, c'est tout.

— C'est ce que font les mamans. Pour l'instant, ce que je peux préparer, c'est une bonne tasse de chocolat chaud, comme tu le sais.

Souriant doucement, Isaac se souvint s'être assis dans la cuisine confortable de June et avoir bavassé avec Aaron au téléphone, une tasse fumant doucement entre ses paumes.

— Merci. Pas seulement pour ça.

— Je sais. Que dirais-tu que nous rentrions et que j'en prépare un peu ? Tu pourras t'endormir en un rien de temps. Tu dois prendre un peu de repos. Je suppose que tu n'as pas beaucoup dormi dans l'avion la nuit dernière.

Isaac gloussa tristement.

— Non. Aaron y est parvenu, mais j'avais toujours peur que l'avion tombe du ciel.

— Je te comprends.

Elle passa son bras sous le sien et ils se dirigèrent vers la maison à deux étages.

— Conrad serait dehors aux premières lueurs du matin, mais pas moi. Non, monsieur.

Un peu plus tard, Isaac se glissa sous une épaisse couverture Amish dans la chambre d'amis, le goût du chocolat s'attardant sur sa langue. Le lit était insupportablement vide et il réalisa que c'était la première nuit où il était seul depuis que David et lui avaient quitté Zebulon. Cela faisait-il réellement que deux jours depuis qu'il s'était recroquevillé, aussi immobile qu'une pierre, faisant semblant de dormir quand David était venu se coucher après être allé dans ce club ? C'était la première fois qu'il dormait seul depuis aussi loin qu'il pouvait s'en souvenir.

Fermant les yeux, il fit une prière pour que ce soit la dernière.

Chapitre Deux

— Veuillez verifier que votre tablette et votre dossier sont en position verticale et verrouillés, que tous les bagages à main sont rangés, en toute sécurité, dans les compartiments au-dessus de vos têtes, ou sous le siège devant vous.

Le pouls de David vibrait tandis que les moteurs du jet se mettaient en route. Il était pratiquement à l'avant de l'avion et, quand il regardait en arrière à travers le hublot, il pouvait juste distinguer le flou des pales de l'hélice qui tournaient dans l'aube. Déglutissant difficilement, il se retourna. Une des femmes en uniforme se tenait dans l'allée, quelques pas plus loin.

— Veuillez accorder votre attention au personnel de bord le plus proche de vous pendant que nous décrivons les procédures de sécurité de cet avion.

Il vit la femme indiquer les sorties et brandir une ceinture de sécurité, alors qu'une voix sortait des haut-parleurs. Un homme d'environ cinquante ans était assis à côté de lui, près de l'allée. Il n'avait pas même pas regardé l'agent de bord et tapotait sa tablette. David avait à moitié envie de lui dire de faire attention à ce qui se disait, mais quand il jeta un coup d'œil autour de lui, il vit que personne ne semblait écouter la démonstration. Il se concentra sur l'agent de bord, prenant note de la sortie la plus proche et s'assurant que sa ceinture de sécurité soit bien bouclée. Quand ce fut terminé, il sortit la plaquette de sécurité de la pochette devant lui et l'examina attentivement.

Ils se déplaçaient désormais, se dirigeant lentement vers leur piste. David frissonna alors qu'il étudiait les images de la notice. Il espérait qu'ils n'auraient jamais à faire un atterrissage d'urgence sur l'eau.

— Monsieur, s'il vous plaît, éteignez vos appareils électroniques, jusqu'à ce que nous soyons en plein ciel, et le commandant de bord a éteint le panneau indiquant que vous devez attacher votre ceinture.

L'homme à côté de David grommela entre ses dents, toutefois, il fit ce qui lui était demandé. L'hôtesse, une femme d'âge moyen, adressa un grand sourire à David.

— Heureuse de voir que vous êtes préparé pour une évacuation d'urgence.

Il tenta de lui rendre son sourire, mais il eut l'impression que cela ressemblait davantage à une grimace.

Elle sourit à nouveau.

— Nerveux ?

— Hmm… hmm…

Après un instant, il laissa échapper :

— Je n'ai jamais volé auparavant.

Son voisin le fixa, étonné.

— *Jamais ?*

David rougit et secoua la tête.

— Il y a une première fois pour tout le monde, intervint gentiment l'agent de bord. Ne vous inquiétez pas. Je sais que l'idée peut paraître effrayante, toutefois ce sera un vol sans histoire, d'accord ?

Lorsque la femme poursuivit son chemin dans l'allée, David remit la notice de sécurité en place. Soigneusement, il tira le morceau de papier de la poche de sa chemise en flanelle et le lissa.

David, tu n'as pas répondu quand j'ai appelé. J'aimerais que tu sois là ! Nathan est malade. Je ne comprends pas vraiment, cependant cela semble très mauvais et je crains que si je n'y vais pas maintenant, il soit mort avant que je puisse le revoir. Ils ne me laisseront pas lui parler au téléphone. Je ne sais pas quoi faire d'autre. Aaron vient avec moi. Je sais que j'ai dit beaucoup de choses et que nous avons toujours besoin de parler. Je t'aime. J'espère que tu le sais.

Il avait mémorisé la note maintenant, mais David relut les deux dernières lignes encore et encore. Isaac l'aimait toujours. Cela aidait à apaiser ses entrailles qui se retournaient et à calmer la panique qui menaçait quand il repensait à leur dispute dans la cuisine à propos de ce qu'Isaac avait vu dans le night-club.

Pourquoi suis-je allé dans cet endroit stupide ?

S'il n'y était pas allé, Clark ne l'aurait jamais embrassé, Isaac ne les aurait pas vus ensemble et David serait déjà dans le Minnesota avec lui. Il grinça des dents alors qu'il se souvenait s'être réveillé dans son atelier après avoir bu une bouteille entière d'alcool. Ses paumes lui faisaient encore mal, là où il s'était coupé avec le verre brisé et les petits bandages collants que Jen avait appliqués commençaient à se décoller. Il avait été dans un sale état.

Il voulait obstinément tout gérer par lui-même, mais après avoir révélé la vérité à Jen, il s'était senti mieux, pas pire. Elle ne lui avait pas fait remarquer à quel point il était stupide ou qu'il avait échoué, et ne s'était pas moquée de lui non plus. Elle avait été gentille. Après avoir prononcé les mots à haute voix, il aurait aimé pouvoir remonter dans le temps pour les dire à Isaac aussi. Mais il lui en ferait part bientôt, dès qu'il aurait la chance.

David se frotta les yeux et étira son cou. Une fois que Jen avait réalisé qu'il ne serait pas capable d'attraper un vol jusqu'au matin, elle l'avait emmené à l'hôpital et l'avait relié à des machines afin de procéder à des tests. Tout s'était très bien passé, il n'était pas en train de mourir après tout. Il tenta de se souvenir du mot que Jen avait utilisé pour ce qu'il ressentait. Ah, oui ! *Anxiété*. Elle avait dit que cela pouvait devenir un trouble parfois.

— Au personnel de bord : s'il vous plaît, veuillez vous asseoir pendant le décollage.

Il eut le souffle coupé. Jen avait expliqué qu'il faisait des crises de panique et il ne pouvait pas se permettre d'en avoir une maintenant. Il se concentra sur sa respiration, inspirant et expirant profondément et uniformément, de la manière qu'elle lui avait montrée.

— Ne vous inquiétez pas.

Son voisin lui jeta un coup d'œil par-dessus son livre.

— C'est le moyen le plus sûr de voyager.

David hocha la tête alors que l'avion tournait et s'arrêtait brièvement. Il retint son souffle. Cela lui semblait impossible qu'ils aillent aussi rapidement et un frisson le traversa. La technologie Anglaise était tellement incroyable et terrifiante en même temps. Pétrifié, David regarda par le hublot, les lumières de la piste défilant à toute vitesse tandis que les moteurs vrombissaient fortement, comme s'ils fléchissaient leurs muscles. Puis, avec un petit bruit, tout l'avion bondit en l'air. L'aéroport s'estompa rapidement et il put voir l'océan. Il rit à voix haute.

— Vous voyez ? C'est facile.

L'homme sourit amicalement.

L'avion frémit après une soudaine inclinaison, et David ravala un jappement.

— C'est normal. Ne vous inquiétez pas, gloussa son voisin. Gamin, si vous devez garder les jointures blanches pendant tout le vol, je pense que vous avez besoin d'un verre.

David réalisa qu'il agrippa les accoudoirs et une petite partie de lui bondit à la pensée d'une boisson. *Juste un verre pour aplanir les cahots.* Mais il secoua la tête intérieurement. Pas d'alcool. Il pouvait y parvenir tout seul. Fermant les yeux, il inspira pendant cinq secondes, puis retint son souffle pendant le même laps de temps avant d'expirer lentement.

Après un « *ding* », la lumière avec une petite représentation d'une ceinture de sécurité s'éteignit au-dessus de lui. Quelqu'un se leva et se dirigea vers les toilettes, tandis que le personnel de bord s'affairait. David resta assis avec sa ceinture qui creusait dans ses hanches. Mais il sourit à nouveau tandis qu'il jetait un coup d'œil dehors, émerveillé. Un tapis moelleux blanc s'étirait aussi loin qu'il pouvait voir et le soleil rayonnait. Il ne pouvait pas croire qu'il voyait effectivement le monde au-dessus des nuages. Tout avait l'air si pur et frais, comme si tout était possible.

— Puis-je vous proposer une boisson ?

David se tourna pour trouver l'agent de bord dans l'allée. Elle lui tendit un sac de bretzels.

— Je pense qu'il pourrait bien avoir besoin d'un scotch, déclara l'homme assis à côté de lui en souriant.

— Eh bien, vous êtes dans la section Executive Club, monsieur. Est-ce ce que vous désirez ?

— Non !

David comprit qu'il avait répondu trop fort et il se racla la gorge.

— Avez-vous du coca ?

Son sourire ne s'estompa pas.

— Bien sûr. Tournez ce bouton en plastique là et descendez votre tablette.

Il n'avait pas faim, toutefois, David se força à manger l'en-cas salé. Il y avait un écran de télévision incrusté dans le siège devant lui, cependant à la place, il préféra regarder les nuages. Il devrait essayer de dormir, mais il avait l'impression que de l'électricité bourdonnait en lui.

Il se demanda comment allait Nathan. Aaron avait envoyé un message à Jen indiquant que le garçon « tenait le coup ici », ce qui n'avait pas paru particulièrement encourageant à David. C'était difficile de croire que le petit frère d'Isaac avait un cancer. *Pourquoi Dieu laisserait-il cela se produire ?* C'était une pensée blasphématoire qu'il n'avait pas pu retenir.

David alluma son portable et fit défiler les quelques photos qu'il avait. Isaac les lui avait toutes envoyées et il revint à la toute première, prise sur l'embarcadère de San Francisco le jour où ils avaient pris le funiculaire et vu les lions de mer. La baie s'étalait derrière eux et ils riaient dans leurs nouveaux imperméables, avec leur coupe de cheveux, les épaules appuyées l'un contre l'autre.

Déglutissant difficilement, David fixa l'image. Quelque part, il avait laissé les choses se détériorer. Il s'était laissé se perdre. Cependant, il allait tout arranger. Même s'il fallait un an pour qu'Isaac lui pardonne, il n'abandonnerait pas. Pas quand ils avaient déjà tant sacrifié. À la pensée de Mère et de ses sœurs, la bouche de David s'assécha. Il posa son téléphone sur la tablette et avala son coca.

Que dirait-il à Mère lorsqu'il la verrait ? Lui adresserait-elle même la parole ? Elle avait perdu un fils à cause des drogues et un comportement sauvage, il n'était pas certain qu'elle puisse lui pardonner d'être parti dans le monde. Peu importe si elle découvrait qu'il était gay. Et Mary... Il pinça les lèvres. Combien cela briserait-il son cœur si elle devait apprendre que David et Isaac étaient ensemble ? Elle aimait Isaac depuis si longtemps.

Au moins, Anna connaissait la vérité et ne l'avait pas condamné. Elle serait son alliée à Zebulon. De cela, il en était certain. Anna n'était pas faite pour la vie Amish. Cela ne lui conviendrait jamais, ou plus précisément, elle ne pourrait pas s'y faire. Bien entendu, Mère et l'Évêque Yoder seraient totalement en désaccord et il pouvait aisément imaginer la colère du Diacre Stoltzfus.

Avec un violent frisson, l'avion plongea comme si c'était une carriole qui rebondissait sur un nid de poule. David se tendit, ses yeux passant de droite à gauche. Son voisin ne semblait pas le moins du monde inquiet et regardait un film sur sa tablette avec des écouteurs dans les oreilles.

— C'est juste une turbulence, indiqua la préposée, apparaissant dans l'allée.

Elle tendit un petit paquet de cookies et lui adressa un clin d'œil.

— Là. Prenez une petite douceur. Vous vous sentirez mieux.

Normalement, il hochait juste la tête et souriait lorsqu'il ne comprenait pas. Mais cette fois, il demanda :

— Que cela signifie-t-il ?

— Turbulence ? Cela à voir avec les flux d'air à l'extérieur. De temps en temps, nous aurons une sorte de hoquet, mais il n'y a pas lieu de s'inquiéter. Cela arrive à peu près à chaque vol. Nous nous en sortirons très bien.

Tandis que l'avion poursuivait son voyage, étant secoué de temps en temps, David fit rouler le nouveau mot dans son esprit. *Turbulence.* Il se raidissait toujours chaque fois que l'avion tressautait, mais après un certain temps, il fut capable de manger les cookies, savourant les pépites de chocolat. Il regarda la photo d'eux deux qui riaient sur le ponton, souhaitant pouvoir appuyer sur un bouton comme pour tout rembobiner afin que tout revienne rapidement en arrière et qu'il se retrouve avec Isaac à nouveau, et qu'ils rient une fois de plus.

TIRANT LA PETITE valise violette de June, David scanna la foule. Ses compagnons de voyage sortirent par les portes en verre et il continua de marcher tandis qu'il cherchait parmi les centaines de gens qui attendaient. Son cœur se gonfla lorsqu'il repéra le sourire familier de June, son bras levé dans un geste pour lui faire signe.

Les rides autour de ses yeux se plissèrent alors qu'ils se retrouvaient dans la foule.

— Hey, étranger !

Elle enroula ses bras autour de lui et David inhala une odeur d'oranges. Elle recula.

— Viens, sortons d'ici.

Ils se tracèrent un chemin à travers la file sans fin de personnes et de charriots portant des bagages, s'échappant enfin vers un parking avec beaucoup de niveaux. June murmura « D-douze » pour elle-même, et ouvrit la voie jusqu'à son camion. Il ressemblait à une sorte de vieil ami et David fut heureux de grimper dedans.

— As-tu faim ? J'ai entendu dire qu'ils ne nourrissaient plus vraiment les gens sur ces vols de nos jours. Nous pouvons nous arrêter à un restaurant au bord de la route, dès que nous aurons quitté la ville.

— Je ne sais pas si je pourrais manger. J'ai besoin de voir Isaac. Avez-vous eu des nouvelles de Nathan ?

June recula de sa place de stationnement.

— Je te dirai tout ce que je sais en cours de route. Et tu mangeras. Te connaissant, je parie que tu n'as pas fermé l'œil, donc tu as besoin d'un bon déjeuner.

David ne put que sourire.

— Oui, madame.

Alors qu'ils sortaient de l'autoroute pour se diriger vers le nord, June l'informa. David se glaça à la nouvelle qu'aucun des membres de la famille de Nathan ne correspondait pour l'instant.

— Comment vont Isaac et Aaron ?

— Ils tiennent le coup là-bas.

Tiennent le coup là-bas. C'était apparemment l'expression Anglaise pour indiquer que les choses étaient terribles et qu'il n'y avait rien d'autre à faire que de continuer et d'espérer que tout se passerait au mieux.

June se glissa dans la file de droite.

— Il y a un endroit un peu plus loin avec un petit déjeuner servi à toute heure. Cela te convient ? Parfois, un petit-déjeuner est juste ce qu'il te faut en guise de déjeuner.

Peu de temps après, ils étaient installés dans un box, près de la fenêtre donnant sur le parking. Des voitures passaient à toute vitesse sur l'autoroute, au loin. Même s'il pensait qu'il ne pourrait pas manger, l'estomac de David grogna à l'odeur de graisse et des toasts. Il prit un café et huma le parfum amer.

Après avoir commandé, June alla aux toilettes et David écouta les bavardages et les bruits du restaurant, la musique parvenant de haut-parleurs et le ronflement indistinct des conversations qui bourdon-naient tout autour, tandis que des serveuses passaient dans les allées, transportant de grandes assiettes. En dehors de sa visite à Gary, David n'était pas allé dans beaucoup de restaurants. Jen et Aaron les avaient emmenés dans une gargote japonaise qui proposait des rouleaux de sushis et d'autres plats étranges de poissons qui avaient été servis dans des petits bateaux. C'était pratiquement comme s'ils avaient dîné sur une autre planète. Il avait aimé la sauce au soja salée, mais les autres saveurs avaient été source de confusion.

Bien entendu, il n'avait jamais retenté les sushis après cette unique fois. David se promit qu'au lieu de son habituel sandwich au beurre de cacahuète, il irait manger de la nourriture japonaise pour déjeuner un jour, lorsqu'ils seraient de retour à San Francisco. Il se demanda quand ce serait. Il n'avait certainement pas imaginé revenir au Minnesota aussi vite.

Une des serveuses qui passaient avait des bouteilles de bière sur son plateau et David ressentit un soudain désir pour l'engourdissement réconfortant que l'alcool lui avait procuré. Il secoua la tête.

— Non à quoi ?

June se glissa sur la banquette et retira l'opercule d'un petit pot de crème.

Un mensonge sauta à ses lèvres, mais David ne l'exprima pas. Au lieu de ça, il le ravala et préféra dire la vérité.

— Je pensais juste que je n'avais pas besoin de boire un coup pour me sentir mieux.

June leva brusquement les yeux alors qu'elle versait un paquet de sucre dans son café.

— Je n'ai jamais su que tu étais un buveur.

— Je ne l'étais pas. Je ne le suis pas. Pas vraiment. C'est…

Il prit une gorgée de café, pour se reprendre.

— C'est difficile de parler de ça. Je sais que c'était stupide.

— Ça ne l'est pas. Parler de ce qui est dur, c'est une chose que beaucoup de personnes ont du mal à faire. Mais tu sais que tu peux tout me dire.

Il hocha la tête. *Elle ne va pas me détester.*

— Je fais des crises de panique. Et j'ai bu pour me sentir mieux, ou pour essayer de les arrêter. Essentiellement, afin que je ne ressente plus rien.

Les mots s'accrochaient entre eux et le cœur de David pulsa.

June prit sa cuillère sur le côté de sa soucoupe.

— D'accord. As-tu vu un médecin ?

David lui parla de Jen et des tests à l'hôpital.

— Je vais bien. J'ai juste besoin de… de faire ça. Parler. À vous. À Isaac. À tout le monde.

Elle acquiesça.

— Comment t'es-tu fait mal aux mains ? T'es-tu coupé ?

— J'ai cassé une bouteille.

Il tritura les petits bandages.

— C'était un accident. Je le jure.

— Je te crois.

— Merci, murmura-t-il.

Il avala son café. June semblait attendre qu'il en révèle davantage.

— Après notre départ, ce n'était pas comme j'avais cru que ce serait. Il y avait certaines parties qui étaient merveilleuses. Mais c'était difficile. Une source de confusion. J'ai voulu protéger Isaac puisque je ne pouvais pas le faire avec ma mère et mes sœurs. Donc, je n'ai pas voulu lui expliquer ce que je ressentais.

— Hmm… Il a déclaré qu'Aaron et toi le gâtiez.

Le cœur de David vacilla.

— Vraiment ? Qu'a-t-il dit d'autre ?

Est-ce que je le gâte ? Je voulais seulement qu'il soit heureux.

— Nous avons discuté pendant un petit moment. On dirait que vous avez tous les deux fait des erreurs, mais vous pouvez affronter tout ça.

— Isaac n'a rien fait de mal. Tout était de ma faute.

Elle secoua la tête.

— Aucun de vous n'est parfait, David. La communication suppose une réciprocité. Le fait que tu culpabilises pour tout ce qui se passe mal n'est pas la solution. Et je ne dis pas que tu dois lui en vouloir non plus. Ce n'est pas une question de qui est à blâmer. C'est à propos de s'aimer l'un l'autre.

La serveuse apparut avec les assiettes d'œufs, de bacon, de saucisses et de gaufres. David tritura ses œufs brouillés.

— Je l'aime. Plus que tout.

— Bien entendu que tu le fais !

June hocha la tête vers son assiette.

— Maintenant, mange quelque chose.

David obéit. La nourriture salée était étonnamment bonne et il réalisa combien il était affamé. Ils ne parlèrent pas pendant plusieurs minutes tandis qu'ils mangeaient. Des souvenirs revinrent à sa mémoire – travailler côte à côte avec Isaac dans la grange, le désirer au point d'en avoir *mal*, lui parler dans le drive-in et finalement l'embrasser, et combien cela avait été puissant de jouir avec lui pour la première fois – en fait, c'était le fait de partager ses sombres désirs avec quelqu'un d'autre. Une personne qu'il aimait et en qui il avait confiance.

Résolument, David posa la question qui retournait son estomac de façon alarmante.

— Vous a-t-il parlé de Clark ?

June s'essuya la bouche avec sa serviette.

— Qui est Clark ?

Le restaurant était bruyant et David souhaita que le bruit de la musique trop forte et du murmure des conversations s'arrêtent. C'était difficile de réfléchir.

— C'est le meilleur ami de Jen. Il était le nôtre également, du moins, je le pensais. Je suppose qu'il m'a… appréciait depuis un moment, mais je ne l'avais pas réalisé. Nous sommes allés dans un de ces clubs pour danser et il m'a embrassé. Isaac a voulu me faire une surprise. Il nous a vus.

June grimaça.

— As-tu embrassé ce Clark à ton tour ?

La pensée de la peau moite de Clark et de ses lèvres humides plaquées sur les siennes fit grimacer David. Toutefois, il ne pouvait pas nier que, pendant quelques secondes, il n'avait pas repoussé Clark.

— Pendant une seconde. J'étais tellement choqué, j'avais bu et… c'était agréable. Puis j'ai réalisé ce qui se passait et j'ai essayé de partir, cependant, il était accroché à moi et m'a suivi dans les toilettes.

June soupira.

— Et une chose en entraînant une autre ?

— Quoi ? Non !

David se redressa.

— Non. Je lui ai dit d'arrêter, que je ne voulais pas de ça. Et c'était vrai. Je n'en voulais pas.

— Oh, Dieu, merci !

Elle s'adossa à son siège.

— Tu m'as inquiétée pendant un moment.

— Cependant, j'ai laissé Clark m'embrasser.

— Il l'a fait sans ta permission, et tu l'as arrêté. Ne sois pas aussi dur avec toi-même.

— Mais…

David frissonna à la sensation de nausée qui le traversait.

— Je ne sais pas si Isaac m'a cru. Il nous a vus aller dans les toilettes et il pense que j'ai emmené Clark là-dedans. Pour faire des choses…

June fonça les sourcils.

— Il pense que tu l'as trompé, même si tu lui as déclaré n'avoir rien fait ?

David poussa sa paille entre les cubes de glace qui fondaient dans son verre d'eau. Il hocha la tête.

— Eh bien, ça doit faire terriblement mal.

La sensation d'oppression dans la poitrine de David augmenta.

— Effectivement, murmura-t-il. Qu'il puisse penser que je pourrais faire ça. Jamais je ne le ferais. Il est le seul que je veux. Les gens expliquent que nous sommes jeunes, que nous n'avons jamais été avec quelqu'un d'autre, et que nous ne savons pas encore tout. Je me moque de savoir combien il y a d'autres hommes. Je veux être avec lui. Être dans le monde ne change pas ce fait. Pas pour moi. Il va à l'école maintenant et il s'est fait de nouveaux amis. Il ne sait plus s'il veut toujours être charpentier. Et si…

Après quelques instants, June reprit la parole tranquillement.

— Quoi ?

Son cœur était dans ses chaussettes d'avoir à prononcer les mots.

— Et s'il décide qu'il ne veut plus de *moi* ?

Elle plissa son visage et tendit le bras pour serrer sa main.

— Il te veut toujours, David.

— Vous croyez ?

Il savait qu'au final, seul compterait ce qu'Isaac pensait, mais cela aidait de l'entendre.

— J'en suis tout à fait certaine. Toute relation mérite d'avoir à se battre et à travailler pour elle. Durement. Si quelqu'un connaît ce qu'est un dur labeur, c'est bien Isaac et toi. Tu m'entends ? N'abandonne pas.

Il saisit sa main.

— Je ne le ferai pas. Parfois, je pense…

Il essaya de trouver les mots justes.

— C'est comme si j'entendais des voix dans ma tête.

Devant ses yeux qui s'écarquillaient, il ajouta rapidement :

— Pas vraiment. Pas de la manière dont les gens qui sont malades le font. C'est juste…

Il soupira brusquement.

— C'est bon. Prends ton temps.

Elle serra ses doigts.

— Il y a toutes ces petites choses dans ma tête, mais c'est difficile de les exprimer.

— Constipation émotionnelle.

Malgré lui, David éclata de rire. Puis June l'accompagna également et elle tapota sa main avant de la lâcher et de l'agiter vers son assiette.

— Mange un peu plus pendant que tu y réfléchis. Tu sais, nous faisons tous des erreurs parfois. Même moi, si tu peux le croire.

Il sourit doucement.

— Impossible !

— Si Conrad était toujours de ce monde, il pourrait t'énumérer les tonnes d'erreurs que j'ai commises. Il ne le ferait pas, cependant.

Elle gloussa.

— Il t'aurait dit que j'étais un ange.

— Je veux bien le croire.

— Oh ! Allez, mange maintenant !

Il avala un autre morceau de bacon, les mots tournoyant dans son esprit tandis qu'il tentait de les organiser.

— J'entends des voix qui me disent que je suis un pécheur, annonça-t-il finalement. Que je ne suis pas assez bon. Que je suis comme mon frère. Égoïste et mauvais. C'est comme si je pouvais imaginer les prédicateurs les prononcer. Et j'essaie de faire de mon mieux. Vraiment.

— Oh, David ! Tu es une des meilleures personnes que je connaisse.

Ses yeux se mirent à briller.

— Cela me brise le cœur de t'écouter dire ce genre de choses, que tu puisses penser ça à propos de toi-même. Je me moque de ce que l'Évêque Yoder ou de ce que les diacres déclarent, ou encore de ce que l'*Ordnung* impose, ou de ce que la Bible notifie. Je suis une chrétienne, mais être gay n'est pas une abomination.

Elle frappa résolument son poing sur la table.

— Ça ne l'est pas ! Mon Dieu aime tout le monde, tel qu'Il les a faits.

— J'aimerais y croire.

La petite graine d'espoir qui était enfouie dans l'obscurité depuis l'accident de sa mère se mit à fleurir.

— Même après notre départ ce jour-là, quand nous sommes partis pour San Francisco, je… j'ai toujours eu l'impression qu'ils avaient raison. Mais…

— Quoi, mon chéri ?

— Je ne veux plus ressentir ça désormais.

La gorge de David était serrée.

— Je ne veux plus avoir peur.

Puis, il murmura :

— Je ne veux plus me détester.

Elle saisit de nouveau sa main.

— C'est le premier pas, David. Je suis fière de toi.

— Mais…

— *Je suis fière de toi.* Ne me cherche pas querelle, jeune homme. Tu devrais l'être, également.

Il sourit, une vague d'amour pour June le réchauffant soudain.

— Oui, madame.

Peut-être qu'il devrait être fier de lui. C'était agréable.

— Excellent ! Tu apprendras.

Elle lui adressa un clin d'œil et fit un geste en direction de la serveuse.

— Maintenant, voyons voir ce qu'ils ont comme desserts. Nous avons besoin d'une bonne part de tarte avant de reprendre la route.

Le sentiment de bonheur qu'il éprouvait à l'idée de revoir Isaac partit en guerre avec la tension qui surgit à l'idée de retourner à Zebulon. *Un pas à la fois. Respire.* Il acquiesça.

— Un bout de tarte serait parfait.

Chapitre Trois

— ISAAC ?

Prudemment, il s'approcha du pied du lit. Mère et Père s'y tenaient de chaque côté. Il agita la main de manière stupide.

— Salut, Nathan.

Nathan sourit faiblement.

— Je suis si content de te voir.

Il tendit la main.

Le cœur d'Isaac battait la chamade alors qu'il se dirigeait vers le côté du lit, Mère reculant juste assez pour qu'il puisse prendre la paume moite de son frère. Il la serra et tenta de sourire brillamment.

— Je suis si content de te voir également. Comment te sens-tu ?

C'était une question stupide et il la regretta immédiatement. Il pouvait voir par lui-même que Nathan allait terriblement mal. Il était fatigué et malade, ne ressemblant en rien au gamin dégingandé de treize ans dont Isaac se souvenait et dont le plus gros souci se résumait à l'apparition de nouveaux boutons. Les marques étaient toujours là, des taches rouges contre ses joues pâles. Ses cheveux étaient fins et il y avait des zones dénudées. Isaac tenta de ne pas les fixer.

Mais la question ne sembla pas gêner Nathan.

— Mieux maintenant que tu es là. Tu m'as tellement manqué. À nous tous.

— Toi aussi.

Isaac serra la paume de Nathan, ne voulant pas la lâcher.

Le regard de son frère se dirigea vers le seuil de la porte et il fronça les sourcils.

— Hello.

Figé dans l'entrée, Aaron affichait un sourire crispé.

— Salut, Nathan. Tu ne te souviens probablement pas de moi ? Tu étais trop jeune.

Tandis que ses yeux s'écarquillaient, Nathan jeta un coup d'œil à ses parents, puis revint sur Aaron.

— Es-tu… lui ?

L'air semblait si épais que cela aurait pu être du brouillard. Mère et Père devinrent rigides et immobiles, tout comme Aaron. Isaac lâcha la main de Nathan pour qu'il puisse se diriger vers la porte. Il toucha le bras d'Aaron et le poussa vers l'intérieur.

— Oui. Nathan, c'est notre frère. Aaron.

Nathan fixa ses parents, l'incertitude visible sur son visage, puis il balbutia :

— Euh… Oh ! Je… Je… Salut…

Il inspira profondément et tripota les tubes en plastique qui disparaissaient dans son nez. Quand il parla de nouveau, une nouvelle pointe de détermination renforçait sa voix.

— C'est agréable de te rencontrer. Merci d'être venu.

— C'est bon te revoir également.

Aaron sourit doucement.

— Je me souviens de toi quand tu étais un gamin. Je suis désolé que ce soit dans ces circonstances que je te retrouve.

— Moi aussi.

Nathan jeta un coup d'œil aux machines qui bipaient et vrombissaient.

— J'étais malade d'aller à l'école, mais ça ne semble pas si mal du tout maintenant.

Un autre silence s'installa dans la chambre. Leurs parents refusaient de regarder volontairement Aaron. Isaac se racla la gorge.

— Aaron et moi, nous nous sommes fait tester. Ils nous ont pris du sang et l'ont envoyé.

— Désolé que tu aies eu à t'approcher d'une aiguille.

Nathan grimaça et leva son bras gauche, qui avait une intraveineuse plantée dedans, attachée à un tube en plastique, relié à une poche de fluides qui pendait sur un des trépieds en métal avec des roulettes.

— Je les déteste. Je suppose que je vais devoir m'y habituer.

— C'est bon. Cela ne nous a pas dérangés.

En fait, Isaac n'appréciait pas du tout les aiguilles, mais Aaron avait tenu son autre main en lui racontant une histoire totalement stupide. Il essaya de réfléchir à autre chose à dire. Aaron et leurs parents étaient tous aussi rigides que des statues, regardant partout, sauf les uns les autres.

— Font-ils des tests sur Abigail et Hannah à Red Hills ?

Leurs sœurs aînées étaient restées avec leurs maris en Ohio quand ils avaient déménagé à Zebulon.

Nathan observa leurs parents.

— Je n'en suis pas sûr. Je suppose que oui ?

Père répondit d'une voix bourrue.

— Oui.

— Comment va David Lantz ? demanda Nathan. Vous voyez-vous souvent ?

Isaac se concentra afin de garder un ton neutre.

— Hmm… hmm… Il vit avec nous. Aaron et sa femme nous laissent rester tous les deux avec eux.

— Oh ! C'est gentil de ta part, dit Nathan à Aaron.

— David vit avec vous ? reprit Mère, clairement prise de court. C'est pour ça qu'il t'a convaincu de partir ? Pour qu'il ait un endroit où vivre ?

— *Non !*

Isaac pouvait sentir qu'Aaron se hérissait également à côté de lui, et il ravala une flambée de colère.

— Et il ne m'a pas convaincu de partir. C'était mon choix. Il était sur le point de rejoindre l'église, vous vous souvenez ?

— Comment pourrions-nous oublier ? intervint tranquillement Père.

— C'était le jour le plus excitant à l'église ! lâcha Nathan.

Il vira rouge cerise.

— Désolé. Je ne voulais pas dire… peu importe.

Isaac lui adressa un petit sourire avant d'afficher un visage dénué de toute expression. Il songea à ce jour et à ce qu'il avait ressenti à rester assis là, sur un banc en bois dur, tandis qu'il regardait son David répéter ses vœux. Même s'il n'était pas allé jusqu'au bout et qu'ils s'étaient enfuis ensemble, ces terribles minutes avant que David dise « non » resteraient à jamais gravées en lui.

Une vague d'affection le traversa, et il se demanda si l'avion de David avait déjà atterri à Minneapolis. Il avait besoin de le revoir et vite.

— Il est en chemin et je sais qu'il voudra venir te dire bonjour.

Le regard acéré de Père s'étrécit.

— David Lantz vient ici ?

Devant le hochement de tête d'Isaac, il insista.

— Pourquoi ?

— Je… Parce qu'il est mon ami. Il veut aider et voir sa famille.

— Aider ?

Les narines de Mère s'évasèrent.

— Il peut le faire en restant loin de toi. Pas en te remplissant la tête de ce monde absurde.

— Il ne le fait pas, insista Isaac.

— Isaac n'est pas un enfant, intervint Aaron. C'est un homme qui prend ses propres décisions.

Père claqua ses mains, les tenant fermement serrées devant lui. Il ignora totalement Aaron et s'adressa à Isaac.

— Qu'en est-il de ce partenariat entre David Lantz et cette femme Anglaise ? Mentir à sa mère pendant aussi longtemps et briser l'*Ordnung*, pécher et amener la honte sur sa famille.

— Nous avons entendu parler de son atelier secret sur la ferme de cette femme. Y es-tu déjà allé ? l'interrogea Mère.

Isaac désirait tellement mentir, mais quel bien cela ferait-il ?

— Oui. Plusieurs fois.

— Tu habites là-bas maintenant, je suppose ?

Les liens du bonnet de Mère étaient attachés si étroitement sous son menton et son visage était rouge.

— Oui, répondit Aaron. June a été très gentille avec nous. Elle est allée chercher David à Minneapolis ce matin.

— Comment va Madame Lantz ? reprit Isaac. A-t-elle bien récupéré ?

Mère hocha la tête.

— Ce n'est pas grâce à son fils. Eli Helmuth a été une telle bénédiction pour Miriam et les filles. Ils vivent tous sur sa ferme maintenant. Miriam marche de nouveau. Cependant, son cœur est toujours brisé, bien entendu. Un enfant désobéissant est un lourd fardeau à porter. Et cette Anna devient sauvage, je le sais.

Aaron ouvrit la bouche, puis la referma rapidement. La voix d'Isaac se fit hésitante.

— David aime beaucoup sa mère et ses sœurs. Mais…

Dans le silence, Nathan commença à tousser et les bips d'une des machines s'accélérèrent. Il y avait une cruche d'eau et une tasse sur la table roulante au pied du lit, Aaron versa un peu d'eau dans la tasse avant de l'apporter à Nathan qui tendit la main pour la prendre.

— Non ! crièrent Père et Mère à l'unisson.

Aaron sursauta, tenant toujours la tasse. Nathan toussa encore une fois, ses poumons émettant un bruit de raclement. Père et Mère étaient enracinés dans leurs sièges et Isaac réalisa qu'aucun d'eux n'accepterait de prendre quoi que ce soit de la main d'Aaron. Il attrapa la tasse et la passa à Nathan, l'aidant à la tenir tandis qu'il l'ingurgitait et avalait. Personne ne dit un mot et, après une minute, la tête de Nathan retomba sur les oreillers.

— Merci, murmura-t-il, respirant difficilement.

Isaac tapota son bras, ne sachant pas quoi faire d'autre. Un léger bourdonnement atteignit ses oreilles et Aaron tira son téléphone de sa poche. Malgré les appareils électriques branchés à Nathan, leurs parents fixèrent le portable comme si c'était l'œuvre du diable lui-même. Aaron se dirigea vers le couloir pour répondre à l'appel.

— Comment cela va-t-il à la ferme ? demanda Isaac afin de combler le silence.

— Éphraïm travaille jusqu'à l'épuisement pendant que je suis ici, répondit Père. Mais le Seigneur nous aidera à tout surmonter.

— Je veux aller leur rendre visite. J'ai besoin de le voir ainsi que Katie et Joseph. S'il vous plaît ? Je pourrais aider Éphraïm avec tout ça. S'il vous plaît, laissez-moi aider.

Il pouvait imaginer combien il y avait à faire avec toutes les heures que leurs parents passaient à l'hôpital, et la pauvre Katie faisait sûrement sa part du lion du travail féminin.

Mère et Père échangèrent un long regard. Père caressa sa barbe et l'habitude était si rassurante et familière qu'Isaac dut déglutir. Il attendit.

— Nous en avons discuté. Bien sûr que tu peux voir tes frères et sœurs.

Isaac poussa un long soupir, alors qu'une vague de soulagement le traversait.

— Merci.

— Mais tu dois revenir à la maison.

— Je…

Son cœur rata un battement.

— Que voulez-vous dire ?

— Pendant que tu es ici, tu resteras sous notre toit, répondit Père. Si tu habites chez cette femme Anglaise, tu n'es pas le bienvenu chez nous.

L'esprit tourbillonnant et le cœur pulsant, Isaac tenta de réfléchir à une réponse. *Non ! Je ne reviendrai jamais en arrière ! Je ne serai plus jamais capable de vivre comme ça, encore une fois. Ne pouvez-vous donc pas comprendre ?* Bien sûr qu'ils ne pourraient pas. Quitter la vie simple constituait le plus grand péché qui était ou pouvait être. Ils n'accepteraient jamais son choix. Ils pensaient qu'il pouvait être convaincu de revenir à la maison pour de bon.

— Mais…

— Nous devons être fermes avec toi, Isaac, ou nous risquons de te perdre dans le monde pour toujours. Nous en avons discuté avec l'Évêque Yoder et il est d'accord, c'est la bonne chose à faire.

Isaac savait qu'il ne pourrait jamais redevenir Amish, bien qu'il meure d'envie de revoir toute sa famille. Il regarda Nathan qui l'observait avec une indéniable lueur d'espoir.

— Tu nous as tellement manqué, Isaac. Je sais que les autres veulent vraiment te revoir.

Il avait abandonné ses frères et sœurs une fois et il ne pourrait pas le refaire. La pensée d'être si près d'Éphraïm, Katie et Joseph sans être capable de les voir était impensable. La bouche sèche, il hocha la tête.

— D'accord. Je reviendrai à la maison. Cela ne signifie pas que je resterai cependant.

Mère sourit, un véritable sourire pour la première fois, depuis qu'il était revenu.

— Oh, Isaac, le Seigneur sera ravi. C'est une bonne chose. Nous rentrons bientôt à la maison, puisqu'il y a beaucoup de travail à faire aujourd'hui.

Il faudrait au moins une heure pour aller de l'hôpital à la ferme.

— Je reviens dans une minute, puis nous pourrons partir.

Il prit la main de Nathan.

— Je te revois demain, d'accord ?

Nathan acquiesça, ses paupières devenant lourdes.

— Ils vont être tellement heureux de te revoir.

Dans le couloir, Isaac prit plusieurs profondes inspirations. *J'y retourne. Tout se passera bien. C'est seulement pour quelques jours. Je ne reste pas.*

Aaron lui jeta un coup d'œil, toujours au téléphone.

— Ouais. Il va bien. Hmm… hmm… Je lui dirai. Je t'aime aussi, bébé.

Aaron coupa le téléphone et le remit dans sa poche.

— Jen te salue et elle dit que tu lui manques.

— Elle me manque aussi. Vient-elle bientôt ?

— Dans quelques jours. Elle doit réussir à changer son planning.

Aaron fronça les sourcils.

— Quoi ? Qu'ont-ils dit ? Tu as l'air bouleversé.

— Je vais bien.

C'était un mensonge, bien entendu. Il s'éloigna un peu plus dans le corridor, tirant Aaron avec lui.

— Je vais rentrer avec eux.

— D'accord, fit Aaron, méfiant. À la ferme ? Ils te laissent voir les enfants ?

— Oui. Mais je vais devoir rester là-bas.

— Que veux-tu dire ?

Sa voix augmenta.

Isaac leva une main.

— C'est juste le temps que nous sommes là. Je dois participer. Tu peux imaginer combien de travail il y a à faire avec Mère et Père ici, à l'hôpital, chaque jour. Je peux soutenir Éphraïm avec la traite et les corvées. Ils ont besoin de moi. Les voisins aident, mais je devrais être là.

— Isaac, tu n'as pas à dormir là-bas pour faire les tâches. Je peux te déposer et passer te chercher.

Sa mâchoire se crispa et il ressemblait tellement à leur mère en cet instant.

— Ne les laisse pas te harceler pour te forcer à revenir. Ne les laisse pas te manipuler. Tu sais qu'ils vont tenter de te parler et de te convaincre de rester pour de bon.

— Je sais. Mais c'est le seul moyen pour qu'ils me laissent voir Éphraïm, Katie et Joseph.

Aaron se mit à rire amèrement.

— Du chantage… comme c'est chrétien de leur part.

— Ça ne l'est pas. Je *veux* collaborer. C'est la seule manière pour qu'ils me laissent les voir. Que pouvais-je faire d'autre ?

Son estomac se retourna. Il ne voulait pas qu'Aaron soit en colère après lui, mais il ne désirait pas que ses parents le soient non plus.

Les mains posées sur les hanches, Aaron grogna.

— Ce ne sont que des conneries, Isaac ! Je ne veux pas qu'ils te fassent douter de toi.

— Ils ne le feront pas. Je peux le gérer. Ils pensent que c'est la bonne chose. Tu sais qu'ils croient que nous irons en enfer si nous ne sommes pas Amish.

— Il n'y a pas d'enfer, se moqua Aaron. Juste celui que nous faisons pour nous-mêmes. Pour tous les autres.

Il se passa une main sur le visage.

— Je suis désolé. Je sais que tu y crois. Je ne veux pas qu'ils te retournent l'esprit. Isaac, tu ne seras jamais le bon petit garçon Amish qu'ils veulent que tu sois.

— Je sais. Mais… je les aime.

Il cligna rapidement des paupières.

— Je les aime, Aaron. Ils font ce qu'ils pensent être juste et je dois rentrer à la maison pour voir mes frères et sœurs. Je suis désolé.

Aaron soupira.

— Ne le sois pas. *Je* suis désolé. J'agis comme un imbécile.

— Tu ne l'es pas.

Isaac eut un sourire hésitant.

— Enfin, peut-être un peu.

Les lèvres d'Aaron se retroussèrent.

— Sur qui pourrais-tu compter pour te dire la vérité si ce n'est ton frère ?

— Je sais, c'est dur.

Le sourire d'Isaac s'estompa.

— Mais ils veulent ce qu'il y a de mieux pour moi… tout comme toi, tu le fais.

— J'aimerais pouvoir être d'accord avec leur manière d'y parvenir.

Aaron regarda ses chaussures, et quand il releva la tête, des larmes brillaient dans ses yeux.

— Je les aime aussi, murmura-t-il. Si ce n'était pas le cas, ça ne ferait pas aussi mal.

— Aaron…

Isaac tendit une main vers lui, mais son frère recula, secouant la tête.

— J'ai besoin de me reprendre. Je suis censé prendre soin de toi.

Sans un mot, Isaac enroula résolument ses bras autour de son frère, et ils se serrèrent fortement. Après quelques instants, il murmura :

— Nous sommes supposés prendre soin l'un de l'autre.

— Merci. Oh, Isaac… Je sais que c'est ton choix. Je suis simplement inquiet. Tu es allé tellement loin ces derniers mois et je ne veux pas que le fait que tu retournes à la maison te chamboule la tête. Je veux que tu sois heureux.

— J'aimerais que tu le sois également. Tout se passera bien pour moi.

Reculant, Isaac essuya ses joues humides. Il sortit son téléphone et appuya sur le bouton pour appeler David. Il tomba directement sur la messagerie. Son cœur se serra alors qu'il écoutait le message trop formel de David.

Bonjour. Ici, David Lantz. Je ne peux pas répondre au téléphone pour l'instant. S'il vous plaît, laissez-moi un message après le bip et je vous rappellerai dès que possible. Merci et passez une très bonne journée.

— C'est moi. Tu es probablement encore dans l'avion. Nathan va aussi bien que possible, je suppose. J'ai besoin de voir les autres, alors je rentre à la maison avec Mère et Père. Je dois les aider à la ferme également. Je ne peux pas emporter mon téléphone, mais je te verrai bientôt. Tu… Tu me manques. Je suis content que tu viennes.

Il raccrocha et tendit son appareil à Aaron.

— Quoi ? Non… Prends-le avec toi.

— Ce ne serait pas correct. Pas dans leur maison.

Aaron secoua la tête.

— Tu n'as qu'à le cacher. Ils n'ont pas besoin de le savoir.

— Moi, je le saurais.

Soupirant, Aaron prit le téléphone.

— Je te retrouve ici demain, d'accord ? Assure-toi de revenir avec eux ou je m'inquièterai. Je veux dire… Je sais qu'ils ne vont pas t'enfermer dans la maison glaciale jusqu'à ce que tu sois d'accord pour être baptisé, mais… je me ferai quand même du souci.

— D'accord.

Il jeta un coup d'œil par-dessus l'épaule d'Aaron, là où Mère et Père l'attendaient, portant leurs manteaux noirs avec des expressions identiques et stoïques. Ils se retournèrent et s'éloignèrent et, avec un petit geste de la main en direction d'Aaron, Isaac prit une profonde inspiration et les suivit.

CE FUT PLUS étrange qu'il ne l'avait imaginé de monter à nouveau à l'arrière de la carriole familiale. Père et Mère étaient perchés à l'avant, sur le banc, Isaac assis derrière. En général, il aurait été entassé avec ses frères et sœurs et il ne parvenait pas à se souvenir de la dernière fois qu'il était monté à l'arrière du charriot couvert, tout seul. Le fait de porter son jean Anglais et ses autres vêtements l'embarrassait et lui paraissait mal.

Le clip-clop des sabots de Roy était apaisant, bien qu'il grimace quand le buggy était secoué tandis que des voitures les dépassaient. Il avait remarqué qu'ils n'utilisaient toujours pas de lumières ou de triangle de sécurité orange, même après que Madame Lantz et Mary aient failli mourir. Peut-être qu'ils avaient raison et que c'était la volonté de Dieu, cependant, il aimait tout de même la sensation d'une ceinture de sécurité autour de lui. Par ailleurs, si c'était bien la volonté de Dieu, pourquoi la médecine Anglaise convenait-elle quand ils en avaient besoin, mais pas les réflecteurs orange pour essayer d'éviter les accidents ? S'il demandait, Isaac savait que la réponse serait que c'était leur manière de faire.

Alors qu'ils tournaient pour prendre l'allée menant à la ferme, son estomac fit des galipettes. Éphraïm serait-il en colère après lui ? Peut-être que Katie et Joseph le seraient également, et comment pourrait-il leur en vouloir après les avoir laissés sans dire au revoir ? Il avait écrit des lettres, toutefois, il ne pensait pas que ses parents les leur avaient données.

La carriole craqua avant de s'arrêter, Roy hennit. Avec une boule coincée dans la gorge, Isaac sauta. Katie aurait normalement dû être à l'école, mais elle revenait du lavoir, essuyant ses mains sur son tablier. Elle avait presque onze ans désormais et paraissait mesurer au moins cinq centimètres de plus que la dernière fois qu'il l'avait vue.

Katie haleta.

— Isaac !

Elle se précipita vers lui, traversant le jardin boueux et s'élança dans ses bras.

Il la serra contre lui.

— Salut, Katie. Tu m'as tellement manqué.

— Oh, Isaac… Où étais-tu ?

Elle s'agrippa à lui, puis, après un regard lancé à ses parents, elle recula et redressa son bonnet noir sur ses cheveux blonds. Elle fixa ses vêtements Anglais avec de grands yeux.

— Reviens-tu à la maison, maintenant ?

Joseph dérapa en s'arrêtant. Il arrivait en courant de la grange, et Isaac put apercevoir Éphraïm qui se tenait sur le seuil, son expression cachée par son chapeau noir et trop loin pour le voir correctement de toute façon. Joseph jeta un coup d'œil à leurs parents, puis tendit la main.

— Bonjour, Isaac.

Il prit sa petite main et la serra.

— Bonjour, Joseph.

— Je suis si content de te revoir.

— Nous le sommes tous, dit Père. C'est une grande joie d'avoir de nouveau Isaac à la maison. Là où il appartient.

Isaac étreignit Joseph, ébouriffa ses cheveux bruns. Il réalisa qu'il n'avait pas répondu à la question de Katie.

— Je reviens pour un petit moment afin d'aider tant que Nathan est malade.

Les épaules de Katie s'affaissèrent.

— Tu ne restes pas ?

Avant qu'il puisse répondre, Mère dit :

— Nous verrons ce que le Seigneur a en réserve. Maintenant, retourne à tes corvées. Katie, as-tu épluché les pommes de terre ?

La silhouette d'Éphraïm se découpait toujours dans la porte de la grange et il se dirigea vers lui.

— Isaac.

Il se tourna vers son père.

— Oui ?

— Va te changer d'abord.

Ce n'était pas une question, si bien qu'Isaac se précipita dans la maison et retira ses baskets, les emportant avec lui. C'était comme un rêve de monter à nouveau les marches et de sentir le bois usé sous ses pieds. Son cœur martelait ses côtes alors qu'il se glissait dans son ancienne chambre. Les deux lits étaient soigneusement faits, les courtepointes rabattues par-dessus les oreillers, cependant, il avait le sentiment que son lit, comme celui de Nathan étaient restés inoccupés depuis que son petit frère était à l'hôpital.

Il avait passé tant de nuits ici, à rêver d'une autre vie et à maudire les ronflements de son frère. *J'aurais dû savoir que quelque chose n'allait pas chez lui.* Il ne savait pas comment, mais il aurait dû.

La commode était toujours la même également et tous ses vêtements étaient pliés à l'intérieur de ses tiroirs, tels qu'il les avait laissés. Mère les avait-elle remis hier, espérant qu'il accepte de revenir avec eux ? Ou bien ses affaires étaient-elles restées intouchées dans l'espoir qu'il reviendrait un jour prochain ? Un sentiment de culpabilité sombra en lui, lourd comme des sables mouvants.

Mère et Père jetteraient sûrement ses vêtements Anglais, donc, après qu'Isaac se soit déshabillé, il les cacha avec soin, tout au fond du coffre de Nathan. Cela ne le dérangerait pas, du moins il ne pensait pas. Il boutonna le rabat de son pantalon et referma les crochets au niveau du col de sa chemise. Ses doigts tremblaient, rendant tout cela plus difficile que cela l'avait été autrefois. Il repoussa ses courts cheveux bruns de son front, autant qu'il put, souhaitant avoir un miroir. Comme il s'était aisément habitué aux manières Anglaises.

Son chapeau attendait sur une cheville, près de la porte, en bas. L'après-midi était plus chaud qu'il n'aurait dû, donc il laissa son manteau derrière, après avoir noué les lacets de ses bottes. Éphraïm n'attendait plus sur le seuil, et à chaque pas qui le rapprochait de la grange, ses craintes augmentaient. *Il me déteste probablement.* Il pouvait sentir que ses parents le surveillaient, tout en allant faire leur travail, mais au moins, ils le laissaient parler seul à seul avec Éphraïm.

Le frottement provenant d'un balai se répercuta dans l'air moite de la grange. Isaac se tint sur le seuil, regardant son frère débarrasser une stalle, de la paille volant à chaque coup énergique. Comme Katie, Éphraïm avait grandi également. Cela ne faisait que quatre mois depuis qu'Isaac était parti de la maison – ce qui lui semblait impossible –, mais il pouvait jurer qu'Éphraïm était plus imposant. Il retira son chapeau et ses boucles blondes étaient emmêlées autour de sa tête.

— Vas-tu simplement rester là à gober les mouches ?

— Euh… non, commença Isaac.

Il accrocha son chapeau sur une cheville et saisit un autre balai.

Ils travaillèrent côte à côte en silence et, bientôt, Isaac essuya la sueur de son front. C'était étonnamment agréable. Avec tous les cours qu'il suivait, le travail physique lui manquait. Finalement, il se risqua à prononcer quelques mots.

— Comment vas-tu ?

Éphraïm renifla dédaigneusement.

— En colère. Frustré. Jaloux. Triste.

— Je suis désolé.

Le bois était lisse sous l'emprise d'Isaac, là où il le serrait.

— Je voulais tellement te parler. Je t'ai écrit.

La tête d'Éphraïm se redressa brusquement. Pour la première fois, il croisa le regard d'Isaac.

— Tu l'as vraiment fait ?

— Oui. Plus d'une fois.

Après un brusque hochement de tête, Isaac reprit son balayage.

— C'est ce qu'Anna a dit. Je devine qu'ils ne m'ont pas donné les lettres. Que disais-tu ?

— Que tu me manquais. Que j'étais désolé de partir comme ça. Que j'espérais qu'un jour tu me pardonnerais.

— Aimes-tu ta vie là-bas ?

— Oui. Beaucoup. Certaines choses de la maison me manquent, mais… j'aime ça. Je vais à l'école.

— Donc tu n'es de retour que pour quelque temps ?

— Tant que Nathan sera malade, je veux aider.

Le visage d'Éphraïm se plissa.

— Je n'ai pu aller le voir à l'hôpital qu'une seule fois. Crois-tu qu'il va mourir ?

C'était typique d'Éphraïm : aller droit au but. Une vague d'affection réchauffa Isaac.

— Je ne sais pas. J'espère que non. Mais je te dirai tout ce que j'apprends.

— D'accord.

Éphraïm se dirigea vers le coin le plus éloigné de la stalle, balayant toujours, bien que ce soit propre.

— Comment va Aaron ?

— Bien. Il est revenu avec moi.

— Vraiment ?

Éphraïm se retourna brusquement pour faire face à Isaac, la bouche grande ouverte.

— Il est ici ? Leur a-t-il parlé ?

— Oui… à l'hôpital, hier. Ça ne s'est pas très bien passé.

— Je suis prêt à le parier.

Il secoua la tête, souriant doucement.

— J'adorerais le revoir.

— Il est chez June. Nous pourrons y aller un jour. Elle a dit qu'elle t'avait rencontré.

— Ouais. Elle est gentille. Anna l'aime bien.

— Anna, hein ? Êtes-vous…

Éphraïm roula des yeux.

— Nous sommes ensemble, mais c'est juste pour faire semblant. Nous attendons le bon moment. La dernière chose qu'elle veut, c'est d'avoir à rentrer à la maison après les chants avec un des autres gars. Elle ne veut plus rester Amish, du moins, pas si elle peut l'éviter.

— Et qu'en est-il de toi ?

Il fixa ses bottes.

— Je ne sais pas. Je ne pense pas vouloir rester à Zebulon, mais… Je ne suis pas certain que j'aimerais vivre parmi les Anglais non plus. C'est trop… compliqué.

— Tu n'as pas à décider quoi que ce soit pour l'instant. Alors, Anna et toi, vous faites juste semblant ?

— Ouais, je suppose.

Éphraïm haussa les épaules, cependant ses joues étaient roses.

Isaac ne voulait pas demander, toutefois il devait le faire.

— Comment va Mary ?

Son frère croisa son regard.

— Bien, je suppose. Elle a été plutôt secouée lorsque tu t'es enfui avec son frère.

— Je…

Ses genoux devinrent caoutchouteux. *Sait-il ?*

— David habite chez Aaron aussi, non ? Donc, je devine que vous vous voyez beaucoup. Aime-t-il vivre là-bas ?

Le cœur d'Isaac se serra quand il se rendit compte qu'il ne connaissait pas vraiment la réponse. En mettant de côté tout ce qui s'était passé entre eux, David, aimait-il *réellement* vivre à San Francisco ? Au plus profond de son cœur, Isaac connaissait la réponse, une réponse à une question qu'il n'avait pas voulu poser. Il se força à sourire à Éphraïm.

— Bien sûr.

— Il revient aussi pour rendre visite à sa famille ?

— Oui. Il est en chemin.

Et, en cet instant, Isaac se rendit compte qu'il ne se souciait pas de ce qui était arrivé avec ce stupide Clark, ni du fait que David ne lui avait pas avoué la vérité à propos de ce qu'il ressentait et tout ça. Il voulait juste le serrer contre lui à nouveau.

— Hey, as-tu fait la connaissance de filles Anglaise là-bas ?

Les yeux d'Éphraïm se mirent à briller.

— Sont-elles aussi sauvages qu'elles le paraissent ?

Isaac n'était pas sûr de devoir se sentir soulagé ou non par la question. Une partie de lui l'était, toutefois, il voulait que son frère connaisse la vérité. Qu'il voie le vrai lui.

— Je n'en ai pas vraiment eu le temps.

Il jeta un coup d'œil circulaire à la grange, ne croisant pas le regard de son frère.

— As-tu besoin d'aide pour laver les seaux ?

— Bien sûr. Le vieux Samuel Kauffman et son fils sont venus pour aider, mais j'ai quand même beaucoup de choses à faire, puisque Père n'est pas là, une grande partie de la journée.

Éphraïm sortit de la stalle, puis se retourna.

— J'étais vraiment en colère après toi.

— Je sais.

Isaac se mordit la lèvre.

Éphraïm se précipita sur Isaac, le saisissant et l'étreignant si fortement qu'il lui vida pratiquement tout l'air des poumons. Isaac ferma les yeux et lui rendit son geste. Éphraïm sentait la paille, la sueur et le lait rance. Il l'agrippa.

— Bien sûr, je te pardonne. S'il te plaît, ne pars plus sans dire au revoir, murmura Éphraïm.

— Je ne le ferai pas, je ne le ferai pas.

Isaac passa une main dans les boucles de son frère qui posa sa tête sur son épaule.

— Promis ?

Sa voix était étouffée.

— Promis.

Chapitre Quatre

— ES-TU CERTAIN D'ETRE prêt pour ça ?

Aaron entra dans l'allée boueuse de chez Byler, et gara la voiture de location sur le parking.

— Cela a été une longue journée avec ce voyage. Et une longue nuit, avant ça. On dirait que tu as bien besoin de repos.

— Je suis impatient. Je dois voir Isaac.

Le soleil s'installait, éclaboussant de rose le ciel gris du printemps. Quand June et lui étaient arrivés à l'hôpital, on leur avait dit qu'Isaac était rentré chez lui avec ses parents, David avait voulu s'élancer après lui. Même maintenant, il combattait l'envie de débouler dans la maison des Byler et d'emmener Isaac au loin.

Comme s'il pouvait lire dans son esprit, Aaron dit tranquillement :

— Il ne va pas rester.

David s'agrippa à la poignée de la porte.

— Je sais.

Il inspira et expira.

— Mais je suis certain qu'il mourrait d'envie de revoir Katie et les garçons.

Aaron fixa la route, comme s'il pouvait voir au-delà du virage, vers la maison et la grange de sa famille perdue.

— Je n'ai jamais rencontré les plus jeunes.

— Peut-être… que si tu demandes, tes parents pourraient…

Le regard toujours distant, Aaron secoua la tête.

— Ils n'accepteront pas. Ce ne serait pas juste de toute façon. Je savais ce que je perdais quand j'ai choisi de partir.

Il n'avait jamais vu Aaron aussi renfermé et il espérait que l'arrivée de Jen ne serait pas remise. Elle avait envoyé un message pour demander si David allait bien et si les exercices de respiration avaient aidé. Son inquiétude lui donna envie de sourire même s'il y avait peu de raisons de le faire.

— Une partie de moi souhaiterait pouvoir le faire.

Aaron hocha la tête dans la direction de la maison.

— Remettre mes anciens vêtements Amish pour que je puisse les voir.

Aussi dur que ce soit pour lui et Isaac de revenir, David pouvait seulement imaginer ce que c'était d'être mis à l'écart. La douleur qu'il ressentit à cette idée lui fit mal.

— Je suis désolé.

Il enfila une de ses anciennes tenues.

— Tu pourrais m'emprunter des vêtements si tu le voulais. Ils t'iraient bien.

La mâchoire d'Aaron se crispa.

— Non. Quand j'ai quitté Red Hills, j'ai juré que c'était pour de bon. Je n'allais pas être un de ceux qui partaient, et qui ne pouvaient pas tenir. Je me suis promis de ne plus jamais remettre ces habits.

— Je comprends.

Il soupira.

— Merci pour ton offre. J'apprécie.

Il regarda l'allée boueuse.

— Je n'ai jamais vécu ici, toutefois, c'est comme revenir à la maison, chose que je n'aurais plus jamais. C'est stupide, je m'en rends compte.

— Ça ne l'est pas.

David marqua une pause.

— Je sais pourquoi Isaac et moi, nous sommes partis. Mais pourquoi l'as-tu fait ?

Le petit sourire d'Aaron se fit mélancolique.

— Je n'étais pas taillé pour cette vie. Je me souviens, quand j'étais petit, j'allais avec papa livrer le lait à la laiterie. Tous ces camions, ces machines et cette agitation. Tout le monde semblait occupé et important et j'ai pensé qu'un jour, je serai comme une de ces personnes. Je n'ai jamais voulu être fermier. C'était toujours trop calme à la maison. Tellement de travail à faire quand je savais qu'il y avait des inventions Anglaises qui simplifiaient et rendaient cela plus facile. Cela ne m'a jamais paru logique. Je n'arrivais pas à saisir. Je suppose que c'est toujours le cas. Peut-être que je ne le voulais pas, tout simplement.

David ne savait pas quoi dire. Il hocha la tête, bien que le regard d'Aaron soit toujours fixé sur l'horizon, où le ciel rose s'assombrissait vers un rouge orangé.

— Le fait d'être gay est-il la seule raison pour laquelle tu es parti ? demanda Aaron.

— Je ne sais pas. Je ne crois pas. Non. Je suppose que j'essaie toujours de comprendre. Même si je ne pouvais pas être avec Isaac, je ne serais jamais resté. Je me suis convaincu que je devais le faire. Je m'étais résigné. Mais je me sentais misérable. Je voulais… plus. Tu vois ce que je veux dire ?

Il sourit.

— Je comprends exactement ce que tu veux dire, David. Tu devrais y aller maintenant, avant qu'il ne fasse trop sombre.

— En effet.

Il fit courir une main dans ses cheveux, il avait pu prendre une douche, cependant il se sentait anxieux à l'idée de revoir Isaac. Et maintenant que celui-ci se trouvait au bout du chemin, il n'avait toujours pas ouvert la portière de la voiture. Il pouvait entendre les battements de son cœur, comme s'ils étaient bloqués dans ses oreilles.

— Es-tu certain de ne pas vouloir attendre jusqu'à demain matin ? Non pas que je ne veuille pas que tu voies Isaac maintenant. Je sais juste que tu ne vas pas te retrouver dans une situation facile.

— J'en suis sûr. Il n'a pas son portable et si je ne viens pas, il pourrait penser que je ne me soucie pas de lui. Ou que je ne veux pas le voir après tout.

Aaron secoua la tête.

— Il ne pensera pas ça.

Il suivit de ses doigts le cuir lisse du volant et se racla la gorge.

— Donc… Isaac m'a un peu parlé de ce qui s'était passé entre vous. Je vais avoir quelques mots choisis envers Clark quand nous rentrerons à la maison. Je l'aime bien, mais ce n'était pas normal. Je suis désolé qu'il t'ait dragué comme ça et je vais t'accorder le bénéfice du doute en pensant que tu ne voulais rien de tout ça.

La bouche de David s'assécha.

— C'était le cas. Je le jure.

Il croisa le regard d'Aaron.

— Je ne le ferais jamais.

— Je te crois.

Aaron sourit doucement.

— Je sais à quel point tu te soucies d'Isaac.

Une vague de soulagement l'envahit et David soupira.

— Merci.

Il s'agita sur le siège en cuir qui grinça.

— J'aurais probablement dû le réaliser. Isaac n'a jamais semblé trop l'apprécier et maintenant, je sais pourquoi.

— Isaac aurait dû te dire ce qu'il avait entendu, t'avouer combien cela l'avait bouleversé et que les intentions de Clark étaient… tordues.

Il secoua la tête.

— Je suis certain que Clark se sent vraiment mal maintenant, mais Seigneur… Il n'aurait pas dû tenter ça avec toi.

— Il m'a dit qu'il était désolé. Je pense qu'il était sincère. C'est l'impression que j'ai eue. Je lui ai pardonné.

David fronça les sourcils.

— Peut-être que je n'aurais pas dû. Était-ce idiot de ma part ? Peut-être que je suis toujours trop Amish.

— Non. Ce n'était pas stupide du tout.

Aaron soupira.

— Je suis sûr qu'il le pensait. Ce n'est pas une mauvaise personne. Il est juste égoïste et irréfléchi parfois, surtout quand il s'agit de sa vie amoureuse. Bien qu'il soit aussi le genre de personne qui a pris tous les jours le BART[1] pour voir comment allaient les parents de Jen, pour les aider dans la maison après qu'ils aient eu un accident de voiture pendant qu'elle et moi, nous étions en Australie. Il ne s'est jamais plaint, pas une seule fois. Mais il est allé trop loin là et il va devoir regagner cette confiance.

— Les gens sont… ils sont compliqués parfois.

Aaron acquiesça en riant.

— Tu peux le dire.

Il redevint sérieux.

— Très bien. Va te réconcilier avec Isaac.

Les paroles de June tandis qu'elle les dirigeait sur le bon chemin revinrent à sa mémoire.

Va te réconcilier avec ton petit ami, parce que, tous les deux, vous avez l'air de chiens battus.

— J'y vais et je m'arrangerai pour le faire correctement.

— Je sais que tu le feras. Vous deux. Tu es sûr que tu pourras revenir chez June ? Peut-être que tu devrais prendre ton téléphone.

— Ce ne serait pas juste. Tout se passera bien. J'ai passé la plus grande partie de ma vie sans un portable. C'est difficile à croire parfois, et je l'utilise à peine comparé à d'autres personnes.

— Ouais, la technologie est amusante comme ça. Veux-tu que je te conduise plus près ?

— Non. Je vais marcher.

David défit sa ceinture de sécurité.

— À moins que tu ne veuilles venir et… voir.

Aaron secoua la tête.

— Je n'appartiens pas à cet endroit. Cela ne ferait qu'empirer les choses pour eux. Pour moi aussi.

— Merci de m'avoir emmené. Et pour tout le reste.

Résolument, David ouvrit la portière et sauta dans la neige fon-

---

[1] Bay Area Rapid Transit : sorte de train de banlieue allant de San Francisco à Oakland, Berkeley, et autres villes de l'est de la baie.

dante.

Le moteur ronfla et les pneus éclaboussèrent les environs lorsqu'ils passèrent dans les flaques d'eau, alors qu'Aaron faisait demi-tour et s'éloignait avec un geste de la main. Frissonnant, David remonta le chemin menant à la maison des Byler. Ses vieilles bottes Amish et son manteau étaient toujours chez June, rangés sur une étagère dans son ancien atelier. Son pantalon et sa chemise étaient terriblement froissés, cependant il n'avait pas voulu attendre pour leur donner un coup de fer. Non pas qu'il sache comment faire. June aurait certainement offert de l'aider, mais elle en avait fait assez.

Il avait automatiquement ignoré ses sous-vêtements chaque fois qu'il portait ses vêtements simples. C'était à la fois familier et étrange de sentir le coton rugueux de son pantalon frotter ses parties intimes. La chose la plus bizarre était de porter ses vêtements Amish sans un chapeau. Il fit courir une main dans ses cheveux à nouveau, repoussant les mèches sur le côté autant qu'il le pouvait. Il se sentait nu.

Alors qu'il s'approchait de la maison des Byler, son cœur se mit à galoper. De la fumée s'élevait dans le ciel qui s'assombrissait et les fenêtres brillaient à la lumière des lanternes. Au loin, il pouvait entendre les poules glousser et le cheval hennir. Un drap flottait sur la corde à linge.

La maison.

Même si ce n'était pas la maison dans laquelle il vivait, c'était presque toutes les mêmes à Zebulon. Il pouvait imaginer Kaffi bondissant autour du paddock, hennissant tout en s'amusant. Le ton plaisantin d'Anna tandis qu'elle faisait rire Mary malgré elle et les doux rires de Sarah et des filles. Leur mère les grondant, souriant quand même juste un peu.

Il s'arrêta et appuya ses mains sur ses yeux. Ce n'était pas le moment de pleurer. Isaac avait besoin de lui. Et Dieu seul savait, combien il avait besoin d'Isaac. Si proche, mais pourtant hors de portée. David ne pouvait pas se précipiter vers lui et le prendre dans ses bras. Il ne pouvait pas l'embrasser ou inhaler son odeur qui était si différente de celle de tous les autres au monde.

Bientôt.

Redressant ses épaules, David combla la distance jusqu'à la maison. Quand il toqua doucement sur la porte, les murmures à l'intérieur cessèrent. Il retint son souffle alors qu'il patientait, lissant à nouveau ses cheveux. Avec un raclement et un grincement, la porte s'ouvrit et le père d'Isaac remplit l'espace.

— David Lantz.

Il se racla la gorge.

— Oui, monsieur. Bonsoir, Monsieur Byler.

Il ne savait pas quoi faire de ses mains, donc il les joignit derrière son dos.

Le regard de Monsieur Byler le balaya de la tête aux pieds et vice-versa.

— Que voulez-vous ?

— Je…

Ses oreilles le brûlaient et sa peau le picota. Sans chapeau et les vêtements froissés, il n'était pas en état de faire une visite à la maison d'un voisin.

— David ?

La voix d'Isaac provint de l'intérieur de la maison.

Avec un soupir las, Monsieur Byler recula et Isaac surgit à côté de lui, son visage illuminé.

— David, je suis si content que tu sois venu.

David ne put que hocher la tête, de peur d'éclater en sanglots s'il parlait.

— Laisse-moi te raconter ce qui s'est passé avec Nathan.

Isaac retourna à l'intérieur pour attraper son manteau, accroché à une patère.

— S'il vous plaît, continuez et dînez sans moi, Père.

Monsieur Byler ouvrit la bouche, mais Isaac s'empressa de le contourner et de tirer sur la manche de David qui put sentir le regard de son père forer en lui, tandis qu'Isaac et lui reculaient de quelques pas.

— Isaac… commença Monsieur Byler.

Celui-ci se retourna.

— Oui, Père ?

Il se retourna, disparaissant un court instant avant de revenir avec un chapeau en feutre noir.

— Tu as oublié ça.

Après s'être précipité pour le prendre, Isaac le mit et rejoignit David. Puis la porte se referma et ils furent seuls sous la lune montante. Ils se firent face et David tendit une main vers lui avant qu'il ne puisse s'en empêcher.

Isaac enfouit ses mains dans les poches de son manteau.

— Tu sais qu'ils regardent, murmura-t-il.

David acquiesça et serra les doigts dans son dos à nouveau.

— Désolé.

Il déglutit avec difficulté et s'assura de parler à voix basse.

— Il y a tellement de choses que je veux te dire…

— Moi aussi.

— Je suis désolé, Isaac.

David voulait baisser la tête, mais il croisa le regard d'Isaac.

— Je suis tellement désolé. Pour ce qui s'est passé entre nous et pour Nathan. Pour tout.

— Je m'en moque.

Inhalant profondément, David faillit tomber dans la boue. Isaac refusait-il vraiment de lui pardonner ?

— Je… S'il te plaît, Isaac.

Sa voix était à peine audible.

— Non, non… attends. Ce n'était pas ce que je voulais dire.

Les yeux brillants, Isaac secoua la tête.

— Je m'en soucie. Évidemment que je le fais. Je veux dire… ça ne compte plus désormais. Je suis bouleversé par tout ce qui est survenu, et il y a des choses importantes dont nous devons discuter, toutefois, pour l'instant, je suis tellement content que tu sois là. Je veux…

Il jeta un coup d'œil par-dessus son épaule, en direction de la maison. Un rideau s'agita.

— Nous ne pouvons pas. Ils nous verraient.

Il murmura :

— Tu m'as tellement manqué ces derniers jours.

— Toi aussi.

David ressentit un immense soulagement.

— J'ai essayé de venir ici aussi vite que j'ai pu.

— Je sais. Je suis désolé d'être parti sans toi. Je devais juste revenir. Si Nathan…

Il frissonna.

— Je lui ai parlé aujourd'hui, au moins. Il semble aller bien. Autant qu'il le peut, je suppose.

— C'est bien. J'en suis heureux.

— Es-tu allé chez toi déjà ?

David secoua la tête.

— Je devais te voir d'abord. Je… Isaac…

— Je sais, murmura-t-il. Je sais.

Il enfonça ses ongles dans les paumes de ses mains derrière son dos.

— Je veux te tenir encore, chuchota David.

— Je sais. Nous le ferons. Nous devons juste être prudents.

Il sourit tristement.

— Nous avons beaucoup de patience, au moins.

— Je ne peux pas croire que nous sommes de nouveau ici.

David agita la main entre eux, indiquant leurs tenues Amish.

— Je continue de penser que je vais me réveiller, entendre le bus au bas de la rue, et que tu seras à côté de moi, dans notre lit.

Isaac ferma les yeux un instant.

— Je veux ça. Toutefois, j'ai besoin d'être ici, du moins, pour le moment. Comment va Aaron ?

— Je ne sais pas. Il est très calme. Je pense que c'est très difficile pour lui.

Isaac secoua la tête.

— J'ai détesté le laisser derrière moi aujourd'hui. Mais je le devais.

Tu comprends, n'est-ce pas ? Je devais revoir les enfants.

— Je comprends. Aaron, aussi.

— Restes-tu chez June ou vas-tu chez toi ?

— J'hésite. Je ne suis pas certain de la manière dont ma mère va réagir.

— Elle t'aime. Elle sera heureuse de te revoir. Tout comme je le suis.

Isaac sourit doucement. Puis il se redressa un peu.

— Je pourrais t'emmener là-bas avec le charriot. Nous pourrions rester seuls quelques instants.

Une vague d'excitation le traversa et David hocha vigoureusement la tête.

— Te laisseront-ils faire ?

— Viens.

Dans l'obscurité, Isaac serra les doigts de David un fugace instant.

David suivit Isaac à l'intérieur, s'attardant à la porte d'entrée. Au bout du couloir court, il pouvait voir le salon avec son poêle à bois et les rocking-chairs jumeaux pour les parents d'Isaac. La famille mangeait toujours dans la cuisine, et David put entendre Isaac leur parler en allemand.

— Je vais juste déposer David chez Eli Helmuth. Je vais atteler Silver à mon ancienne carriole.

— À cette heure ? demanda Madame Byler.

— Cela ne prendra pas longtemps. C'est trop loin pour qu'il y aille à pied.

Il y eut quelques instants de silence, puis Monsieur Byler prit la parole.

— C'est le charriot de ton frère maintenant.

— Il peut l'utiliser. Ça ne me dérange pas, dit Éphraïm, une vague de gratitude réchauffa David.

Monsieur Byler ajouta :

— Ta mère a raison. Il est trop tard. Non. Il pourra trouver son propre chemin demain.

— David a besoin de voir sa mère et ses sœurs, insista Isaac. Vous ne voulez sûrement pas que Madame Lantz attende un autre jour pour retrouver son fils ?

David ne put s'empêcher de sourire légèrement. Il n'y a pas si longtemps, Isaac aurait reculé, faisant la grimace au refus de son père. Le silence provenant de la cuisine dura et s'alourdit.

— Miriam veut certainement revoir son seul fils, déclara tranquillement Monsieur Byler. Ne traîne pas. Il y a beaucoup de travail à faire dans la matinée avant que nous retournions voir Nathan.

Lâchant le souffle qu'il avait retenu, David garda une expression neutre lorsqu'Isaac revint. Comme il l'avait deviné, Monsieur Byler le suivait. David se racla la gorge.

— Merci, monsieur.

Monsieur Byler le dévisagea pendant plusieurs secondes.

— J'espère que tu as compris les erreurs de tes décisions insensées et que tu obéiras à ta mère et au Seigneur une fois de plus. Tu étais si près de rejoindre l'église et de trouver la paix et le salut.

Tout ce que David put faire fut de hocher la tête et de se retourner, Isaac sur ses talons tandis qu'ils se hâtaient vers la grange. David jeta un coup d'œil en arrière lorsqu'ils l'atteignirent. Le père d'Isaac restait sur le seuil, une silhouette austère éclairée par la lumière chaude venant de l'intérieur. Lorsqu'ils furent à l'intérieur de la grange, ils se retrouvèrent seuls dans l'obscurité.

L'espace d'un court instant, ils se dévisagèrent dans l'éclat argenté de la lune pâle. Après une inspiration stridente, Isaac lança son chapeau sur le côté et se jeta dans les bras de David. Il était chaud et vivant et David inhala longuement son odeur, frottant sa joue sur ses cheveux blonds.

— *Eechel.* Tu m'as tellement manqué.

Isaac le serra fortement.

— Mon David…

Leurs lèvres se rencontrèrent, légèrement au début, puis rudement, comme s'ils voulaient se dévorer l'un l'autre complètement. David enfonça ses doigts dans les épaules d'Isaac, gémissant tandis qu'ils s'embrassaient, jusqu'à ce qu'il ait la tête qui tourne. Il désirait plus que tout sentir Isaac nu contre lui à nouveau, pour le goûter, le toucher et le tenir contre lui pendant des heures. Mais, bien entendu, ils ne pouvaient pas. Pas ici.

Comme s'il lisait dans son esprit, Isaac recula, haletant.

— Ils vont venir voir ce qui nous prend autant de temps.

Il frotta leur nez l'un contre l'autre.

— Nous devons…

— Oui.

Après un dernier baiser persistant, ils se séparèrent. David lécha ses lèvres, désirant garder chaque souvenir d'Isaac qu'il pouvait. Les yeux de celui-ci se mirent à briller et il effleura la bouche de David de son pouce avant de se précipiter vers la stalle de Silver. Souriant, David le regarda caresser et étreindre son vieux cheval.

— Oh ! J'ai failli oublier…

David fouilla sa poche et tendit son couteau à Isaac.

— Je sais que tu ne le portes plus, toutefois, j'ai pensé que tu pourrais apprécier de l'avoir ici. Je l'avais dans mon sac et June a dit que la sécurité ne me laisserait pas monter dans l'avion avec, je suppose qu'ils n'ont rien vu.

Isaac fixa le canif plié dans sa paume et David poursuivit.

— C'était stupide. Je peux simplement le reprendre…

— Non, ça ne l'était pas.

Isaac referma ses doigts autour de l'objet.

— Pas du tout. Merci. Merci d'y avoir songé. D'avoir pensé à moi.

— De rien. Je… J'ai fait tellement d'erreurs. Isaac, j'aimerais…

— Chhh…

Isaac posa un doigt sur les lèvres de David.

— Nous en parlerons plus tard. Nous arrangerons tout ça. C'est ce que nous désirons tous les deux, non ? Tu veux toujours être avec moi ?

— Oui !

David prit la joue d'Isaac en coupe de sa main non blessée.

— Toujours.

Isaac tourna son visage et embrassa sa paume.

— Alors, nous avons beaucoup de temps.

Il sortit Silver et l'attela. Ils grimpèrent dans le charriot et David pouvait sentir le poids des regards des Byler tandis qu'ils passaient devant la maison pour rejoindre la route, plus bas. C'était à la fois étrange et merveilleux de rouler dans une carriole à nouveau avec Isaac à son côté.

— Tu as oublié ton chapeau.

David fit courir sa main dans les cheveux d'Isaac. Ils portaient tous les deux leurs vêtements Amish, mais pas correctement. La brise de printemps refroidissait les joues rouges de David et il caressa la cuisse d'Isaac tandis qu'ils tournaient sur la route de campagne.

— Cela me semble irréel.

— Je sais.

Pendant un moment, David inspira profondément l'air frais de la nuit, tellement heureux d'être loin du bruit et du brouillard de la ville. Puis il entendit à nouveau le gémissement d'angoisse de sa mère lorsqu'il s'était enfui de l'église.

Pourquoi Dieu me punit-il ? S'il te plaît, David !

La réalité qu'il était en train de rentrer à la maison s'installa comme une ancre, l'attirant vers les profondeurs. Il s'était concentré pour revoir Isaac, et maintenant qu'ils étaient ensemble, toutes ses autres sources d'inquiétudes revinrent en force. Que dirait sa mère lorsqu'elle le reverrait ? Et qu'en était-il de Mary ? *Je les ai laissées tomber. Je me suis enfui. Elles doivent me haïr. Au Paradis, Père doit me détester aussi.* Je n'ai pas accompli mon devoir. David avait redouté cet instant depuis des mois, et maintenant il approchait comme un des trains de marchandises d'Isaac. Il allait devoir faire face à sa mère et à ses sœurs après les avoir abandonnées.

Cela allait vraiment se produire.

Une vague de terreur le saisit alors que le charriot rebondissait sur le chemin, se rapprochant de la ferme d'Eli Helmuth. Ses poumons se crispèrent, sa vue s'étrécit. Il retira sa main de la cuisse d'Isaac, puis serra les poings. Il avait l'impression qu'une barre de fer s'enroulait autour de sa poitrine et que son sang se précipitait dans ses oreilles. *Non, non, non...* il ne pouvait pas paniquer. Pas maintenant. Pas avec Isaac présent et pouvant voir...

— David ?

Mais n'était-ce pas précisément l'erreur qu'il avait faite si souvent à San Francisco ? Il inspira, prenant un souffle désespéré et fit sortir les mots, à peine un murmure.

— J'ai peur.

Seigneur, il était si faible et pathétique. Il n'aurait pas dû le dire. Il n'aurait pas dû...

— Bien sûr que tu l'es. Moi aussi.

Isaac lâcha une rêne et enroula ses doigts à ceux de David.

— Ils seront heureux de te revoir.

Puis il se pencha en avant et éleva la voix.

— David ?

Les roues de la carriole accélérèrent tandis qu'Isaac stimulait Silver et tournait vers le côté de la route qui disparaissait derrière une rangée d'arbres. Il immobilisa Silver et prit le visage de David dans ses mains. Celui-ci tremblait, mais il ne pouvait pas s'arrêter.

— Quel est le problème ? Tout va bien.

Isaac l'embrassa tendrement.

— N'aie pas peur. Je suis là.

Sanglotant, David enfouit son visage dans le creux du cou d'Isaac, se laissant aller tandis que son compagnon caressait son dos et lui murmurait des mots sans fin. Il ne savait pas combien de temps s'écoula alors qu'il tremblait et haletait, luttant pour prendre une bouffée d'air, attendant que le pire passe. C'était doux par rapport aux précédentes attaques de panique, mais il était pareillement drainé.

— Je suis désolé, murmura-t-il enfin, goûtant au sel sur ses lèvres et frottant ses yeux. Je ne voulais pas que tu me voies comme ça.

Isaac fit courir ses doigts dans les cheveux de David, sa voix était épaisse.

— Pourquoi pas ? Tu m'as tenu si souvent pendant que je pleurais. Tu n'as pas à être fort tout le temps, mon David. Fais-moi confiance. Laisse-moi t'aider.

Il s'accrochait à Isaac, se laissant être caressé et apaisé. C'était tellement *bon* de se laisser aller. Il souhaita plus que tout qu'Isaac et lui puissent rentrer à la maison, dans leur lit et se recroqueviller ensemble toute la nuit. Il voulait compter les taches de rousseur d'Isaac et le regarder rêver à douces choses. David se demanda s'il paraissait aussi innocent et libre qu'Isaac en avait l'air lorsqu'il dormait. Il en doutait.

Quand il put à nouveau respirer normalement, il se redressa, essuyant ses yeux avec ses manches.

— Je te fais confiance, Isaac. Vraiment.

— Est-ce ce qui t'est arrivé à San Francisco ? Tu as dit que tu avais l'impression que tu mourais parfois.

Isaac prit sa main et fronça les sourcils.

— Que s'est-il passé ?

Il effleura les entailles des paumes de David.

Celui-ci rougit alors qu'il se souvenait d'avoir jeté la bouteille vide à travers son atelier, seul et perdu. Se complaisant dans son auto-apitoiement.

— Du verre brisé. Ça va.

Il n'avait pas pris la peine de changer les pansements chez June.

Mais Isaac fronçait toujours les sourcils.

— Ça ne va pas bien. Cela a dû faire mal.

— Je l'ai à peine senti.

Au moins, c'était la vérité.

Avec révérence, Isaac appuya ses lèvres sur chaque petite incision.

— Embrasser, c'est mieux, murmura-t-il.

Des larmes surgirent à nouveau dans les yeux de David.

— Tu fais toujours en sorte que tout se déroule bien.

— Est-ce arrivé quand tu t'es senti mal et que tu as bu ?

Il acquiesça.

— J'ai parlé à Jen à ce sujet avant de venir ici. Elle a dit que c'était appelé « crise de panique ». Cela arrive à d'autres personnes également. C'est un soulagement de savoir qu'il n'y a pas que moi, et que ce n'est rien de plus grave.

— J'aurais aimé que tu me le dises.

Les yeux d'Isaac étaient embués.

— Je suis en colère après toi que tu ne m'en aies pas parlé.

— J'aurais dû. Je ne pourrais pas t'en vouloir si tu ne me faisais plus confiance.

Isaac déglutit difficilement.

— J'ai détesté te voir avec Clark.

— Je ne voulais pas que ça arrive. Je te le jure, je ne voulais pas.

David voulait se mettre à genoux et le supplier.

— S'il te plaît, pardonne-moi.

— Il ne s'est rien passé d'autre avec lui ?

— *Rien*. Et il n'y aura jamais rien. Il m'a embrassé, comme tu l'as vu. Puis je l'ai arrêté. Je ne veux que toi, Isaac. Seulement toi. Pour toujours. S'il te plaît, n'en doute pas.

Isaac sourit timidement.

— Ce n'est pas le cas. J'aurais dû te croire quand tu me l'as dit. Je suis désolé.

— C'est bon.

Isaac secoua la tête.

— Ça ne l'est pas. J'aurais dû en discuter davantage au lieu de te repousser. Nous n'avons pas assez parlé. Nous devons le faire, même si cela concerne quelque chose que nous n'aimons pas.

— Je sais. Nous le ferons. Ça… ça m'a vraiment fait mal que tu aies pu penser que je pourrais te tromper.

Isaac entrelaça leurs doigts.

— Je suis désolé. Je sais que tu ne le ferais pas.

David devait demander… devait entendre Isaac le dire.

— Me pardonnes-tu ?

— Bien sûr ! Nous avons fait tous les deux des erreurs.

Il pinça les lèvres.

— Je ne sais pas si je suis prêt à pardonner à Clark cependant.

— Je ne peux pas t'en vouloir. J'ai dit à Clark que je ne voudrais jamais de lui de cette manière et que s'il voulait que nous soyons amis, cela ne risquait pas de se produire. Il m'a répondu qu'il comprenait.

— Oh, je suis prêt à le parier. Et il va simplement attendre une autre opportunité pour recommencer.

— Je ne sais pas. Je pense qu'il est sincèrement désolé. Il est venu à l'atelier le lendemain matin pour s'excuser et il a dit qu'il voulait le faire auprès de toi également. Il semblait vraiment embarrassé par sa manière d'agir.

Isaac soupira.

— Je suppose que je devrais lui pardonner. C'est ce que nous sommes censés faire.

— Tu n'as pas à le faire. Surtout, si tu n'en as pas vraiment envie. Nous ne sommes plus Amish désormais, d'accord ?

Une autre question tourbillonnait dans son esprit. Auparavant, il n'aurait jamais demandé. Il l'aurait juste repoussée afin de ne pas prendre le risque de bouleverser Isaac. Mais David songea à ce que celui-ci avait dit à June à propos d'être gâté. Il serra les doigts de son compagnon.

— Pourquoi ne m'as-tu pas parlé de ce que Clark avait dit dans les toilettes cette première soirée au bar ?

Isaac garda les yeux baissés.

— Je ne sais pas.

— Ce… cela me gêne que tu ne me l'aies pas dit.

— Je sais. J'aurais dû.

Isaac releva son menton.

— C'était tellement flagrant pour moi. Je n'ai pas aimé le fait que tu ne sembles pas le remarquer. Je sais que ce n'était pas juste. J'ai pensé… je suppose que j'aie cru que ça te plaisait… qu'il te drague.

— Honnêtement, je n'avais aucune idée qu'il le faisait. Parfois, il fait ces commentaires à connotation sexuelle, mais il est comme ça avec tout le monde.

— J'aurais dû t'en parler. Je suis désolé.

— C'est bon. C'est fini maintenant. Clark sait qu'il ne doit plus jamais faire quelque chose comme ça. Et nous n'avons plus à sortir avec lui désormais.

— Peut-être pas pendant un moment. Je dois déterminer si je peux lui pardonner d'abord. San Francisco me semble tellement loin. Je n'aurais jamais cru que je remonterais dans une carriole.

— Moi, non plus.

Il passa ses bras autour d'Isaac et ils s'étreignirent mutuellement. Posant ses lèvres sur le point d'impulsion dans le cou d'Isaac, David écouta les branches des arbres s'agiter dans le vent. Sa voix était étouffée par la peau de son compagnon.

— Eechel, je t'aime.

— Je t'aime aussi. Nous allons surmonter ceci. Tout cela.

Il recula et embrassa la joue de David.

— Nous devrions y aller.

Hochant la tête, David se força à quitter les bras d'Isaac.

— Nous allons surmonter ceci, répéta-t-il.

Tandis qu'ils repartaient en direction de la ferme d'Helmuth, David n'avait jamais été aussi heureux d'avoir Isaac à son côté.

LE BRUIT DU charriot annonça leur arrivée, et alors qu'ils s'approchaient de la maison, David repéra sa mère. Elle était appuyée sur une canne, derrière Eli Helmuth, dans l'embrasure de la porte ouverte et, à la fenêtre de la cuisine, il pouvait voir les visages de ses sœurs tandis qu'elles s'entassaient, regardant furtivement à travers les rideaux noirs, le nez pressé sur le verre.

— Respire. Tout va bien. Je suis juste là.

Isaac serra une dernière fois la main de David avant de la lâcher et de faire arrêter Silver.

Acquiesçant, David se concentra sur ses inspirations et ses expirations. Il y était. Pas moyen de faire demi-tour. Il se battit avec le verrou de la porte de la carriole et sauta. Isaac le rejoignit et ils rencontrèrent Eli à mi-chemin de la maison, la mère de David clopinant quelques pas derrière.

— David. Isaac, fit Eli en hochant la tête, son visage ridé restant impassible. Isaac, comment va ton frère ?

— Il est très malade.

— En effet. Nous prions tous pour lui.

Eli caressa sa longue barbe, sombre avec quelques fils argentés dedans. Il était plus corpulent que David s'en souvenait. Mère le nourrissait bien.

David lui adressa un sourire timide.

— Bonjour, Mère.

Sa main tremblait, là où elle agrippait sa canne.

— David.

Elle avait toujours les mêmes cheveux foncés et les yeux bleus de David et la revoir provoqua une boule dans sa gorge. Son bonnet blanc brillant à la lueur de la lune.

— Je suis content de voir que vous marchez à nouveau. Comment vous sentez-vous ?

— Assez bien.

— Félicitations pour votre mariage, dit Isaac. J'ai été heureux de l'apprendre.

— Tout comme moi.

David se demanda s'il devait serrer la main d'Eli.

— Rentres-tu à la maison ? Es-tu prêt à te repentir ? demanda Mère. S'il te plaît, David. Viens à la maison. Tu nous as manqué.

La gorge de David se serra. Avant qu'il puisse tenter de formuler une réponse, la voix d'Anna retentit. Elle marchait vers eux alors que Mary se précipitait derrière elle, sifflant le nom d'Anna. Leurs bonnets blancs recouvraient des cheveux dorés à peu près identiques. Elles avaient toujours pratiquement ressemblé à des jumelles, Mary ayant à peine un an de plus.

— Je ne veux pas attendre pour saluer mon propre frère, insista Anna.

Avec un sourire, elle passa droit devant Mère et Eli et attira David dans une étreinte.

Il la serra avec gratitude.

— Tu m'as manqué.

— Toi aussi. À nous tous.

Anna recula et adressa un sourire à Isaac, puis jeta un coup d'œil à Mère.

— Veux-tu entrer, David ?

— Je…

Pouvait-il ?

— Bien entendu, répondit Eli.

Mary s'attarda, quelques pas en arrière. Ses lèvres tremblaient et elle sourit à peine à David avant de baisser la tête. Celui-ci pouvait sentir la tension d'Isaac à côté de lui qui se racla la gorge.

— Je devrais y aller. Ils vont se demander où je suis passé. Oh, mais comment reviendras-tu ?

— Je m'arrangerai. Vas-y.

— Je le conduirai, offrit Anna.

Eli secoua la tête.

— Si David ne reste pas, je l'emmènerai là où il a besoin d'aller.

Isaac hocha la tête en guise d'au revoir et David le suivit jusqu'à la carriole.

— Je te verrai à l'hôpital demain, chuchota-t-il. Je te le promets.

— D'accord. Souviens-toi simplement que tu n'es pas tout seul.

— Toi non plus.

Avec un petit sourire fugace, Isaac grimpa et fit faire un large demi-tour au charriot. David voulait le voir partir, mais cela aurait pu paraître étrange. Il se hâta de revenir, ses mains enfoncées dans ses poches.

— Tu ne portes pas de chapeau, observa Mère.

— Je n'en avais pas avec moi.

Il dansa d'un pied sur l'autre, songeant à sa fuite de l'église, puis dans la neige, laissant son chapeau et tout le reste – tout le monde – sauf Isaac, derrière lui.

Elle se tourna et reprit le chemin vers la maison, s'appuyant lourdement sur sa canne, avec un grand geste.

— Ce n'est pas approprié pour un homme d'être sans chapeau.

Anna surprit son regard et leva les yeux au ciel alors qu'ils suivaient. Eli restait silencieux et Mary était partie devant afin d'aider leur mère à passer la porte. David était venu rendre visite à Eli Helmuth quand cela avait été son tour d'héberger les chants de l'église, lorsqu'il entra à l'intérieur et retira ses bottes et son manteau, il fut frappé par un étrange sentiment de familiarité, et pas seulement parce que leurs maisons étaient si similaires à cause des règles de l'*Ordnung*.

Il y avait le rocking-chair qu'il avait fait pour Mère et, près du poêle, le panier à bois qu'il avait fabriqué. Il savait que Mère et les filles vivaient avec Eli maintenant, et que Joseph Yoder avait acheté leur ancienne maison. Toutefois, entre le savoir et le voir, c'était différent. Avec regret, David songea à la grange où Isaac et lui avaient passé tant d'heures.

Sarah, sa plus jeune sœur apparut, venant de la cuisine, Elizabeth et Rebecca sur ses talons. Elles avaient moins de onze ans et bien qu'Elizabeth et Rebecca aient les mêmes cheveux fins de leur père, les boucles de la petite Sarah, âgée de sept ans, étaient sombres. Le cœur de David rata un battement lorsqu'elle jeta ses bras autour de sa taille.

— Où étais-tu ? demanda-t-elle en pleurant. Je croyais que le mauvais monde t'avait avalé.

Il s'agenouilla et frotta sa joue.

— Nan. Je vais bien.

Ce n'était peut-être pas tout à fait exact, cependant cela le deviendrait.

— Tu sembles toujours pareil.

Le regard de Sarah le détailla.

— J'ai cru que tu aurais peut-être des cornes maintenant. Mais tu es toujours David.

Il ne savait pas s'il devait rire ou pleurer.

— C'est toujours moi. Le même vieux frère. Vous m'avez toutes manqué. Et moi, est-ce que je vous ai manqué ?

Elizabeth et Rebecca se précipitèrent pour le serrer brièvement, leurs yeux s'élançant vers Mère avant de reculer tout aussi vite. Il leur sourit.

— C'est bon de vous revoir.

— Les filles, il est temps d'aller au lit.

Eli aida Mère à s'installer sur sa chaise, près du feu, et sortit un tabouret pour qu'elle puisse surélever ses jambes.

Les petites firent comme il leur avait été dit et grimpèrent l'escalier. Mary tira Anna par le bras, mais celle-ci resta fermement planté où elle était. Mère lui lança un regard noir.

— Vous toutes. Faites ce qu'on vous a dit.

Anna souffla, ses pieds nus claquant sur le bois tandis qu'elle gravissait les marches. Mary hésita.

— David ?

— Oui ?

Son pouls s'accéléra.

— Je suis heureuse de te revoir. Tous les deux.

Il ouvrit la bouche pour répondre, toutefois, elle avait déjà disparu à l'étage, émettant à peine un bruit. Eli s'assit dans son propre rocking-chair et indiqua un autre siège à David. Il l'imita, et fit courir ses doigts sur le bois qu'il avait poncé et taillé. Ils avaient tous retiré leurs chaussettes, comme il était d'usage, et il agita ses orteils jusqu'à ce qu'il réalise qu'il se trémoussait. Repliant ses mains sur ses genoux, il attendit.

Et attendit. S'il y avait une chose que les Amish possédaient en abondance, c'était de la patience.

Une horloge tictaquait bruyamment et David se demanda combien de temps cela allait durer. Combien il s'était facilement adapté à l'affichage numérique. Il se racla la gorge.

— Est-ce toujours douloureux ?

Il tenta de repousser l'image de sa mère saignant et blessée dans la neige.

— Oui. Ça va mieux cependant.

— Bien.

Son estomac se retourna.

— As-tu besoin de plus d'argent pour les factures ? Je…

— Ce n'est plus ton problème. Je m'en suis occupé.

Eli commença à bourrer sa pipe de tabac. Un autre silence s'installa. À distance, il entendit le bois craquer et pouvait imaginer Anna en haut de l'escalier, écoutant avidement. Il sourit doucement.

— Cela te rend heureux, n'est-ce pas ? demanda Mère, la voix chancelante. De tourner le dos à ta famille et au Seigneur ? D'être un pécheur dans le monde ?

— Non. Je veux dire…

David passa sa main dans ses cheveux.

— J'aime ça. Vivre dans le monde. Isaac et moi…

Prudence !

Elle pinça les lèvres.

— J'ai toujours cru qu'Isaac Byler était un bon garçon. Et regarde ce qu'il a fait. Tu ne serais pas parti s'il ne t'avait pas mis cette idée dans la tête. Et après avoir bercé Mary d'illusions.

David lutta pour garder son calme.

— Il n'a rien fait. Il ne l'a jamais reconduite à la maison après les chants, pas une seule fois. Et c'était mon choix de partir. Ce n'est pas sorti de nulle part, Mère.

— Non, cette femme Anglaise a aidé aussi.

Eli gratta une allumette et alluma sa pipe d'une bouffée d'expert.

— David, tu sais que tu dois te détourner des péchés du monde et rejoindre notre communauté. Confesse tes péchés et fais amende honorable.

David voulait leur dire que c'était impossible. Qu'il pouvait renoncer à l'électricité, à la technologie et au reste du monde s'il le devait vraiment, mais qu'il ne pourrait jamais abandonner Isaac. Même sans lui, comment pourrait-il renoncer à la liberté d'être enfin lui-même ? D'être accepté ? Vivre dans le monde des Anglais, c'était tellement plus que des voitures et des moyens modernes. Pourtant, même s'il pouvait leur révéler la vérité, ils répondraient simplement qu'il devait se repentir. Leurs répliques seraient toujours de revenir à la vie ordinaire.

— Je ne peux pas revenir. Ce n'est pas pour ça que je suis ici. Je suis venu pour soutenir Isaac et Aaron. Et bien entendu, je voulais tous vous revoir. Je le désirais vraiment très fort. Vous me manquez tellement. Cependant, vous devez comprendre que je ne reviendrai jamais vivre ici.

Les épaules de Mère s'affaissèrent avec un sanglot soudain et elle posa une main sur sa bouche. De la douce fumée flottait dans l'air et Eli se berçait sans cesse dans son fauteuil. Mère inspira profondément.

— Tu me brises le cœur, David. Si têtu. Comme ton frère.

David hésita. Elle avait à peine mentionné Joshua depuis son décès.

— Je suis désolé d'être parti de la manière dont je l'ai fait, toutefois je savais que je ne serais jamais heureux ici. Je ne pouvais pas prendre cet engagement envers l'église, cela aurait été une erreur, un mensonge. S'il vous plaît, ne pouvez-vous pas comprendre ?

Elle le fixa avec des yeux humides.

— Non. Tu as tourné le dos à ta famille, tu t'es enfui pour tomber dans les bras du diable. Je ne comprendrai jamais. Je prierai jusqu'à mon dernier jour pour que tu reprennes tes esprits et que tu nous reviennes.

Là-dessus, elle se leva de son fauteuil, Eli l'aida pendant que David se relevait et oscillait inutilement sur place. Il attendit pendant qu'Eli la soutenait pour monter à l'étage, souhaitant qu'il puisse retourner en courant chez June. C'était seulement à quelques kilomètres de là. Ou peut-être qu'il pourrait prendre Kaffi, mais non… il n'était plus à lui désormais.

Sur la pointe des pieds, Anna apparut, son bonnet de travers. Elle tendit le bras pour attraper sa main.

— Mère ne me laisse pas m'éloigner de sa vue dernièrement. J'ai essayé de joindre June pour qu'elle appelle à propos de Nathan. Je suis si contente que tu sois revenu.

Elle leva les yeux vers l'escalier.

— Non pas que ce soit facile. Tu vas bien ? J'ai tout entendu.

Il repoussa une mèche rebelle de cheveux dorés derrière son oreille.

— Tu m'as tellement manqué.

— Peuh ! Tu vas bien ?

Elle le fixa en fronçant les sourcils.

— On dirait que tu n'as pas dormi depuis des jours. Isaac séjourne vraiment avec sa famille ?

Il acquiesça.

— C'est le seul moyen pour qu'ils le laissent voir Éphraïm et les autres. Ils veulent aussi l'éloigner d'Aaron.

Elle écarquilla les yeux.

— Aaron est-il revenu également ? Comment cela s'est-il passé ?

— Comme tu peux l'imaginer.

Il entendit des bruits de pas à l'étage et il attira Anna contre lui.

— Oublie-moi. Et qu'en est-il de toi ?

Elle posa sa tête sur son épaule.

— Je survis. Chaque jour, je prends plus d'assurance. Je partirai lorsque le moment sera venu.

— Je t'aiderai. Fais-moi juste savoir quand.

Anna s'éloigna tandis qu'Eli apparaissait. Elle hocha la tête en direction de David et se précipita vers l'escalier avec un petit sourire d'excuse pour Eli qui soupira.

— Elle me rappelle un cheval que j'ai eu autrefois. Il refusait de tirer la charrue, peu importe combien je le cajolais ou le menaçais.

— Qu'en avez-vous fait en fin de compte ?

Eli haussa les épaules.

—Je l'ai laissé courir librement. Que pouvais-je faire d'autre ?

Viens, maintenant. Je vais t'emmener où tu voudras aller.

Ils roulèrent en silence jusqu'à la ferme de June. David grimaça lorsqu'une voiture arriva derrière eux, elle ralentit et les dépassa aisément. Il se racla la gorge.

— Merci pour tout ce que vous avez fait pour ma mère et mes sœurs.

— C'est toi que je devrais remercier.

David cligna des yeux.

— Je ne comprends pas.

Eli sourit doucement.

— Non pas que je te remercie d'avoir péché. Cela, je dois le condamner avec une grande tristesse. Ma vie était devenue vide. J'étais seul et maintenant, ma maison est remplie une fois de plus. Une femme et des enfants sont la plus grande bénédiction qu'un homme puisse avoir sur cette terre. Mes propres enfants sont des parents désormais. J'ai des petits-enfants, mais avoir tes sœurs sous mon toit me réchauffe, même pendant les plus durs des hivers. Je me réveille avec le sourire. Tu n'as pas besoin de t'inquiéter pour leur bien-être. C'est mon fardeau désormais et je suis heureux de l'endosser.

— Je… Je ne sais pas quoi dire.

David prit une profonde inspiration, certain qu'une partie du poids dans sa poitrine disparaissait, lui permettant de respirer plus facilement.

— Dis que tu vas prier pour que le Seigneur te ramène dans le droit chemin. Penses-y. Jure que tu le feras.

Il songea à ce que June avait déclaré à propos de *son* Seigneur, aimant les gens tels qu'ils étaient. Son Dieu était-il là-bas ? Pour la première fois, David imagina réellement que, peut-être, Dieu pouvait être autre chose qu'Amish. Le monde était si vaste et les Amish étaient une infime partie de celui-ci. Il y avait tellement de confessions chrétiennes et peut-être qu'aucune d'elles n'avait tort. Il y avait certainement plus que ce que l'*Ordnung* dictait ?

— Je le ferai.

Ce n'était pas un mensonge… pas vraiment.

— Alors, je ne te demande rien de plus.

Ils firent le reste du chemin en silence et David adressa une prière silencieuse en effet, remerciant le Seigneur pour Eli Helmuth.

Chapitre Cinq

ALORS QU'ISAAC OUVRAIT les yeux, la faible lumière de l'aube imminente égayait la petite fenêtre. Le souffle court, pendant un instant, il était certain que tout ça n'était qu'un rêve : David, San Francisco, l'école, sa nouvelle vie. Parce qu'ici, il était dans son vieux lit, à Zebulon, reprenant conscience dans son même petit coin glacial, avec sa commode usée placée contre le mur.

Pourtant, l'autre côté du lit était froid et le seul son qui atteignait ses oreilles était le doux souffle qui provenait de l'autre côté de la chambre. Pas de Nathan. Pas de ronflements. Pas cette fois.

Et David n'était pas à côté de lui non plus, affalé sur le ventre, sans se rendre compte combien de place il prenait dans son sommeil. Cela ne dérangeait pas du tout Isaac – il avait aimé la manière dont sa jambe se pressait contre lui, ou que son bras l'entourait, son souffle chatouillant le nez d'Isaac. Il avait aimé que, certains matins, David s'était réveillé avec le regard trouble, puis tout son visage s'était illuminé comme un lever de soleil alors qu'il se concentrait sur Isaac.

Un regain de nostalgie le traversa et Isaac ferma les yeux. D'abord, il avait partagé un lit avec Aaron, puis Nathan et enfin il avait eu tellement plus avec David. Le sentiment de solitude était insensé, mais il augmentait en lui. Là, il se sentait désolé pour lui-même alors que son frère pouvait être en train de mourir.

— Quel est le problème ? murmura Éphraïm.

Isaac releva ses paupières tout en roulant pour faire face à l'autre lit. Il pouvait juste distinguer son frère qui l'étudiait dans la pénombre. Joseph dormait toujours, niché près du mur, de l'autre côté d'Éphraïm. Comme Isaac l'avait soupçonné, aucun d'eux n'avait voulu prendre le lit vide de Nathan, bien qu'Éphraïm aspire à avoir son propre lit. Personne n'avait dormi dedans depuis que Nathan s'était effondré et désormais, Isaac était de retour ici, tout seul.

— J'aurais dû savoir qu'il était malade.

Éphraïm souffla.

— La ferme ! Personne ne le savait. Pas même Nathan.

Isaac tenta de sourire.

— Vrai.

Les lames du plancher craquèrent dans le couloir et ils écoutèrent les pas lourds de Père descendre les marches. Le coq ne chanterait pas avant un certain temps, toutefois la journée avait commencé. Mère s'agiterait d'ici peu de temps et Isaac pouvait presque déjà sentir la graisse du bacon en train de cuire.

— Je ne me lève plus aussi tôt désormais.

— Je le parie.

Éphraïm se mit à rire.

— Même si j'allais dans le monde, je pense que mon cerveau me réveillerait de toute façon.

— Le veux-tu ? Aller dans le monde ?

Isaac n'était pas certain de savoir quelle réponse il voulait entendre.

— Je ne sais pas. Peut-être. Peut-être pas. Je pense que je veux quitter Zebulon, mais…

— Mais, quoi ?

— Mais… J'aime travailler à la ferme. Je peux m'imaginer avec ma propre maison, une femme et des enfants. C'est amusant de regarder les magazines d'Anna et me faufiler pour faire des choses Anglaises, et maintenant, avec Nathan, c'est juste… que ça me fait réfléchir. Tu sais ? Que peut-être, les choses ne sont pas si mal. Par moments, j'en ai tellement assez de Mère et Père et de toutes les règles. Cependant, n'est-ce pas effrayant, là, dehors, sans elles ?

— Parfois.

— Même si je retournais à Red Hills, ou dans une autre communauté, je perdrais tellement de choses.

Il resta silencieux un long moment, et sa voix tremblait.

— Je ne pense pas pouvoir le supporter si Nathan meurt. C'est déjà assez triste sans toi. Au moins, je sais que tu es dehors, quelque part avec Aaron. C'est déjà pas mal. Autant je comprends pourquoi tu es parti, autant je déteste que tu ne sois plus là. Je sais, ce n'est pas juste de ma part.

— Je ne peux pas t'en vouloir. Je ressens la même chose.

— Cela en vaut-il la peine ? De laisser ta famille derrière ?

— Je ne sais pas, chuchota Isaac. Oui… parfois, non.

Il fit courir ses doigts sur les carrés du patchwork de la couverture sur son lit. Alors que le lever de soleil approchait, la lumière gris pâle illumina la chambre et Éphraïm le regardait attentivement.

— Cependant, ce n'est pas de ma faute si c'est arrivé.

— Tu as choisi de t'enfuir.

— Oui. Toutefois, je n'avais pas vraiment le choix. Je…

Isaac serra ses mains. Il voulait avouer à Éphraïm la vérité, mais cela aiderait-il ? Ou ne cela ne ferait-il qu'empirer les choses ?

— C'est le problème. Il n'y a qu'une seule voie à suivre ici : tu es soit Amish soit Anglais, cependant, il n'y a rien entre les deux. J'aimerais pouvoir tous vous revoir. Je ne veux pas être coupé de vous. Je ne veux pas laisser ma famille derrière. Ils font que c'est ainsi. Nos parents et la communauté. Ils pensent que c'est une bonne chose, et ce n'est pas juste.

— Je sais. Si je retourne à Red Hills, les choses ne seront jamais plus pareilles avec Mère et Père.

— Exactement !

La voix d'Isaac augmenta avant qu'il se force à la baisser, jetant un rapide coup d'œil à Joseph qui dormait toujours.

— Je veux pouvoir écrire des lettres et vous rendre visite. C'est comme avec Aaron ! Toutes ces années, il voulait nous revoir, et ils ne l'ont jamais permis. Ce n'était pas son choix.

Éphraïm se pencha plus près.

— À quoi ressemble-t-il ? A-t-il une bonne vie ?

— Il est merveilleux. Il est si généreux et il vit bien. Très bien. Sa femme est un médecin et ils se font rire mutuellement tout le temps. Ils ont une jolie maison et ils s'assurent qu'il y a toujours une chambre pour nous, si nous en avons besoin.

Éphraïm resta silencieux un instant.

— Pour moi aussi ?

Le cœur d'Isaac sursauta.

— Bien sûr. Si jamais tu veux partir, il t'aidera. Je le ferai aussi.

— Je ne sais pas ce que je veux.

Il fronça les sourcils.

— Qu'y a-t-il de si bien dans le monde ? Des technologies et des trucs comme ça, bien sûr, cependant, nous n'en avons pas vraiment besoin.

— C'est plus que ça. C'est… la liberté. Les choix.

Éphraïm hocha la tête et semblait sur le point de dire autre chose quand Joseph marmonna et gémit, avant de se relever en prenant appui sur une main. Il aura neuf ans cette année, ce qu'Isaac avait du mal à croire.

Il se frotta le visage, le regard un peu trouble, puis un doux sourire se mit à s'épanouir.

— Isaac. Tu es toujours là.

Son sourire s'estompa tandis qu'il fixait l'endroit vide où Nathan aurait dû dormir.

Éphraïm repoussa la courtepointe.

— Nous ferions mieux d'aller travailler. Je suis déjà en retard.

Isaac aurait aimé qu'ils puissent rester discuter au lit, mais Éphraïm boutonnait déjà l'avant de son pantalon et se précipitait vers la porte.

D'une certaine manière, Isaac avait oublié combien de travail il y avait à faire. Traire, traire et traire, mettre en bouteille, nettoyer et une centaine d'autres petites choses – et ce n'était que les corvées pré-petit-déjeuner. Au moment où il se glissa dans la cuisine en bâillant, il voulait désespérément prendre une douche. Il releva les manches de sa chemise grise et se lava les mains dans la bassine. Il était sacrément certain que la dépendance ne lui manquait pas ainsi que le manque d'eau courante, même pour se laver. C'était une chose qu'il avait rapidement prise pour acquise en ville.

Mère était près du puits et Katie se tenait à côté du poêle, pieds nus, remuant un pot rempli de flocons d'avoine, tandis que les œufs et le bacon cuisaient dans une poêle graisseuse. Elle sourit brillamment.

— As-tu faim ?

— Les chiens ont-ils une queue ?

Isaac avait retiré ses bottes à la porte et il fléchit ses orteils contre les planches. Ses pieds lui faisaient déjà mal et il réalisa combien il faisait peu de travail physique à San Francisco.

Katie se mit à rire et tendit une cuillère.

— Veux-tu y goûter ?

La farine d'avoine sucrée et chaude était épaisse et merveilleuse. Il gémit.

— Si bon…

Il réalisa que la cuillère en bois était une de celles qu'il avait faites pour Mère il y a des années et, pour une certaine raison, cela lui réchauffa le cœur. Il jeta un coup d'œil à la pile de pots et de casseroles posés sur le comptoir.

— Veux-tu de l'aide pour les ranger ?

— Non. Je dois aller les rendre aux voisins. Il y a pratiquement plus de nourriture qu'il n'y en a lorsque Mère est à la maison toute la journée.

La sensation de chaleur grandit en Isaac. Il se demanda si les voisins en ville aidaient autant que les Amish. Pendant que Katie terminait, il étudia la table. Elle était exactement telle qu'il s'en souvenait : un peu plus usée, avec un banc de l'autre côté. Et, comme il s'en souvenait, il y avait trois couverts mis d'un côté et quatre de l'autre. Ils seraient seulement six aujourd'hui, mais il supposa que Katie avait mis un couvert pour Nathan par habitude.

Toujours en remuant sa casserole, elle suivit son regard.

— Il reviendra bientôt. Je le sais. Dieu le ramènera à la maison.

Isaac hocha la tête.

— Je l'espère. Dois-je m'asseoir à mon ancienne place ?

— Bien sûr. Elle t'est toujours attribuée.

Il cligna des yeux dans sa direction.

— Que veux-tu dire ?

— Nous mettons toujours ton couvert.

— Depuis mon départ ? Vous… pour chaque repas ?

Sa gorge était serrée.

Elle acquiesça.

— Chaque jour, nous prions pour que tu reviennes.

La pensée qu'à chaque repas, son couvert soit mis, restant intouché et vide, lui retourna l'estomac. Il n'avait pas songé assez souvent à sa famille – c'était certain. Il s'était laissé emporter par David, la ville et sa nouvelle vie. Maintenant, alors qu'il se tenait dans la cuisine, il pouvait constater par lui-même tout ce qu'il avait laissé derrière lui. Ses yeux dévièrent vers la place de Nathan. *S'il vous plaît, Dieu. Laissez-le vivre.*

— Isaac ? Tout va bien ?

Les yeux de Katie étaient écarquillés.

Il se força à prendre une inspiration et réussit à garder une voix neutre.

— Oui. Je vais bien. Alors, l'école te manque-t-elle ? Tu fais vraiment un très bon travail ici pour que Mère puisse aller à l'hôpital.

— Merci. Cela me manque, en effet.

Elle apporta les bols et commença à servir la farine d'avoine.

— Nous apprenions comment écrire une lettre appropriée. Mère m'a dit qu'elle allait me montrer.

— Tu pourrais m'écrire en guise d'exercice.

— D'accord.

Elle sourit, sa lèvre tremblait.

— Isaac, n'es-tu pas revenu pour rester ? Tu ne vas pas vraiment repartir, n'est-ce pas ?

— Katie, je… j'aimerais pouvoir. Je ne peux pas rester pour de bon.

Elle laissa bruyamment tomber la cuillère dans la casserole.

— Isaac ! Tu n'iras pas au paradis !

Des larmes emplissaient ses yeux.

— J'ai tellement peur pour toi. N'es-tu pas effrayé ? Tu ne peux pas retourner là-bas.

— Tout va bien. Je n'ai pas peur.

Il la prit dans ses bras et frotta son dos.

— Chhh… Ne pleure pas. Je te promets que j'irai bien. Quand tu seras plus âgée, tu verras que, parfois, le Seigneur nous pousse vers une voie différente. Ne t'inquiète pas pour moi.

Il l'embrassa et posa sa joue contre ses cheveux pâles.

Reniflant, Katie s'accrocha à lui.

— Je ne veux pas que tu ailles en enfer, Isaac. Tu devrais revenir et rejoindre l'église. Le Josiah de Rachel m'en a parlé. Tout le monde dit que c'est vrai.

— Je pense qu'il y a plus d'un moyen d'aller au paradis.

— Isaac.

La voix sèche de Mère le fit sursauter. Elle le fixait depuis la porte d'entrée, avec un seau à la main.

— Ne parle pas de telles choses dans cette maison.

Hochant la tête, il caressa Katie une dernière fois, puis recula. Il voulait dire que c'était vrai – que cela *devait* être vrai – toutefois cela ne servirait à rien.

— Je suis désolé.

Éphraïm, Joseph et Père entrèrent, et bientôt ils se tenaient autour de la table et dirent une prière silencieuse. Isaac accéléra l'habituelle prière au Seigneur et ajouta quelques lignes supplémentaires.

S'il vous plaît, faites que Nathan aille bien et guidez-moi, en compagnie de David vers notre véritable maison, où qu'elle puisse être.

AU MOMENT OU ils se rendirent à l'hôpital, Isaac était prêt à exploser. En voiture, il aurait fallu un quart du temps qu'ils avaient mis, au maximum. Toutes ces années passées à utiliser un cheval et un charriot, mais après quelques mois à bord de voitures et de bus, il ne pouvait pas imaginer y revenir.

Tandis qu'il marchait avec ses parents à travers le parking, il abaissa le bord de son chapeau pour faire de l'ombre à cause du soleil. La journée s'était transformée en un brillant jour de printemps et les oiseaux pépiaient joyeusement. À la pensée qu'il pouvait revoir Nathan, et que David l'attendait à l'intérieur lui donnait envie de courir devant, toutefois il s'efforça de rester au même niveau que Mère et Père, lorsqu'ils franchirent les portes coulissantes.

À l'intérieur, la gaieté du jour s'évapora. L'air paraissait plus lourd, comme s'il était aussi gris que le sol et les murs. Une lumière clignotait dans la cage d'escalier alors qu'ils montaient jusqu'au troisième étage en silence. Isaac eut l'impression stupide qu'ils se rendaient au combat, et que d'une certaine manière, il supposa qu'ils le faisaient. Contre le cancer. Le monde entier. Les uns, les autres.

Quand il entra dans le couloir, son regard trouva immédiatement David, près de la porte de Nathan, et Isaac sourit automatiquement. Cependant, il s'évanouit lorsqu'il remarqua les épaules voûtées et les yeux baissés de David. Puis il se concentra sur les autres personnes présentes dans le corridor – Aaron, dans un coin, avec les bras croisés et les lèvres pincées, et les formes vêtues de noir de l'Évêque Yoder et du Diacre Stoltzfus qui semblaient prendre tellement de place dans le couloir qu'Isaac se demanda, l'espace d'un instant, s'ils étaient devenus plus grands.

La pensée absurde qu'il devrait s'enfuir se réverbéra dans l'esprit d'Isaac avant qu'il la repousse. Il obligea ses pieds à avancer, ses bottes Amish paraissant lourdes tandis qu'il suivait Mère et Père. Un homme dans un fauteuil roulant tirant une petite bonbonne d'air les fixa quand ils le contournèrent.

La chambre de Nathan était au bout du couloir, ce qui était une bonne chose, étant donné le nombre de visiteurs qu'il avait ce matin. Bien entendu, l'évêque et le diacre n'étaient pas ici pour lui apporter une sucrerie ou des vœux de bon rétablissement de la part de la Congrégation. Ils tenaient leurs chapeaux dans leurs mains et Isaac retira le sien et ramena ses cheveux vers l'avant, autant qu'il le pouvait. Le sourire d'Aaron était crispé alors qu'il attirait son attention.

— Tu vas bien ? mima Aaron.

Isaac acquiesça et renvoya « et toi ? »

Aaron hocha la tête, mais Isaac n'était pas certain de pouvoir le croire. Il haussa les sourcils et Aaron se détendit un instant, lui adressant un petit sourire véritable. Il hocha de nouveau la tête.

David fixait toujours ses baskets et Isaac aurait aimé qu'il lève les yeux. *Est-il en colère après moi ?* Le silence régnait tandis que les secondes s'égrenaient et Isaac s'agita, enfouissant sa main dans la poche de son pantalon pour refermer ses doigts sur le canif. Il souhaita avoir un bout de bois à creuser et il prit soudain conscience que la menuiserie lui manquait. Tout en ville avait été si nouveau et brillant, et il avait à peine su par où commencer. Cela n'avait jamais été facile, pourtant, maintenant, qu'il jetait un coup d'œil en arrière sur ces jours avec David dans la grange des Lantz, cela lui paraissait si paisible et simple.

— Comment va Nathan ? demanda-t-il, choqué par le son de sa propre voix.

Il n'avait pas voulu le dire à voix haute.

L'Évêque Yoder le fixa avec un regard d'aigle. Il était grand et mince, avec des cheveux blancs vaporeux et une barbe drue.

— Le Seigneur envoie à Nathan force et courage. Nous prions pour son rétablissement complet et la bénédiction de Dieu.

— Il est en chimio, répondit Aaron. Il s'accroche.

L'évêque poursuivit comme si Aaron n'était pas du tout là.

— Isaac, comme c'est bon de te voir t'incliner devant le Seigneur et obéir à tes parents. Je sais combien leurs cœurs étaient lourds avec ton absence.

Qu'était-il censé répondre à ça ?

— Euh… Merci.

Il voulait que David le fixe, mais son menton était toujours baissé.

— Le Seigneur a un plan pour tout, Isaac. Maintenant, il t'a ramené à la maison. Ainsi qu'il devrait être.

L'Évêque Yoder jeta un coup d'œil à David.

— Nous espérons que ta bonne influence aidera David à reprendre le droit chemin également.

Une expression Anglaise jaillit à l'esprit d'Isaac tandis qu'il fixait le diacre. *Si les regards pouvaient tuer…* Le diacre lorgnait pratiquement tout le monde, cependant il observait David si durement qu'Isaac s'attendait à moitié à ce que ses cheveux commencent à fumer. Le Diacre Stoltzfus était un homme taillé comme un tonneau, sa lourde barbe noire descendait jusqu'au milieu de sa poitrine. Ses doigts étaient boudinés là où il agrippait le bord de son chapeau noir.

Une vieille femme paraissant tourmentée, avec une blouse blanche volante, apparut, feuilletant des pages sur un bloc-notes. Ses cheveux blonds étaient tirés en arrière et son porte-nom indiquait Docteur Anita Tyler.

— Monsieur et Madame Byler, j'aimerais vous parler des résultats des derniers examens.

Elle leva les yeux et sembla remarquer tous les autres pour la première fois.

— Ah ! Je vois que Nathan a quelques visiteurs aujourd'hui. Souvenez-vous qu'il doit se reposer. Pas plus de trois personnes à la fois, s'il vous plaît. En fait, je pense que la plupart d'entre vous devraient revenir un autre jour. Il ne serait pas apte à recevoir du monde après sa séance de chimio.

Aaron passa devant l'évêque et le diacre.

— Avez-vous reçu les résultats pour Isaac et moi ?

— Pas encore. Le laboratoire est débordé. Le Docteur Beharry de la clinique Mayo va les contacter afin de faire accélérer les choses. C'est l'un des meilleurs oncologues du pays, et c'est également un véritable pit-bull, ce qui est excellent pour Nathan.

Elle consulta de nouveau son presse-papier.

— Monsieur et Madame Byler, si nous pouvions discuter en privé ?

Elle les guida vers la chambre vide de Nathan.

— Comment vont-ils payer pour tout ça ? demanda Isaac, ne sachant pas à qui il s'adressait.

— La communauté y pourvoira. Nous prenons soin des nôtres, répondit le Diacre Stoltzfus.

Isaac fut surpris que sa voix paraisse si calme et raisonnable, et que ce ne soit pas simplement un grognement.

David fixait toujours ses pieds.

— Ma mère a écrit une lettre pour le journal, demandant aux gens d'envoyer ce qu'ils pouvaient. Comme la tienne l'a fait quand… après l'accident.

— Oh ! Bien.

Isaac sourit avec hésitation, mais David ne releva pas les yeux.

Le téléphone d'Aaron se mit à bourdonner et il le tira de sa poche, se montrant rebelle tandis qu'il regardait l'évêque et répondait.

— Hey ! Ouais. Attends une seconde.

Il s'adressa à Isaac et à David.

— Je reviens tout de suite.

Il s'éloigna dans le couloir et disparut au coin.

— Vous devez vous détourner du péché. Du chemin menant au diable.

Le visage fin de l'Évêque Yoder se plissa et il paraissait vraiment peiné.

— Je prie pour que vous vous repentiez tous les deux et reveniez à vos familles. La perte d'un seul enfant est trop lourde pour que Zebulon puisse le supporter. Cela a été un tourment pour nous tous. Nous discuterons avec vous plus tard.

Là-dessus, il s'éloigna, le diacre sur ses talons. Isaac expira, puis David commença à les suivre également. Il disparut dans les toilettes et Isaac emprunta le même chemin. David voulait-il le voir ? Peut-être qu'il s'était passé quelque chose, ou que…

— Enfin !

Tandis que la porte se refermait derrière Isaac, David était là, ses yeux bleu pâle étaient intenses alors qu'il arrachait le chapeau d'Isaac et prenait son visage entre ses mains, l'embrassant profondément. Heureusement, la pièce était vide et David le tira dans l'une des cabines, le pressant contre les toilettes afin qu'ils puissent se tenir tous les deux à l'intérieur et verrouiller la porte.

Puis le dos d'Isaac se retrouva plaqué contre le panneau, David étroitement serré contre lui, l'embrassant à nouveau tendrement.

— Salut ! souffla-t-il.

Il pendit le chapeau d'Isaac au crochet, sur le mur de côté.

— Salut.

Isaac sourit alors qu'il faisait courir ses mains sur le dos de Davis, l'étreignant à travers le coton doux de sa chemise à carreaux.

— Tu ne voulais pas me regarder. J'ai cru que, peut-être, tu étais en colère.

Le souffle de David était chaud contre la joue d'Isaac.

— J'avais peur que, si je le faisais, ils comprendraient. Nous le cachons depuis si longtemps, mais je ne pense plus pouvoir le faire maintenant. Surtout pas quand tu me manques tellement.

Il enfouit son nez dans le cou d'Isaac.

Le raclement du chaume de David était rassurant et excitant en même temps.

— Je sais.

Isaac enroula ses doigts dans les cheveux de son compagnon et ses jambes s'écartèrent afin que la cuisse de David puisse s'intégrer parfaitement entre elles.

— Je devais te voir seul. Nous devons discuter de tant de choses. Il y a juste… tellement…

Il glissa sa main sous la chemise de David et toucha sa peau.

— Attention, ou nous pourrions être arrêtés pour faire de vilaines choses dans un lieu public.

Isaac éclata de rire et c'était si bon. Pour un instant, il s'autorisa à oublier le cancer, les prêcheurs et les attentes de ses parents.

— Promis ?

David rit également, puis ils se figèrent lorsque la porte s'ouvrit et que du bruit provenant du couloir – le son de pas et de roues qui grinçaient, ainsi qu'une voix remplie d'électricité statique surgissait du haut-parleur. Isaac enfonça ses doigts dans le dos nu de David et ils se dévisagèrent, écoutant le bruit d'une fermeture éclair qui était baissée. Ils soupirèrent à l'unisson et Isaac ne put résister à l'envie de frotter ses hanches contre la cuisse de David. Il durcissait, mais c'était plus que ça. Il aurait été satisfait de pouvoir juste s'appuyer contre David, de la tête aux pieds, et d'inhaler son odeur.

David ravala un rire tandis qu'ils écoutaient l'étranger se soulager dans l'urinoir et Isaac appuya ses lèvres sur la joue de David. C'était tellement bon d'être à nouveau ensemble. Il savait qu'ils avaient des problèmes auxquels ils devaient faire face, mais il y avait un sentiment de certitude, qui grandissait de plus en plus profondément en lui qui paraissait juste et robuste. Une conviction que, malgré les quelques erreurs qu'ils avaient faites, cette chose entre eux était solide et sûre, profondément enracinée sur terre, comme les racines d'un arbre. Peu importe ce qui arriverait, ils s'y confronteraient ensemble.

L'homme quitta les toilettes, David eut un sourire hésitant.

— Quoi ?

— Rien. Tout.

Isaac réalisé qu'il souriait.

— Nous allons bien. Nous sommes toujours nous. Ils ne peuvent pas transformer ça. Personne ne peut changer ça si nous ne les laissons pas faire.

Il secoua la tête.

— Ce que je dis n'a probablement aucun sens.

— Si, tout à fait.

David embrassa son front.

— Nous ne les laisserons pas faire. Personne.

Pendant une minute, ils s'étreignirent simplement et Isaac ferma les yeux tout en frottant sa joue contre la flanelle de la chemise de David.

— Je suppose que nous devrions y aller. Je veux parler à Aaron.

Il releva la tête.

David fit courir son pouce sur la lèvre inférieure d'Isaac.

— Penses-tu que tu pourrais sortir ce soir ? Me retrouver dans le bois près de chez June. Peux-tu prendre Silver ?

— Oui. Je trouverai un moyen. Pour minuit.

Ils s'embrassèrent encore une fois puis revinrent dans le couloir. Aaron disait quelque chose à leurs parents affichant un visage aussi dur que de la pierre devant la porte de la chambre de Nathan. La chaleur qu'il avait gagnée face au court instant de répit passé auprès de David s'évanouit et Isaac gardait ses propres yeux fixés sur le sol désormais. David avait raison. S'ils ne se montraient pas prudents, tout le monde verrait et Isaac ne voulait même pas imaginer ce qui se passerait alors.

IL ETAIT TARD dans l'après-midi quand Isaac s'approcha de la ferme des Miller. Le vieux charriot le fit sursauter tandis que la roue s'enfonçait dans un nid de poule et il freina devant la maison de John Miller. Le frère aîné de Mervin était probablement dehors, dans les champs, et alors qu'Isaac sautait au bas de la carriole, il repéra la femme de John par la fenêtre de la cuisine. Elle ne lui fit pas signe, mais il leva quand même une main.

La maison de John avait été construite à quelques centaines de mètres de celle de ses parents et, alors qu'Isaac s'approchait, des souvenirs surgirent à sa mémoire. Mervin et lui avec les genoux pleins de boue se faisant gronder par Madame Miller, qui leur donnait quand même des biscuits au sucre, bien qu'ils courent toujours, ne marchant jamais.

Isaac s'arrêta net dans son élan tandis qu'une soudaine peur le rongeait au désir de revoir son meilleur ami. Mervin était probablement encore dans les champs de toute façon, et peut-être que c'était pour le mieux. Il enfonça le bout de sa chaussure dans la boue, sentant des yeux curieux posés sur lui, mais ne distinguant personne. Son visage rougit et il réalisa qu'il avait l'air d'un idiot à se tenir debout, juste là. Il devait rester ou y aller. Juste faire demi-tour et…

— Isaac Byler.

La voix de Jacob Miller retentit, provenant de la grange. Il en sortit, s'essuyant les mains sur un vieux torchon. Isaac obligea ses pieds à avancer afin d'aller à la rencontre de Jacob. Ils s'arrêtèrent à quelques pas l'un de l'autre. Sous son chapeau noir, Jacob avait la même chevelure rousse que Mervin, toutefois il était plus grand et plus mince.

Isaac tendit la main.

— Bonjour, Jacob.

Après une seconde, celui-ci la prit et la serra durement.

— Isaac. Que veux-tu ?

Il expira par le nez.

— Je veux dire… Qu'est-ce qui t'amène ici ? Nous avons entendu dire que tu étais de retour, mais Mervin ne semblait pas penser que tu viendrais.

Cela n'aurait pas dû faire aussi mal, mais c'était comme s'il s'était pris un coup de sabot d'une mule.

— Je… oh… Je peux partir si vous préférez. Je voulais juste passer voir comment vous alliez tous.

Je voulais voir si mon meilleur ami me déteste.

— Nous allons bien. Travailler dur et suivre la parole du Seigneur, comme cela devrait être.

— Comment vont Ruth et Atlee ?

La dernière fois qu'il était ici, c'était le jour de leur mariage.

— Bien. Le nouveau bébé est pour bientôt.

— Excellent. C'est… super.

Jacob n'avait que quelques années de plus que Mervin et ils avaient tous joué ensemble un nombre incalculable de fois quand ils étaient enfants. Désormais, Isaac ne savait plus quoi dire.

Après un instant de silence, Jacob reprit :

— Mervin ne sera pas de retour avant un bon moment.

— D'accord. Je vais y aller.

Isaac recula d'un pas.

— Je ramène Mary chez elle après les chants maintenant, lâcha Jacob. Ce sera la troisième fois dimanche prochain.

— Je suis content de l'apprendre.

Les yeux de Jacob s'illuminèrent.

— Je serai un bon mari pour elle. Je pense qu'elle commençait tout juste à se faire à cette idée, mais maintenant… As-tu changé d'avis ?

— Non. Non ! Jacob, je ne veux pas de Mary.

Il se sentit bêtement coupable tandis que les mots quittaient sa bouche.

— Ce n'est pas qu'elle n'est pas quelqu'un de bien. Elle l'est. N'importe quel homme serait heureux de la prendre pour femme.

N'importe quel homme, sauf moi.

— Je n'essaie pas de la récupérer. Je ne l'ai jamais eue pour commencer. Je le jure.

Jacob le dévisagea d'un air soupçonneux.

— Tu le penses vraiment ?

— Oui. Je ne vais pas essayer de m'interposer entre vous.

Avec un soupir, Jacob hocha la tête.

— D'accord. Es-tu de retour pour de bon ? Ou juste pour Nathan ?

— Juste pour Nathan.

— Je n'aurais jamais pensé que tu oserais passer par-dessus la clôture.

Un petit sourire étira ses lèvres.

— Tu n'as jamais aimé briser les règles. C'était toujours Mervin qui avait des ennuis. Ou moi.

Isaac sourit à son tour.

— Je ne l'aurais jamais cru non plus.

— Tu peux attendre Mervin si tu veux. Je suis sûr que les filles ont des gâteaux et du café.

— Je ne veux pas vous déranger.

Il frissonna à la pensée d'avoir une conversation encore plus gênante avec les divers membres de la famille Miller.

— En fait, je crois que je vais aller à la cabane dans l'arbre. Si c'est d'accord ?

Jacob hocha la tête.

— Quand Mervin reviendra, je lui dirai que tu es passé.

— Merci. Cela a été agréable de vous revoir, Jacob.

Il tendit de nouveau la main.

— Et je suis vraiment content pour Mary et pour vous. J'espère que ça marchera.

Jacob serra sa paume, sans trop forcer cette fois, un peu plus amicalement cependant.

— Ça le sera. C'est la femme parfaite pour moi.

Il tapota son chapeau avant de retourner vers la grange.

Le chemin menant à la cabane passait par une petite colline, jusque dans les arbres qui entouraient la ferme des Miller. Ses bottes s'enfonçaient par moment dans la terre humide, et Isaac sauta pardessus les tas de feuilles détrempées au milieu des racines des arbres. Mervin et lui avaient couru tant de fois à travers la forêt et il sourit doucement intérieurement tandis qu'il repensait aux taches de rousseur de Mervin qui paraissaient plus foncées sur ses joues rouges.

La cabane se dressait comme une sentinelle à l'orée de la forêt, un pâturage en jachère s'étendait en dessous, et au-delà se trouvait le chemin de fer qui contournait Zebulon. Il testa son poids sur le barreau du bas de la vieille échelle et la tint fermement tout en grimpant.

— Fait pour durer, murmura-t-il.

Cela avait été le premier objet réel qu'Isaac avait construit. Mervin et lui n'avaient pas ajouté de toit, préférant l'air libre et la cime des arbres. De nouveaux bourgeons avaient germé sur les plus grosses branches et il y aurait bientôt un toit fait de feuilles frissonnantes. Il avança prudemment sur les planches, trouvant quelques endroits où des réparations seraient nécessaires. Il aurait bien besoin d'une nouvelle couche de vernis également. Ils avaient laissé l'avant ouvert et il fit courir ses doigts sur les trois petits murs qui refermaient le loft. À l'arrière se trouvaient les mots qu'il avait sculptés il y a tant d'années.

« Propriété de Mervin Miller et d'Isaac Byler – AUCUN INTRUS AUTORISÉ »

Isaac prit son canif dans sa poche et retraça les lettres presque effacées, posant son chapeau sur le sol pour qu'il puisse se pencher plus près. Réparer ce panneau était une chose stupide à faire, mais cela le détendit de s'agenouiller et de graver le vieux bois. La charpenterie lui avait vraiment manqué ces derniers mois. C'était si facile de se laisser emporter par les nouvelles opportunités que la ville offrait : l'école, les amis et toutes sortes d'aliments qu'il n'avait jamais su exister. Il avait perdu de vue les choses les plus simples. Le bois céda lorsqu'il enfonça sa lame dedans et lui apporta une tranquillité apaisante. Quand David et lui rentreraient à la maison, Isaac allait s'assurer de travailler avec lui, au moins deux fois par semaine.

Il s'assit sur ses talons, regardant le message fraîchement retaillé. Isaac glissa la main dans sa poche pour prendre son téléphone avant de se rappeler qu'il ne l'avait pas. Il aurait aimé prendre une photo, mais supposa que sa mémoire devrait suffire. Il remit le couteau dans sa poche.

— Isaac ?

Avec le sol humide par le printemps, il n'avait pas entendu Mervin approcher. Isaac se releva rapidement, frottant ses genoux. Il jeta un coup d'œil au bas de l'échelle et trouva Mervin qui levait la tête, sous le rebord de son chapeau, le cou incliné en arrière. Isaac agita maladroitement la main.

La voix de Mervin était plate.

— Tu es vraiment ici.

— Euh… ouais. Veux-tu que je m'en aille ?

Il retint son souffle.

Pendant un instant terrible, Mervin ne répondit rien. Puis il secoua la tête et commença à grimper et Isaac recula pour le laisser entrer. Lorsqu'il atteignit le haut, ils se dévisagèrent mutuellement.

— Pourquoi es-tu venu ?

— Mon frère…

— Je veux dire, pourquoi es-tu venu me voir ?

Les mains de Mervin étaient enfoncées dans ses poches et ses épaules étaient tendues.

Parce que tu étais mon meilleur ami pendant toute ma vie.

— J'ai cru que nous pourrions… je ne sais pas… rattraper le temps perdu, finit-il maladroitement.

Son regard s'arrêta sur le panneau sculpté.

— Tu te souviens quand nous l'avons construite ?

— Hmm… hmm…

Isaac passa sa main sur un mur.

— Nous venions ici chaque minute que nous avions de libre cet été là. Tu te souviens de la fois où j'ai pratiquement raté le dîner parce que nous finissions le sol ? J'avais si peur qu'ils exigent que je reste à la maison, même après avoir fini toutes mes corvées. Mais ils n'ont rien dit. Père nous a même acheté le bois supplémentaire dont nous avions besoin après avoir épuisé toutes les chutes que nous avions trouvées.

— C'était gentil de sa part, déclara sèchement Mervin.

Isaac soupira. Mervin et lui avaient autrefois été en mesure de passer des heures ensemble, sans dire plus de quelques mots. Maintenant, les secondes s'écoulaient et chaque souffle paraissait résonner trop fort. Il savait qu'il serait préférable de partir, toutefois, du fond de ses entrailles il sentait qu'il perdrait une chance qui ne se représenterait jamais.

Au lieu de ça, il s'assit dans le coin opposé de la cabane, faisant pendre ses jambes dans le vide. Il remarqua un éclat métallique au loin.

— Cela ne te dérangeait pas d'attendre le train.

Derrière lui, les planches craquèrent.

— Quoi ? demanda Mervin.

— Même après que les autres garçons se soient lassés, cela ne t'a jamais dérangé d'attendre avec moi pour avoir une chance d'apercevoir un train. Parfois, il ne passait même pas, mais tu ne te mettais pas en colère pour avoir perdu ton temps.

Il y eut un autre craquement et Isaac retint son souffle tandis que Mervin s'installait à côté de lui.

Celui-ci fit semblant de donner un coup de pied dans l'air.

— C'est parce que ça ne te gênait pas de m'écouter parler. Tous les autres disaient que je bavardais de trop. Pas toi, cependant.

— Tu as toujours été un gros bavard. Pourquoi cela m'aurait-il embarrassé ?

Isaac ramassa une feuille humide et la fit rouler entre ses doigts.

— Tu pourrais parler maintenant.

— À propos de quoi ?

— De tout. Ramènes-tu toujours Sadie chez elle après les chants ?

— Ouais. Sadie et moi, c'est du sérieux. Cet automne, nous publierons les bans avant de nous marier après la récolte.

— Vraiment ? C'est génial ! fit Isaac en souriant.

Mervin sourit à son tour et, l'espace d'un instant merveilleux, ce fut comme si rien n'avait changé.

— C'est une bonne fille. Elle est si jolie et elle me laisse l'embrasser parfois. Et ça ne la gêne pas non plus que je parle trop.

— Elle semble être parfaite pour toi.

Le ton de Mervin devint rêveur.

— Nous pourrions construire une maison à côté de chez mes parents et de John. Nos enfants pourraient jouer ensemble. Peut-être que je pourrais réparer cette cabane pour eux. Les petits de John sont presque assez vieux. Ce serait super de voir à nouveau des enfants jouer ici.

— Sans doute.

Le sourire d'Isaac s'estompa et ses yeux le brûlèrent. Il se concentra sur les pistes éloignées, essayant de se reprendre. *David et moi aurons-nous un jour des enfants ?* Isaac savait que même s'ils pouvaient en avoir, ils n'étaient pas encore prêts, mais il ressentait une forte pression dans sa poitrine. Il imaginait si clairement l'avenir de Mervin. Il était tellement solide qu'il pouvait pratiquement entendre les hurlements de rire tandis que les enfants Miller jouaient ensemble sur leurs terres – leur coin du monde.

En grandissant, il avait simplement supposé que, bien entendu, il aurait des enfants un jour. C'était ainsi qu'allaient les choses. Mais maintenant… Il connaissait quelques couples gays avec des enfants. Il avait vu un programme à la télévision à propos de mères de… il tenta de se souvenir du mot. *Substitution.* Et certaines personnes adoptaient. Tout cela lui paraissait compliqué et dans un avenir lointain.

Mervin jeta une brindille sur le côté comme s'il faisait des ricochets dans un étang.

— Nous nous sommes bien amusés ici quelques fois, non ?

— En effet.

Isaac indiqua d'un mouvement de tête la pâture et les traces au loin.

— C'est toujours une belle vue. J'avais l'habitude de rêver que j'attrapais un de ces trains pour aller jusqu'à l'océan.

Mervin secoua la tête.

— Je n'ai jamais cru que tu le ferais vraiment, cependant.

— Moi non plus.

Isaac sourit.

— J'ai réellement vu l'océan.

— Ouais.

Mervin lui jeta un coup d'œil, un sourire hésitant sur les lèvres.

— C'était comment ?

— Gelé.

Isaac éclata de rire, puis frissonna en se souvenant de la terreur de David, et de combien de temps cela avait pris pour qu'il se réchauffe.

— Cet été, je veux descendre sur la côte, là où l'eau est plus chaude.

— Cet été, hein ? Donc, tu vas repartir ?

— Tu sais que je le dois, que je ne peux pas rester.

— Mais quand même… j'aimerais bien que tu le fasses.

— Mervin…

Sa gorge se serra.

Jetant un autre bout de bois, Mervin demanda :

— Vas-tu voir des films et tous ces trucs ?

— Hmm… hmm…

Isaac sourit, reconnaissant pour le changement de sujet.

— Il y a d'énormes cinémas où le son est si fort et l'écran si gigan-tesque. Ils ont même des fauteuils qui bougent. Alors quand quelque chose explose, tu es secoué.

Mervin le regarda, ses sourcils pâles disparaissant sous le bord de son chapeau.

— Vraiment ?

— C'est plutôt cool.

— Je parie. Mais je me suis débarrassé du Touch que Leroy m'avait envoyé. C'était amusant pendant un petit moment, puis j'ai réalisé que je n'avais plus besoin de films ou de musique. Il pouvait contenir près d'un millier de chansons et j'ai pensé : qui a besoin d'un millier de chansons ? Comment faire pour choisir ? Je perdrais plus de la moitié de mes journées avec tous ces objets en plus si j'étais Anglais.

— Il y a énormément de choix, c'est vrai.

— De cette manière, je peux reconnaître tel ou tel ustensile.

Mervin haussa les épaules.

— Je sais exactement qui je suis et ce que je vais faire.

Il resta silencieux pendant un moment.

— Ne veux-tu pas d'une famille un jour ? Des enfants ?

— Je prie pour en avoir.

Mervin retira son chapeau et fit courir une main dans ses cheveux blond-roux. Ils étaient plus longs maintenant, dépassant ses oreilles.

— Continues-tu vraiment de prier ?

— Oui. Probablement pas autant que je le devrais. Mais oui.

— C'est bon à entendre. Peut-être n'est-il pas trop tard.

— Je pense que je peux toujours croire en Dieu sans être Amish.

Mervin soupira.

— Tu sais que ce n'est pas le bon moyen.

— Qu'en sais-tu ?

Avant que Mervin puisse parler, Isaac répondit pour lui.

— Parce que l'*Ordnung* le dit. Parce que l'évêque, les prédicateurs et nos parents l'ont déclaré. Ne te poses-tu pas de questions, Mervin ?

Son front se plissa.

— Des questions sur quoi ?

— Pour savoir si c'est vraiment ce que Dieu désire ? Que nous vivions séparés du reste du monde ? Nous cacher et prétendant que c'est toujours comme il y a cent cinquante ans ? Pourquoi serait-ce mieux ? Cela nous sépare d'autrui. De personnes qui nous aiment, comme Aaron. Est-ce ce que le Seigneur veut ? Que nous ignorions des gens que nous aimons parce qu'ils veulent vivre une vie différente ? En quoi est-ce juste ?

— Je ne sais pas. C'est comme ça, tout simplement. Nous devons avoir la foi, Isaac. Toute cette liberté dans le monde, à quoi bon ? Ils ont des guerres et font des choses terribles. Je ne veux pas faire partie de tout ça. Je veux avoir une famille et la paix. Nous devons croire et accorder notre confiance au Seigneur et à notre communauté. Et à la fin, nous serons récompensés pour une vie simple, sans céder à la tentation.

— Toutes les règles… ils veulent te contrôler.

Mervin haussa les épaules.

— Ouais, toutefois, les règles simplifient les choses. Il y a tellement de sujets dont je n'ai pas à me préoccuper. La semaine dernière, je suis allé voir le préparateur de charriots à Polk County et c'était plus facile. Je lui ai donné les spécifications venant de l'*Ordnung* et c'était aussi simple que ça. Je n'ai pas eu à y réfléchir à deux fois.

— Tout ça ne compte pas vraiment. En quoi la taille de ta carriole l'est-elle ? Pourquoi serait-ce un péché d'utiliser des réflecteurs afin qu'il y ait moins d'accidents ? Ils sont destinés à protéger les gens. En quoi est-ce orgueilleux ? La mère de David et sa sœur auraient pu mourir. Elles l'ont pratiquement été. En quoi est-ce mal d'avoir des lumières sur les carrioles ?

— C'est juste comme ça, fit Mervin en soufflant. Pourquoi te soucies-tu maintenant de ce que nous faisons de toute façon ? Tu ne restes pas.

— Pourquoi je m'en soucie ? Ne serait-ce pas égoïste si je ne le faisais pas ? Ne l'es-tu pas si tu te fiches des autres personnes vivant dans le monde ? Il y a des millions de gens en dehors d'ici. Des milliards, même. Ne devrais-tu pas avoir envie de les aider ? Ne comptent-ils pas aussi ? En quoi cela sert Dieu de rester isolé ? Et qu'en est-il du reste du monde ? Il y a de bonnes personnes là, dehors. Je sais qu'il y en a.

— Ils ont choisi de vivre ainsi, Isaac. Tout ce bruit et cette fierté. Cela les distrait des joies simples de la vie. Ici, nos esprits sont clairs. Concentrés. Nous pouvons bien mieux servir le Seigneur.

— Alors pourquoi n'essaies-tu pas de les convaincre ? Si tous les autres doivent aller en enfer, ne devrais-tu pas tenter de les sauver ?

Mervin crispa la mâchoire.

— Seul Dieu peut faire cela. N'est-ce pas arrogant de ta part de penser autrement ?

— Mais si c'est la bonne manière de faire, pourquoi quelqu'un devrait-il avoir à naître pour ça ? C'est juste un coup de chance l'endroit où nous naissons. Or, les Amish n'acceptent pas les étrangers. Pratiquement jamais. Alors pourquoi tout le monde ne naît-il pas Amish si c'est la manière dont Dieu veut que nous soyons ?

— Écoute-toi avec toutes ces idées dans la tête désormais. C'est la raison pour laquelle nous devons rester loin des Anglais. Ils t'obligent à te poser des questions. Ce n'est pas juste.

— Qu'y a-t-il de mauvais dans le fait de se poser des questions ?

— Nous devons avoir la *foi* !

La peau pâle de Mervin rougit.

— J'ai foi parce que je vis comme je le devrais. De la manière dont

Dieu le veut. C'est ce qui compte.

— Et qu'en est-il de moi ? Je ne compte donc pas pour toi ?

Mervin déglutit difficilement et ramassa une autre brindille sur laquelle il referma son poing.

— Bien sûr que si.

— Nous sommes amis depuis que nous pouvons parler. Nous étions pratiquement des jumeaux. Après toutes ces années, cela ne te blesse-t-il donc pas que nous ne puissions plus nous voir désormais ?

Mervin garda la tête baissée, mais il tremblait.

— Parce que moi, ça me fait mal.

Les yeux d'Isaac le brûlaient.

— Ça me fait tellement mal de penser que je n'arriverais plus à te parler de Sadie ou de tes enfants, ou de les voir jouer dans notre cabane. Et pourquoi ? Dans quel but ? Parce que je suis une mauvaise personne ? Un pécheur ? En quoi est-ce juste de perdre tellement simplement parce que je suis différent ?

Des larmes roulèrent sur ses joues.

— Je ne voulais pas être différent, Mervin. Est-ce juste que je perde ma famille et mon meilleur ami à cause de ça ?

La tête toujours baissée, Mervin prit une inspiration tremblante, mais ne répondit pas.

— Aaron ne voulait pas être différent non plus. Il a travaillé dur pour changer. Il a rejoint l'église et a essayé d'être ce qu'ils voulaient qu'il soit, mais cela l'a brisé. Cela aurait le même effet sur moi aussi. Et David. Vivre ici me donnerait honte de qui je suis. De qui j'aime. En quoi l'amour peut-il être mauvais ?

— Es-tu... et est-il vraiment encore... murmura Mervin.

Isaac n'hésita pas.

— Oui.

Quand Mervin releva la tête, ses yeux brillaient et il saisit le bras d'Isaac, soudain passionné.

— Ne crois-tu pas que si tu priais assez fort, cela partirait ? Si tu épousais la bonne fille ? Peut-être que Mary n'était simplement pas la bonne. Katie Lapp a presque dix-sept ans et elle est si jolie. Tu devrais l'aimer, je le sais. Il n'est pas trop tard. Il n'est jamais trop tard. Si tu pouvais juste *essayer*.

— J'ai fait semblant toute ma vie durant, Mervin, répondit doucement Isaac. J'ai essayé si dur. J'étais quand même différent. C'était juste que je ne savais pas en quoi jusqu'à ce que je rencontre David. Et avant que tu ne le dises, non. Il ne m'a pas transformé. Il ne m'a pas changé, ni retourné à l'envers. Je suis toujours le même que j'ai toujours été. Tout ce qu'il a fait, c'est de m'aimer.

Les épaules de Mervin s'affaissèrent et il relâcha le bras d'Isaac.

— C'est justement ce que je ne peux pas comprendre.

Il regarda droit devant lui.

— Que veux-tu dire ?

— Tu es toujours toi, murmura-t-il. Je te connais.

Isaac retint son souffle, attendant qu'il en dise davantage.

— Tu sais que c'est un péché, toutefois je t'ai entendu parler d'amour et je sais que tu le penses sincèrement. Tu le fais vraiment, n'est-ce pas ? Tu l'aimes ?

— De tout mon cœur.

— C'est juste que je ne peux pas comprendre comment. J'essaie, Isaac, mais c'est comme si tu me disais que le ciel est vert. Même si tu y crois, je continuerais à le voir bleu.

— Merci d'avoir essayé. Cela signifie beaucoup pour moi.

Ils restèrent assis en silence pendant quelques instants avant qu'il trouve le courage de lui poser la question :

— Pourquoi n'as-tu rien dit à propos de nous ?

Mervin retint le regard d'Isaac et, après un moment, il répondit simplement.

— Tu es toujours mon meilleur ami.

Isaac déglutit difficilement.

— Merci.

Il voulait tendre la main, mais Mervin le repousserait-il s'il le touchait ?

— Tu sais que tu es le mien aussi.

Mervin hocha la tête et tritura le bord de son chapeau. Après quelques secondes de silence, il demanda :

— Comment va-t-il ? Nathan.

Isaac lutta contre une vague de nausées.

— Pas bien.

Il prononça les mots qu'il ne pouvait pas partager avec ses parents.

— Je pense qu'il pourrait mourir. Cela ne semble pas possible. Mon petit frère. Il vient tout juste de commencer à grandir, à attraper des boutons et a presque fini ses études. Il a à peine vécu. Ce n'est pas juste.

— Je sais. Je prie pour lui tous les jours.

— Merci.

Après quelques instants de silence, Mervin se releva.

— Je devrais rentrer.

Il frotta le fond de son pantalon, passa sa manche sur ses yeux et gifla son chapeau.

— Beaucoup de travail à faire et le dîner est bientôt prêt.

— Oui. Bien entendu. Je comprends.

Mervin commençait déjà à descendre l'échelle et Isaac resta assis, figé sur place. Il avait l'impression qu'il aurait dû en dire tellement plus, toutefois, peut-être qu'ils avaient assez échangé.

Les mains serrées sur les barreaux en bois usés, Mervin s'arrêta et jeta un regard vers le haut, par-dessous son chapeau.

— Tu sais, je ramasse encore le courrier tous les jours.

Puis il disparut, hors de sa vue.

Une vague d'espoir fleurit en Isaac et il voulut dire qu'il écrirait, mais Mervin était déjà parti. Il ravala un sanglot pendant qu'il écoutait les pas de son ami s'estomper à travers le bois détrempé. Il se souvint de la dernière fois qu'il était venu dans cette cabane dans les arbres, se faufilant ici et regardant le train passer pendant que David l'avait fait jouir et se sentir si bien. Tous les deux avaient leur propre monde secret. Maintenant, ils n'avaient plus à se cacher. Pas loin de Zebulon, en tout cas. Pas dans cet endroit où ils se construiraient une maison ensemble.

Ramassant une branche morte, Isaac jeta un dernier regard sur les pistes éloignées. Il savait qu'il devrait rentrer, mais il avait besoin d'un petit moment seul – et peut-être qu'un train passerait bientôt. Il balança un peu ses jambes. Avec des coups sûrs, il planta son couteau dans le chêne et attendit le coup de sifflet.

Chapitre Six

DAVID FRAPPA DOUCEMENT à la maison d'Eli Helmuth. Il aplatit ses cheveux, se sentant toujours nu sans son chapeau, bien qu'il porte encore ses anciens vêtements Amish plissés. Il y eut une multitude de bruits de pas à l'intérieur et Sarah ouvrit la porte en grand.

— David !

Elle redressa son bonnet noir sur ses cheveux sombres et cria à leur mère en allemand que David était revenu. Il fit la grimace à son choix de mots, mais afficha un sourire lorsque Mère apparut, s'appuyant sur sa canne. Elle l'étudia, et il dansa d'un pied sur l'autre.

— J'ai juste pensé que je pouvais venir voir si vous aviez besoin d'aide. Je sais qu'Eli doit avoir fort à faire tout seul.

— Les garçons du voisinage viennent après l'école.

— Oh !

Le cœur de David se serra. N'était-il donc vraiment plus le bienvenu désormais ?

Mère claqua la langue.

— Eh bien, si tu vas traîner dans le coin, tu devrais avoir l'air présentable.

Tandis qu'une vague de soulagement le traversait, David hocha la tête.

— Avez-vous toujours mes affaires ?

Une expression blessée apparut sur son visage.

— Bien sûr. Ton coffre est dans la chambre d'Anna. Mets des vêtements propres et récupère ton chapeau.

Elle se retourna et repartit vers la cuisine.

— Je vais te montrer !

Sarah attendit que David retire ses vieilles bottes, puis le guida vers l'étage.

— J'ai bientôt huit ans.

Il sourit à la pensée aléatoire.

— Je m'en souviens. Tu es une grande fille maintenant, hmm… ?

— Ouais. Je peux porter tout un seau d'eau depuis le puits toute seule.

— Vraiment ? Tu *es* devenue une grande.

David songea aux petites filles Anglaises de huit ans, avec leurs poupées Barbie, jeux vidéo et dessins animés à la télévision. Sarah paraissait tellement plus innocente.

C'était vraiment étrange de constater à quel point la maison d'Eli était similaire à celle dans laquelle ils avaient vécu. C'était comme s'il était de retour à la maison, sans l'être tout à fait. Il suivit Sarah dans une des chambres. Même si c'était celle d'Anna, elle paraissait identique à celle de n'importe quelle chambre d'une fille Amish : une couette sur le lit et des meubles en bois, très simples. Aucune décoration sur les murs, ni de bibelots qui encombrent les surfaces. David sourit intérieurement et se demanda où elle cachait tous ses magazines interdits et ses livres. Son vieux coffre était dans un coin et il fit courir sa main sur les rainures familières dans le bois tout en s'agenouillant.

À l'intérieur, son chapeau était posé au-dessus de ses vêtements soigneusement pliés. Son feutre noir était aussi robuste que d'habitude et il regarda Sarah assise sur le lit, qui l'étudiait avidement.

— Penses-tu qu'il tiendra sur mes cornes ?

Il lui fit un clin d'œil.

Elle rougit et rigola.

— Je suis contente que des cornes ne te soient pas poussées pendant que tu étais dans le monde.

— Moi aussi. Je pense que ce serait tout à fait inconfortable pour dormir. Et que je déchirerai probablement beaucoup d'oreillers.

— Es-tu…

Sa voix s'estompa.

— Quoi ?

David tendit la main pour chatouiller ses pieds ballants.

— Tu peux tout me demander. Ne sois pas si timide.

Sarah se mordit la lèvre.

— Es-tu vraiment toujours le même ? Tu sembles l'être.

Suis-je encore le même ? Il avait l'impression que cela faisait une éternité depuis qu'il avait vécu à Zebulon.

— Je le suis. Mais je suis différent également. J'ai vécu beaucoup de choses nouvelles. Cependant, je suis toujours ton frère.

— Tu ne ressembles pas aux garçons Anglais qui crient depuis leurs pickups quand nous marchons pour rentrer à la maison, après l'école.

Il fronça les sourcils.

— Quand cela a-t-il commencé ?

— Il y a un moment.

Elle haussa les épaules.

— Ils ne font rien. Ils disent juste des choses que nous ne comprenons pas vraiment.

Sarah baissa la voix.

— Mais ils n'ont pas l'air de crier des choses très gentilles.

David serra la mâchoire. La pensée de quelqu'un harcelant ses petites sœurs fit bouillir son sang.

— En as-tu parlé à Mère ?

— Hmm… hmm… Elle m'a dit de les ignorer et qu'ils finiront par se lasser.

Bien sûr que c'était leur réponse. Il poussa un soupir. Tendre l'autre joue, c'était bel et bien, toutefois il voulait toujours trouver ces gars et… *et quoi ? Leur envoyer mon poing dans la figure ?* Il n'était pas certain. Était-il devenu violent ? Peut-être qu'il l'était. Tout ce qu'il savait, c'était que s'il attrapait une personne criant des choses désagréables à ses sœurs, il ne serait pas en mesure de simplement l'ignorer.

— Je suis désolée. T'ai-je mis en colère ?

Sarah le fixait avec de grands yeux.

— Non, non. Pas toi.

David s'approcha et s'assit à côté d'elle sur le lit.

— C'est juste que je ne veux pas que quelqu'un te dérange. La prochaine fois, répète tout à Eli et tu verras ce qu'il répondra, d'accord ?

— D'accord.

— Aimes-tu Eli ?

Elle hocha la tête.

— Il est gentil. Il me laisse bourrer sa pipe pour lui.

David sourit.

— Je le faisais pour Père parfois. Il y a longtemps.

Des souvenirs remontèrent à sa mémoire, revenant comme toujours à ce fameux jour dans les champs. *Père s'effondrant et David courant aussi vite qu'il le peut, cependant pas assez rapidement. Monter Kaffi et passer à travers bois, jusque chez June et le son des sirènes tandis que l'ambulance arrivait trop tard.*

— Je ne me souviens pas de Père, murmura Sarah. Est-ce mauvais ?

David passa son bras autour de ses épaules minuscules.

— Non, ça ne l'est pas.

Il voulait la garder près de lui et en sécurité, bien qu'il sache qu'il ne pouvait pas. Il repartirait bientôt, et quand pourrait-il revoir Sarah et ses sœurs après ?

— Quand j'étais plus petite, je croyais que tu étais mon père. Mary m'a expliqué un jour, mais tu faisais toujours les choses qu'un père fait. Je me souviens de la fois où je me suis tordu la cheville en courant après un écureuil. Et j'étais tellement loin de la grange, je t'ai appelé aussi fort que j'ai pu et tu es venu. Je savais que tu le ferais.

Elle posa sa tête sur l'épaule de David.

Sa poitrine le brûla et il étouffa un sentiment de culpabilité.

— Je le ferai toujours. Je sais que je serai trop loin pour t'entendre crier, si jamais tu as besoin de quelque chose, tu pourras m'appeler. Tu peux aller chez June et elle connaît mon numéro de téléphone. Tu te souviens d'elle ?

— Hmm… hmm… Mère dit que c'est une mauvaise femme.

— Je sais. Elle ne l'est pas. C'est mon amie. Elle sera la tienne également. Je sais que tout ça, c'est… tu es trop jeune et je ne devrais pas dire ça.

Il déposa un baiser sur son front.

— Je veux que tu le saches. Je reviendrai toujours vers toi. Peu importe à quelle distance je suis. D'accord ?

Elle réprima ses larmes.

— Pourquoi dois-tu partir si loin ? Pourquoi ne peux-tu pas rester ici ?

— Je ne peux pas. Isaac et moi, nous ne pouvons pas rester. Nous devons vivre quelque part, ailleurs.

— Mais *pourquoi ?* Si Isaac et toi voulez vivre quelque part ailleurs ensemble, pourquoi ne pouvez-vous pas le faire ici ?

Il savait qu'elle ne voulait pas dire vivre ensemble comme des amants – c'était un concept qui lui passait bien au-dessus de la tête.

— J'aimerais pouvoir.

Était-ce vrai ou bien était-ce un mensonge ? Tandis que Sarah reniflait contre son épaule, ses pensées tourbillonnaient dans son esprit.

Voudrais-je vraiment revenir si je le pouvais ?

Il tenta d'imaginer un Zebulon où Isaac et lui pouvaient vivre ensemble, dans leur propre maison. Dormir dans les bras l'un de l'autre dans leur lit sous, une couette que leurs mères auraient faite pour eux. Ils prépareraient les œufs et le porridge pour le petit déjeuner à tour de rôle et il surpasserait l'aptitude de Mary à préparer des gâteaux au sucre et la tarte à la mélasse qu'Isaac aimait tant. Au lever du soleil, ils se rendraient tous deux à la grange, passant devant le poulailler et un pré où Kaffi et un autre cheval – peut-être Silver – paîtraient et henniraient.

Dans la grange, ils fabriqueraient des cadres de lits, des commodes et des berceaux pour les nouveaux bébés des voisins, discutant de tout et de rien en particulier alors qu'ils scieraient et ponceraient le bois, riant parfois et volant des baisers. À la fin de la journée de travail, ils iraient prendre une douche avec l'engin secret de David et ils reviendraient à leur maison pieds nus, l'herbe encore chaude alors même que le soleil disparaîtrait. Le dîner ne saurait attendre, mais ils le feraient. Leurs familles leur rendraient visite et tous les dimanches, ils iraient à l'église avec tous ceux qu'ils connaissaient.

Et peut-être qu'un jour ils construiraient une chambre d'enfants pour eux.

Sarah sanglotait et David frotta son dos tremblant. Elle grimpa sur ses genoux, enfouissant son visage dans sa poitrine.

— Tout va bien, tout va bien, murmura-t-il.

Bien entendu, il savait que son fantasme n'était que ça. Ils n'auraient aucun client Amish et seraient tenus à l'écart, voire bannis d'aller à l'église et de toutes les maisons de leurs voisins. Leurs frères et sœurs se verraient interdire de venir les voir et leurs parents ne viendraient que pour les supplier de se repentir.

Pourtant, même si Isaac et lui pouvaient vivre ouvertement à Zebulon, dans son esprit, David procédait déjà à des changements dans son fantasme. Il voudrait créer des pièces pour des clients Anglais également. Il aimait avoir la liberté de pouvoir faire des meubles de différentes formes et tailles, sans avoir à se soucier de ce que décrétait l'*Ordnung*. Et il aurait le site web que June l'avait aidé à monter pour qu'il puisse prendre des commandes de meubles pour des gens habitant plus loin. Il aimait savoir que son travail trouvait une place dans des centaines de maisons, partout à travers le pays.

Ils auraient besoin d'un grille-pain et d'un réfrigérateur, un micro-ondes serait bien également. Aaron pourrait leur apprendre à faire la sauce pour les spaghettis et ils en congèleraient des tas de pots pour les fois où ils n'auraient pas envie de cuisiner quelque chose de frais. Et bien sûr, Aaron et Jen pourraient venir les voir aussi souvent qu'ils le voudraient. Ils regarderaient tous un film après le dîner et Jen ferait des commentaires sarcastiques pendant qu'Aaron lui frotterait les pieds. Contrairement à Zebulon, ils seraient toujours les bienvenus, tout comme ils avaient fait une place à David et Isaac dans leur maison.

Il frottait le dos de Sarah et imaginait cette vie. Une vie qui pourrait vraiment être possible. Une vie sans règles et sermons interminables. Le silence et le calme règneraient pendant qu'ils travailleraient, mais suffisamment près de la ville pour que ce soit aisé de venir les voir. Fermant les yeux, il pouvait rêver qu'il était dans une nouvelle grange avec un cheval paissant juste à l'extérieur, la sciure de bois dansant dans l'air alors qu'il découpait de nouvelles planches de bois. Isaac rentrerait à la maison après l'école ou son travail et prendrait un marteau, lui adressant un sourire et l'embrasserait sans autre raison.

David fut frappé par l'image d'Ève et de la pomme ; et que, une fois mordue, il n'y avait plus de possibilité de revenir en arrière. Il n'y avait que l'avenir et tout un monde de créations de Dieu à explorer avec Isaac. Il ravala ses émotions.

— Je ne pourrais plus vivre ici, mais où que j'aille, tes sœurs et toi, vous aurez toujours un endroit où venir.

— Je ne veux pas que tu partes, marmonna Sarah, ses larmes mouillant sa chemise.

— J'aimerais pouvoir t'emmener.

Dès que les mots franchirent ses lèvres, son estomac se serra. Était-ce juste de dire une chose pareille ? Était-ce approprié ? Encourageait-il Sarah à vouloir quitter sa famille ?

— Alors pourquoi ne le fais-tu pas ?

— Oh, ma Sarah.

Il aurait aimé pouvoir lui expliquer combien il désirait la prendre elle, et ses sœurs et les emmener au loin pour leur procurer un monde avec plus de liberté. Mais ce n'était pas ses enfants. David tenta de sourire à la place et se souvint de certains des évènements merveilleux de la vie de Sarah.

— Pense à combien Mère et tes sœurs te manqueraient. Tous tes amis de l'école. Combien tu regretterais tes ébats, les mariages et nager dans l'étang l'été. Courir dans l'herbe humide en essayant d'attraper les lucioles. Être assise auprès du poêle en hiver pour faire griller les châtaignes pendant que Mary lit à haute voix.

— Alors, prends-nous avec toi et nous pourrons faire toutes ces choses ailleurs. Pourquoi ne pouvons-nous pas tous être ensemble à nouveau ?

David déglutit difficilement.

— Parce que tu es Amish et que je n'en suis plus un désormais.

Elle releva son visage empli de larmes.

— Mais *pourquoi ?* N'aimes-tu pas être ici avec nous ?

— Ce n'est pas à cause de toi ou de tes sœurs, ni même de Mère. Je te le jure.

Il essuya ses joues humides. Elle était si petite et vulnérable entre ses bras, et il avait mal pour elle.

— J'espère qu'un jour tu seras capable de comprendre. Mais je serai toujours ton frère, peu importe à quelle distance je suis. C'est un bon endroit pour certaines personnes. Seulement, ça ne l'est pas pour moi.

Tandis qu'il frottait son dos, il murmura une vieille berceuse, l'allemand le réconfortant également.

— *Schlof, bubeli, shlof…*

— Sarah !

La voix d'Elizabeth retentit dans l'escalier.

— Viens peler les pommes de terre.

David la remit sur ses pieds et essuya de nouveau ses joues.

— Très bien. Sois une bonne fille.

Il embrassa son front. Ce n'était pas comme s'ils pouvaient librement parler de leurs sentiments, toutefois il n'hésita pas.

— Souviens-toi que je t'aime. Je serai toujours là pour toi.

— Je n'oublierai pas, chuchota-t-elle et elle s'enfuit de la chambre.

QUAND DAVID PUT se reprendre suffisamment, il descendit. Il s'était changé, ayant enfilé des vêtements propres et portait son chapeau de feutre. Il n'avait jamais autant eu l'impression d'être un imposteur. Tandis qu'il atteignait le bas de l'escalier, il réalisa que des invités venaient juste d'arriver. Il était si perdu dans son propre monde qu'il n'avait pas entendu le charriot, ni toquer à la porte et maintenant, il se tenait, figé, devant le Diacre Stoltzfus et sa femme qui le regardaient avec un mélange de curiosité et de dégoût.

C'était une femme robuste avec des rides autour des yeux et il ne parvenait pas à l'imaginer avoir été jeune un jour, ni sans soucis. Autrefois, elle avait été une enfant, bien évidemment, cependant David n'arrivait pas à se la représenter elle, ou le diacre, sans la lourdeur qui pesait sur eux.

— Bonjour, Diacre. Madame Stoltzfus. Comment allez-vous ?

C'était probablement le plus de mots qu'il avait adressés à cette femme. Depuis que Joshua avait entraîné leur fille, Martha et que celle-ci était décédée à cause des drogues et de son insouciance, les Stoltzfus avaient, bien entendu, immédiatement offert leur pardon, mais David n'avait jamais été certain qu'ils le pensaient vraiment. La famille de Rachel, l'autre fille qui s'était noyée cette fameuse nuit, était restée à Red Hills et David s'était senti soulagé de ne pas avoir à leur faire face et d'assister à leur chagrin.

Elle hocha la tête, mais ne sourit pas.

— Je vais bien, merci.

Elle leva un panier et s'adressa à Mère.

— Miriam, j'ai préparé trop de muffins.

— Venez, entrez.

Mère agita la main en direction de la cuisine, jetant un coup d'œil aux filles pour qu'elles suivent. Anna et Mary étaient apparues et adressèrent à David un petit geste avant de disparaître dans la cuisine.

Désormais, il ne restait plus qu'Eli, David et le Diacre, dont les sourcils broussailleux lui donnaient une apparence colérique comme d'habitude alors qu'il fixait David. Martha avait été une jolie jeune femme et la voix de Joshua trouva un écho dans son esprit.

Elle ne peut pas supporter son père. Peux-tu imaginer à quoi il ressemble à la maison ? Je ne l'ai jamais vu rire, pas une seule fois. Je pense que Martha pourrait partir avec moi quand le moment sera venu.

Il ne saurait jamais si elle serait partie, ou si Joshua l'aurait vraiment fait non plus. En voyant le diacre maintenant, avec ses doigts boudinés et ses épaules affaissées, David ressentit une pointe de tristesse et espéra que Martha avait aimé son père plus qu'elle ne l'avait dit.

— Pourquoi ne pas s'asseoir ? fit Eli en indiquant un des rocking-chairs au diacre.

Une vague de panique se propagea en David.

— Je vais vous laisser discuter de vos affaires.

Avant qu'Eli puisse dire un mot, il passa devant eux et sortit précipitamment par la porte d'entrée, laissant ses bottes derrière lui. Il faisait encore trop froid pour courir pieds nus et sans veste, toutefois il se rendit à la grange, sans jeter un coup d'œil en arrière, inspirant et expirant de la manière dont Jen lui avait appris.

Il ne savait pas depuis combien de temps il balayait soigneusement les stalles quand des bruits de pas se répercutèrent dans les chevrons. La tête de David était pliée alors qu'il travaillait et, par-dessous le bord de son chapeau, il put apercevoir le bout de bottes d'homme. *S'il vous plaît, faites que ce soit Eli.* Il se força à sourire, agrippant le balai tout en relevant les yeux.

— Diacre…

— David Lantz.

Le diacre le fixait avec une expression neutre.

— Je suis content de constater que tu es revenu. À l'endroit où tu appartiens.

David cligna des yeux, certain qu'il entendait mal.

— Euh… merci. Mais je…

— Nous accueillons tous ceux qui rentrent et s'engagent devant l'Éternel. Qui se repentent de leurs péchés. Il n'est pas trop tard pour toi.

Il essaya de réfléchir afin de trouver quelque chose – n'importe quoi – à dire. Toutefois quoi qu'il trouve, cela lui paraissait mal. C'était la manière Amish d'aller droit au cœur du sujet sans tourner autour du pot.

— Vous me souhaitez vraiment la bienvenue ?

David balaya une brindille de foin.

— Je pensais que vous seriez soulagé que je sois parti.

Le diacre fronça ses sourcils broussailleux.

— Soulagé qu'une brebis de notre troupeau se soit égarée ?

— Pas si c'était quelqu'un d'autre, mais avec moi…

Il faisait toujours la grimace.

— Quoi ?

— C'est juste que je n'aie jamais pensé que vous m'appréciez beaucoup. J'ai cru que, peut-être…

Le cœur de David tambourinait.

— Est-ce que je lui ressemble ? Suis-je comme Joshua ?

Le nom resta suspendu dans l'air lourd et il souhaita pouvoir le ravaler. Cela ressemblait à une question idiote, mais honnêtement, il ne savait pas. Ses souvenirs de Joshua étaient vagues et enveloppés par le sentiment de perte. Il pouvait imaginer la netteté de son sourire, mais pas la couleur de ses yeux. Sans aucune photo, il ne savait pas si en grandissant, il lui ressemblait ou pas.

Pour la première fois, d'aussi loin que David pouvait s'en souvenir, le diacre parut énervé et sa voix augmenta.

— Quoi ? Pourquoi ?

— Je croyais que, peut-être, c'était la raison pour laquelle vous ne m'aimiez pas. Parce que je vous le rappelais.

Le diacre ouvrit et referma sa bouche avant d'inhaler et d'exhaler lentement. Il secoua solennellement la tête, parlant à voix basse, une fois de plus.

— Tu n'es pas responsable des péchés de ton frère, que nous avons pardonnés depuis des lustres.

C'était le même genre de platitudes que David avait entendues depuis des années. Cette fois, il le pressa davantage.

— L'avez-vous vraiment fait ?

La question qu'il désirait poser depuis des années franchit ses lèvres.

— Comment ? Comment pouvez-vous lui pardonner après ce qu'il a fait ?

Il songea à son frère nu dans la rivière, les filles à peine vêtues, avec toutes ces drogues qui les avaient empoisonnés. Cela avait été une fin sordide.

— Votre fille…

— Nous ne parlerons plus de ma fille. C'est le passé. Cela n'a aucune incidence sur toi. Sur ton choix de tourner le dos à Dieu et à ta communauté. Il n'y a qu'une seule voie de salut. Prends-la. Rentre chez toi, là où est ta place.

— Je…

— Pense à ta pauvre mère. Doit-elle perdre ses deux fils ? Quel terrible fardeau ce doit être pour elle.

— Je sais. J'aimerais que ce soit différent, que…

— Les souhaits sont pour les enfants et les fous. Pas pour les hommes.

C'était assez vrai.

— Cela me peine de quitter ma famille. Cependant, c'est la voie que j'ai choisie.

— Il y a toujours un autre chemin. Celui des justes. Il n'y a rien qui ne puisse être surmonté lorsque nous nous tenons tous ensemble.

— Cependant, vous êtes un de ceux qui insistent pour que ce soit fait de cette manière. Que nous devons être séparés. Sans compromis. Pour vivre la vie que je veux, j'ai dû sacrifier ma famille. Ce n'est pas ainsi que ça se passerait si cela ne dépendait que de moi. Vous êtes de bonnes gens et vous pensez faire ce qui est juste.

Son cœur martelait sa poitrine.

— Je suis également quelqu'un de bien et je dois choisir ce qui est juste pour moi.

— Il n'est jamais trop tard pour se repentir, insista le diacre, la mâchoire crispée.

Puis son visage s'adoucit et sa voix bourrue devint un peu plus qu'un murmure.

— Laisse-moi t'aider. Il n'est pas trop tard.

Pendant toutes ces années, le diacre n'avait rien fait d'autre que le fixer d'un air menaçant et David pensa qu'il devait rêver, pour voir ainsi de la tendresse dans les yeux de cet homme, d'entendre de la supplication dans sa voix. Il ne parvint pas à trouver un seul mot pour répondre.

— Il n'est pas trop tard, répéta le Diacre Stoltzfus, puis il s'éloigna, le bruit de ses pas provoquant une nouvelle fois un écho.

Chapitre Sept

— C'EST DELICIEUX, KATIE.

Isaac prit une autre bouchée de la tourte au poulet, le beurre de la pâte feuilletée fondant sur sa langue.

De l'autre côté de la table, elle se mit à rayonner.

— Merci, Isaac.

Un lourd silence s'installa à nouveau entre eux, tandis que seuls se faisaient entendre le bruit des mâchoires et des couverts. La place vide de Nathan à côté de lui paraissait aussi grande qu'une caverne. Il y avait tant à dire aux uns et aux autres, et une partie de lui désirait secouer ses parents pour que les mots sortent. Il préférerait qu'ils crient après lui. Mais c'était leur manière de faire – la façon Amish. Ils étaient peut-être pacifistes, mais le silence était leur arme.

— Ont-ils des charpentiers en ville ? demanda Joseph en hésitant.

Isaac jeta un coup d'œil à ses parents et remarqua leurs expressions crispées avant de répondre.

— Oui. David a sa propre société et je l'aide parfois.

— Que fais-tu le reste du temps ? reprit Joseph en fronçant les sourcils. Que font les gens quand ils n'ont pas à traire les vaches ou de corvées à faire ?

— Je vais à l'école.

Le pli sur le front de son frère s'accentua.

— Mais tu as terminé l'école depuis longtemps.

— Je sais.

Il regarda ses parents qui étaient aussi rigides que des statues, leurs bouches formant une ligne fine.

— Les études Anglaises continuent jusqu'à ce qu'ils soient bien plus vieux. Le lycée ne se termine pas avant qu'ils aient dix-huit ans, puis certains d'entre eux vont à l'université. J'étudie afin d'obtenir mon GED. C'est un diplôme d'études secondaires, cependant tu n'as pas à suivre toutes les années de classes.

— Que feras-tu avec ça ? demanda Katie.

— Tout ce que je veux.

Isaac coinça un pois crémeux dans sa fourchette.

Père grommela quelque chose entre ses dents.

Un sentiment de frustration emplit Isaac.

— Qu'avez-vous dit ?

Éphraïm lui lança un regard incrédule, toutefois Isaac insista.

— Allez. Dites-moi.

— Les Anglais ne savent pas ce qui est important. Ils perdent leur temps avec toutes ces choses vaines et inutiles.

Père attrapa un morceau de tarte et le fourra dans sa bouche comme un point d'exclamation.

— Ce n'est pas une perte de temps. J'apprends. Ce n'est peut-être pas important pour vous, toutefois ça l'est pour moi. Je me suis fait des amis également.

— Quels sont leurs noms ? demanda Katie.

— Chris, Derek et Lola.

Père grommela.

— Lola ? Quel genre de nom est-ce là ?

— C'est… je ne sais pas. Mais il lui va bien.

Les yeux de Katie s'illuminèrent.

— Est-ce ta petite amie ? La ramènes-tu chez elle ?

Soudain, elle fronça les sourcils.

— Bien que je suppose que tu n'as pas de charriot.

— Est-elle vraiment ta petite amie ? répéta Éphraïm avec empressement.

Joseph plissa le visage.

— Beuuuurk !

Isaac faillit rire, pensant intérieurement que sa réaction à l'idée d'une petite amie serait similaire à celle du petit Joseph. Cependant, ses parents étaient rigides, le fixant du regard, serrant leurs couteaux et leurs fourchettes.

— Non. Lola est juste une amie. Je n'ai pas de petite amie.

Il avala un morceau de tarte pour qu'il n'ait rien d'autre à dire.

— As-tu un gentil professeur, comme Madame Schrock ? reprit Joseph.

— Hmm… hmm… J'en ai plusieurs et ils sont tous vraiment très agréables. Ils sont allés à l'université et connaissent beaucoup de choses.

— Savent-ils comment planter du soja ? Monsieur Yoder a un nouveau lopin de terre. Peut-être que tu pourrais l'aider, proposa Joseph.

Isaac se mit à rire, un peu inquiet. Ses parents étaient encore raides, mais avaient recommencé à manger.

— Non. Ils ne connaissent rien du tout pour ce qui est de s'occuper d'une ferme.

— Alors que savent-ils ?

Katie inclina la tête.

— Cela concerne-t-il les sciences ?

— Plutôt la géographie, l'histoire, l'art, la musique, les maths et l'anglais.

— Que feras-tu quand tu sauras tout ça ?

Joseph gratta sa fourchette dans le fond de son bol.

— Rien d'utile, répondit Père. C'est la raison pour laquelle nous nous occupons d'une ferme. C'est tout ce dont nous avons besoin de savoir pour satisfaire le Seigneur.

— Il y a de nombreuses autres choses à faire dans le monde.

Isaac ne pouvait s'en empêcher.

— Beaucoup de moyens différents de plaire à Dieu. J'irai peut-être à l'université un jour.

— Que voudrais-tu étudier ? demanda Katie.

— Assez avec tout ça !

Père s'essuya la bouche avec sa serviette.

— Nous vivons de la terre. Pas besoin de remplir nos esprits avec tout ce monde absurde.

— Sous prétexte que c'est Anglais, cela ne signifie pas que ce sont des absurdités.

Isaac garda un ton neutre.

— J'ai beaucoup appris. Il s'est passé tellement d'évènements dont nous n'avons jamais entendu parler.

— Quelle sorte de choses, hmm… ? demanda Père. La guerre ? La famine ? Encore d'autres guerres ?

— Eh bien, certaines. Oui, il y a eu beaucoup de guerres.

— Toute cette violence et ces meurtres. Et pour quoi ?

Père secoua la tête avec lassitude.

— Un tel gaspillage.

— Oui. Mais il y a également de bonnes choses.

Son esprit tourbillonnait.

— Comme le fait que les scientifiques peuvent guérir des maladies. Le diabète tuait beaucoup de gens, mais un homme a découvert l'insuline et désormais, ils ne sont plus condamnés à mourir. Il y a de merveilleuses inventions qui aident les gens. Qui améliorent leurs vies.

Père prit une autre bouchée de poulet en grognant. Mère gardait les yeux fixés sur son assiette.

— Nous faisons confiance au Seigneur pour qu'il nous garde en bonne santé.

— Qu'en est-il de Nathan ? lâcha Éphraïm. Il ne l'est pas.

— Et il bénéficie de la médecine Anglaise, ajouta Isaac. Pourquoi est-ce normal ?

Père le fusillait du regard maintenant et son poing s'abattit sur la table, faisant cliqueter les assiettes.

— Parce que l'*Ordnung* le permet en cas de blessures graves ou de maladies.

Et ce fut tout.

Après avoir terminé de dîner en silence, Isaac s'empressa de quitter la maison, avide de quelques minutes de solitude. Il aurait aimé avoir son téléphone pour envoyer un message à David, mais au moins, il le verrait bientôt. La lune était haute et il semblait que la nuit serait claire.

Tandis qu'il revenait en marchant vers la maison, il trouva sa mère près du fil à linge.

— Puis-je t'aider ?

Elle lui lança un coup d'œil acéré.

— C'est le travail des femmes.

Donc il se tenait là, inutile, la regardant prendre les pinces à linge avec ses doigts de fée. Il y avait tellement de choses qu'il voulait dire, sans toutefois trouver les mots qu'il pouvait utiliser.

— Je… Mère…

Après un instant de silence, elle commença à parler, son regard fixé sur la corde.

— J'ai été jeune autrefois aussi, Isaac. Je me souviens ce que c'était de vouloir voir le monde. D'avoir des questions.

Il cligna des yeux.

— Sur quoi vous interrogiez-vous ?

Il n'avait jamais songé à elle en tant que jeune fille, ni autrement qu'à une mère.

— Oh, sur les mêmes choses que les jeunes maintenant.

Elle haussa les épaules.

— Dites-moi. S'il vous plaît ?

Elle plia une des petites robes noires de Katie.

— Pourquoi les règles sont ce qu'elles sont. Pourquoi les Anglais peuvent vivre de la manière qu'ils le font et pas nous.

— Avez-vous fait une *Rumspringa* ?

— Oui.

Mère saisit une autre robe, une des siennes, cette fois.

— Mais ce n'était pas sauvage comme cela l'est devenu dans certains endroits.

— Qu'avez-vous fait ?

— Isaac, c'était il y a bien trop longtemps. En quoi est-ce important maintenant ?

Elle la plia brusquement, gardant les yeux fixés sur son panier.

— Avez-vous conduit des voitures ? Êtes-vous allée à des fêtes ?

C'était impossible qu'il la laisse abandonner maintenant.

— Bien sûr. Toutes ces sortes de choses.

Elle roula deux chaussettes noires en une boule soignée. Puis une autre paire et encore une autre.

— J'ai rencontré un garçon Anglais, dit-elle finalement. Il avait un pick-up. Il était brillant et vert. Donc tellement vain, bien entendu.

— Vous êtes sortie avec un garçon Anglais ?

Isaac pouvait difficilement en croire ses oreilles.

— Le temps d'un été. Nous conduisions rapidement avec les fenêtres ouvertes et buvions de la bière près d'un lac.

— *Vous*, vous avez bu de la bière ?

Ses lèvres formèrent un bref sourire.

— Quelques fois.

— Quel était son nom ?

— Je ne sais plus.

Elle secoua la tête, agitant les ficelles de son bonnet blanc.

— C'était il y a plusieurs dizaines d'années.

— Vous vous souvenez.

Il patienta.

Elle agita sa main avec dédain et attrapa une chemise sur la corde.

— Je pense que c'était Steve, ou quelque chose comme ça.

Isaac essaya d'imaginer Mère et un garçon nommé Steve roulant à toute vitesse par une chaude nuit d'été, ses cheveux pâles soufflés par le vent.

— Et puis quoi ?

— Et puis, rien.

Elle roula une nouvelle paire de chaussettes, bien serrée.

— La *Rumspringa* ne dure pas. Le temps de grandir était venu. Pour commencer ma vie de la manière qu'elle devait l'être. J'ai rejoint l'église et ton père a demandé à me ramener à la maison après les chants un dimanche. Et nous sommes là.

— Cela ne vous manque pas ?

— Bien sûr que non.

— Allez. Je sais que ce n'est pas vrai. J'ai été dans le monde, rappelez-vous.

Son sourire hésitant lui fit mal.

— Très bien. Il y a certaines choses. La musique en particulier. Il y avait un groupe appelé les Eagles. Steve avait une petite bande en plastique dans son camion. Ils chantaient un air à propos de la Californie. Je lui ai fait rembobiner à maintes et maintes reprises et il ne s'est jamais plaint.

Elle prit une soudaine inspiration frissonnante.

— J'y ai repensé quand nous avons lu ta lettre. Mes garçons vivant tous loin d'ici. Si loin de la maison. De Dieu.

Elle se tourna vers lui, les yeux implorants.

— Ne vois-tu pas ? Tu as fait ta *Rumspringa*. Il est temps d'être un homme.

— Je *suis* un homme. C'est la raison pour laquelle j'ai choisi ce qui était juste pour moi. Tout comme vous l'avez fait quand vous avez rejoint l'église et vous êtes mariée. Pour vous, cela valait la peine d'abandonner toutes ces choses venant du monde.

— Bien sûr. La musique et un véhicule fantaisie ne signifient rien au final.

— Pour Aaron et pour moi, le monde représente tellement plus que des objets fantaisie. C'est une question d'opportunités. De liberté. C'est pour nous permettre d'être ceux que nous sommes. Et cela compte plus que tout.

Elle se tourna vers son panier, ses petites épaules s'affaissant.

— Quand ton frère est parti, nous avons prié et prié. Nous avons rencontré l'évêque et les prédicateurs, afin d'essayer de comprendre pourquoi c'était arrivé.

Mère garda les yeux fixés sur la corde à linge tandis qu'elle ramassait un tablier blanc et le pliait avant de le déposer dans le panier.

— Et qu'ont-ils dit ? demanda-t-il tranquillement.

Les lèvres de mère se pincèrent.

— Que nous devions rester forts, le laisser de côté au cas où il re-viendrait, parce que si nous autorisions des contacts, quelle raison aurait-il de revenir ? Nous ne pouvions pas lui simplifier la vie vu qu'il vivait dans le monde. Mais cela n'a pas d'importance. Il n'est jamais revenu, n'a jamais tenté de nous rendre visite.

Elle détacha une des chemises sombres de Père, flottant dans la fraîche brise du soir.

— Il ne nous a jamais accordé la moindre pensée, ajouta-t-elle.

— Bien sûr, qu'il l'a fait ! Comment pouvez-vous dire ça ?

Elle le dévisagea avec de grands yeux, mais Isaac poursuivit.

— Il meurt d'envie que vous reconnaissiez sa présence. Que vous lui disiez qu'il est toujours votre fils. Votre propre mère ne vous manque-t-elle pas ? Je me souviens quand j'étais petit, et qu'elle était encore en vie, de combien toutes les deux vous pouviez coudre pendant des heures, discutant encore et encore. Je ne vous ai jamais vue parler avec quelqu'un de la manière dont vous le faisiez avec elle. Pouvez-vous imaginer si elle vous avait ignorée ? Si elle vous avait rayée de sa vie ?

La mâchoire de Mère se crispa, mais quand elle ouvrit la bouche, aucun mot ne sortit.

— Il ferait n'importe quoi pour que vous le regardiez à nouveau comme une mère. Avec amour.

Elle arracha une autre chemise, les pinces à linge se mettant à voler.

— Ne dis pas n'importe quoi.

— Quoi ?

— Ce n'est pas vrai. S'il était prêt à faire n'importe quoi, alors il serait revenu vers nous ! Il se serait conformé aux vœux qu'il avait faits à l'église et tout aurait été pardonné. Nous serions ensemble, à nouveau.

Isaac refusa de reculer, même s'il pouvait voir le frémissement des lèvres de sa mère.

— Aaron ne peut pas être Amish. Mais il vous aime toujours. Il est toujours votre fils.

— Il a fait son choix. S'il nous aimait réellement, il serait resté. Il aurait obéi. Tel que cela devrait être. Tu le sais, Isaac.

— Il ne peut pas en être ainsi pour nous tous. Cela ne signifie pas que nous sommes mauvais. Aaron ne l'est pas. Il ne l'a jamais été et il ne l'est pas plus maintenant. Il est juste, généreux, c'est un homme bon et je déteste le voir avoir aussi mal. Cela ne vous déchire-t-il pas intérieurement d'avoir à le repousser ?

— Si !

Son cri se répercuta dans la nuit et elle agrippa la chemise de ses mains vieillies. Quand elle parla, c'était à peine plus qu'un murmure.

— Plus que tu ne le sauras jamais. Il était mon premier petit garçon. J'avais de tels rêves pour l'homme qu'il deviendrait. Je l'imaginais travaillant avec ton père et éventuellement reprendre les rênes, et il nous aurait construit un *dawdy haus* pour vivre près de lui, quand le temps serait venu.

Son visage se plissa.

— Il avait l'habitude de me dire qu'il voulait que je lui prépare son dîner parce que, peu importe qui il épouserait, elle ne pourrait jamais faire de meilleures nouilles au beurre que les miennes.

La gorge d'Isaac se serra douloureusement.

— Alors, pourquoi ?

— Parce que l'*Ordnung*…

— Stop ! *S'il vous plaît.* Je sais ce que l'*Ordnung* dit, ce que l'Évêque Yoder et les prédicateurs déclarent. Je veux entendre ce que *vous*, vous avez à dire. Parce que cela fait tellement mal à Aaron d'être séparé de vous. Ne pouvez-vous pas le voir ? N'avez-vous pas compris qu'il souffre ? C'est le même garçon que vous avez élevé.

— Que puis-je faire ? Dis-moi, Isaac !

Elle augmenta la voix.

— Si je pouvais vous convaincre tous les deux de rester, j'essaierais de le faire jusqu'à mon dernier souffle. Je crierais et hurlerais jusqu'à ce que ma voix disparaisse.

Elle empoignait toujours la chemise comme si elle voulait la déchirer en deux.

— Mais vous êtes tous les deux sourds à mes supplications. À ma douleur. Comment pouvez-vous nous tourner le dos à tout ce que nous vous avons inculqué ? À *nous ?* Je sais qu'il a mal, et toi aussi. Nous également.

Elle appuya une main sur sa poitrine tandis qu'elle luttait pour reprendre son souffle.

— Les arêtes acérées finiront par s'éroder, cependant la souffrance est lourde et ne disparaîtra jamais.

— Alors pourquoi doit-il en être ainsi ? Quel bien cela fait-il ? Les règles ne font-elles pas que tous nous blesser au final ?

— Je dois avoir la foi. J'ai confiance en nos manières de faire. Si ce n'était pas le cas, à quoi bon tout ceci ?

— À vous de me le dire ! En quoi cela peut-il être la volonté de Dieu de voir des familles séparées ? D'isoler des personnes que vous aimez ? En quoi est-ce juste ? Vous n'avez pas à le faire. Du moins, si vous ne le voulez pas.

Elle le fixa, incrédule.

— Nous nous le *devons*, Isaac. Si nous ne suivons pas les édits de l'église, nous serons les suivants sur le *Bann*. Que deviendraient Katie et les garçons ? Nous devons avoir foi en notre communauté, même si nous ne sommes pas d'accord. Lorsque nous nous posons des questions.

Sa voix se fêla.

— Quand cela nous brise le cœur.

Elle prit une longue inspiration et retrouva son contrôle.

— C'est notre manière de faire. Cela ne changera pas. C'est comme ça depuis une centaine d'années et ça le restera. Ce sont les fondations de nos vies. Cela représente tout.

Autant cela le déchirait, mais Isaac comprit. La foi et l'obéissance étaient les épines dorsales des Amish. Avec ces deux règles, tout pouvait être pardonné, toutefois elles étaient impossibles à suivre pour lui désormais. Il voulait retrouver sa foi, cependant, ce ne serait jamais à

Zebulon.

Elle agrippa son bras, ses ongles courts creusant dans sa chair.

— Nous ne devrions pas avoir besoin de vous isoler si vous viviez de la manière dont Dieu le veut. Que pourrait-il y avoir de mieux dehors ? Qu'est-ce qui a pu te faire choisir de vivre dans le péché ? Aide-moi à comprendre, Isaac. Aide-moi.

Les mots étaient sur le bout de sa langue, prêts à essayer de lui expliquer pourquoi il ne pourrait jamais être Amish à nouveau, pour lui faire comprendre combien David et lui s'aimaient et que ce n'était pas du tout un péché. Elle le dévisageait, paraissant avoir le cœur brisé, des larmes brillant dans ses yeux. Du sang se précipita dans ses oreilles.

— Maman… je… je suis…

— Nous avons essayé si fort.

Elle tenait toujours son bras.

— Nous avons déménagé ici, à Zebulon, pour mieux vous élever, vous tous, pour mettre de côté encore plus de choses provenant du monde qu'ils ne le font à Red Hills. J'ai dû abandonner mes premières-nées. Ne pas avoir Abigail et Hannah et mes petits-enfants ici est comme un trou dans mon cœur, chaque jour. Mais elles sont mariées et installées. Nous ne pouvons pas échouer avec le reste d'entre vous. Katie, toi et tes frères, vous êtes encore tellement vulnérables. Après avoir perdu Aaron, nous savions que nous devions nous montrer encore plus humbles. Nous repentir davantage. Nous avons prié et prié et nous pensions que nous savions ce que nous avions fait de mal et comment nous pouvions tous vous protéger. Pour vous garder en sécurité.

— Je sais que vous avez fait ce que vous croyez être juste.

Isaac recouvrit sa main de la sienne.

— Ce n'était pas de votre faute.

— Alors, pourquoi est-il parti ? Pourquoi l'as-tu suivi ? Mes garçons, là-bas, tous seuls ! *Pourquoi ?* Et maintenant, Nathan est en train de dépérir.

Un sanglot la secoua.

— Mon Nathan est si faible que je dois tenir sa cuillère comme s'il était un bébé. Il a si mal et je ne peux pas prendre sa douleur à sa place.

Un gémissement lui échappa.

— Je ne peux pas le faire aller mieux ! Pourquoi n'est-ce pas moi dans cet hôpital ? Pourquoi est-ce mon garçon ? Pourquoi mes enfants souffrent-ils ? Vais-je tous vous perdre, un par un ?

Ses épaules se crispèrent et elle se plia pratiquement en deux.

Isaac jeta ses bras autour d'elle. Pour la première fois, il tenait sa mère – pas comme un enfant étant consolé, mais comme un homme.

— Je suis désolé.

Elle s'accrocha à lui, inclinant la tête sur son épaule et sanglotant silencieusement. Il la tint fermement, souhaitant qu'il puisse faire quelque chose de plus.

— Tout ira bien.

D'une manière ou d'une autre, ils auraient tous à trouver la paix avec ça.

Une branche craqua et Mère sursauta, s'éloignant en s'essuyant les joues, tout en clignant des yeux à Katie qui se tenait à quelques mètres de là. Isaac tenta de sourire à sa sœur alors qu'il luttait pour retenir ses propres larmes.

— Tout va bien. Ne t'inquiète pas.

— Je venais juste aider pour la lessive et j'ai entendu…

Katie regarda Mère avec de grands yeux.

— Êtes-vous malade ?

Mère retourna vers la corde à linge et détacha un drap.

— Finissons ceci. Nous avons encore le pain à préparer avant d'aller au lit.

Katie et elle continuèrent silencieusement à plier le linge et Isaac s'attarda inutilement à proximité, souhaitant qu'il y ait plus qu'il puisse dire. Une petite voix lui rappela qu'il y avait effectivement plus – toute la vérité. Sa mère ne méritait-elle pas de savoir ? Ce qui se trouvait dans son cœur… de *le* connaître ?

Katie lançait des regards inquiets dans sa direction et il essaya encore une fois de sourire. Mais Mère ne croisa pas son regard, gardant ses mains occupées. Son masque stoïque était de nouveau en place quand ils retournèrent vers la maison, ses larmes séchées comme si elles n'avaient jamais été là. Pourtant, elle ne pouvait pas effacer les poches sous ses yeux rouges et, pour la première fois, Isaac eut l'impression qu'il avait vraiment vu les turbulences qui s'agitaient sous la surface.

Chapitre Huit

APRÈS AVOIR COUPÉ à travers plusieurs champs et évité des fermes, Isaac se retrouva sur les anciennes terres de David, Silver ayant le pied sûr et stable dans l'obscurité. La demi-lune jouait à cache-cache avec les nuages, éclairant juste assez pour qu'Isaac puisse trouver son chemin. Il sursauta, agrippant Silver avec ses cuisses tandis qu'un chien aboyait près de l'ancienne maison des Lantz, maintenant la propriété de Joseph Yoder et de sa nouvelle épouse. Silver renâcla et Isaac se pencha sur son col.

— Chhh…. Tout va bien, ma belle. Nous resterons loin de ce chien.

Combien c'était merveilleux d'être à nouveau avec Silver. Il la caressa et lui adressa des mots élogieux, lui promettant tout le sucre et les pommes qu'elle pourrait manger. Il montait sans selle puisque sa famille n'utilisait les chevaux pour que pour atteler les charrues et les carrioles. C'était avec David, sur Kaffi, que datait sa première montée à cru. Tandis qu'il pénétrait dans les bois à l'extérieur de Zebulon, il rougit et roula des hanches, le souvenir du frottement avec David pour la première fois surgissant à sa mémoire.

La journée avait été la plus chaude du printemps selon Éphraïm et Isaac ne portait pas son chapeau. S'il était surpris à sortir sans une tenue correcte, ce serait la moindre de ses préoccupations. Il avait songé à porter ses vêtements Anglais, mais cela avait été plus facile de juste enfiler les Amish, sans avoir à fouiller. Bien qu'il ait été exceptionnellement calme, il avait le sentiment qu'Éphraïm avait toujours su qu'il comptait s'échapper furtivement.

Il devait être près de minuit lorsqu'il atteignit ce qu'il pensait être le bon endroit. Des bribes de cette nuit-là – maintenant qu'il y songeait, cela avait été leur premier rendez-vous – surgirent dans son esprit, avec le souvenir de la voix basse de David.

« Que penserais-tu si nous n'allions pas à la pêche ce soir ? »

« Isaac, si tu savais ce que je voulais vraiment… »

« Tu devrais t'enfuir loin de moi, Isaac. Je vais te faire descendre. Te soumettre à la tentation. »

Caressant la tête de Silver, Isaac sourit, se souvenant de ses frissons d'excitation tandis qu'il mettait des vêtements Anglais pour la première avant de partir pour le drive-in. Puis leur premier baiser près de la clôture de June, d'être venus ensemble au milieu des feuilles sur le sol de la forêt, David entre ses jambes, se frottant l'un contre l'autre.

— Un penny pour tes pensées.

Avec un sourire, Isaac glissa du dos de Silver et se jeta dans les bras de David.

— Tu es là !

— Bien sûr.

David frotta sa joue contre les cheveux d'Isaac.

— As-tu facilement réussi à te faufiler ?

— Hmm… hmm… Aussi silencieux qu'une souris.

Isaac ferma les yeux et inhala le parfum de David. D'une certaine manière, il sentait encore la sciure de bois sous le parfum doux, mais c'était peut-être dans son imagination. Après avoir été à la maison, peut-être qu'il aurait dû se sentir coupable de la manière dont il désirait David, mais il savait, plus que jamais, que c'était juste tandis qu'il lui rendait ses doux baisers.

— Tu m'as manqué, murmura-t-il. Je sais que c'est seulement depuis cet après-midi, mais c'est vrai.

— Toi aussi. Est-ce que tout se passe bien à la maison ? Avec Nathan ?

— Aussi bien qu'ils peuvent l'être. Comment va Aaron ce soit ?

— Il est calme. Je l'ai vu seulement peu de temps avant qu'il aille au lit.

— J'ai parlé à ma mère à propos de lui. De moi également.

Il soupira lourdement.

— Je sais qu'elle nous aime. Mais elle n'ira jamais à l'encontre de l'église. C'est comme… si nous étions au bord d'une rivière et qu'aucun de nous ne savait nager et elle est de l'autre côté. Si proches, mais pourtant trop loin.

— Je comprends.

David frotta la joue d'Isaac.

— J'aimerais que cela n'ait pas à être de cette façon. Ils pensent qu'ils ont raison et ne changeront pas d'avis. C'est juste pour eux. Nous devons faire ce qui est bon pour nous.

Silver hennit doucement tandis qu'elle broutait l'herbe nouvelle qui avait du mal à pousser. Rapidement, Isaac l'attacha à un arbre, lui laissant beaucoup de mou sur les rênes. Il revint vers David, imaginant qu'il pouvait voir le bleu de ses yeux magnifiques malgré les ombres de la forêt.

— Il y a certains sujets dont nous devons parler, dit David. J'ai besoin d'évoquer certaines choses avec toi.

Isaac hocha la tête.

— Oui.

Ils avaient besoin de discuter. Mais cela le démangeait de le toucher, de sentir David à l'intérieur de lui et de savoir que tout allait bien entre eux.

— Plus tard.

Il se précipita sur la bouche de David, l'embrassant avec le même désespoir qu'il avait ressenti lors de leur première nuit parmi ces arbres. David gémit, sa langue rencontrant celle d'Isaac alors qu'ils s'agrippaient l'un à l'autre, les mains serrant et voyageant. Isaac ondula ses hanches contre celles de David, son sexe durcissant déjà, tandis qu'il se frottait sur le tissu de son pantalon.

— Attends, attends, marmonna David, rompant le baiser. J'ai apporté…

Il indiqua un grand sac posé sur le sol qu'Isaac n'avait pas remarqué. Il tomba à genoux et en sortit deux couvertures.

— Est-ce… veux-tu…

Isaac retirait déjà son manteau et ses vêtements. La chair de poule se dressa sur sa peau nue avec l'air de la nuit, mais son sang était suffisamment bouillant. Il enleva tout, sauf ses bottes noires, tirant sur son pantalon pour le libérer, lui permettant d'écarter suffisamment les jambes. David avait juste ôté sa chemise quand Isaac le renversa sur la couverture, tirant l'autre jusqu'au niveau de ses épaules. Isaac s'installa sur les hanches de David, gémissant tout en se frottant contre l'entrejambe bombé du jean.

— Oh, Isaac… J'aimerais que tu puisses voir combien tu es beau, murmura David, faisant courir ses mains, de haut en bas, sur les cuisses d'Isaac.

Passant ses doigts sur les lèvres de David, Isaac chuchota :

— Toi aussi.

Il se pencha en avant et l'embrassa.

— J'ai besoin de toi. Cela fait trop longtemps.

— Oui. Oui, oui, oui.

David tendit la main vers le sac et en sortit un petit pot de vaseline. Il eut un sourire en coin.

— J'achèterai un autre pot à June.

Un rire se propagea dans la poitrine d'Isaac. Il embrassa David encore une fois, voulant oublier tout le reste en cet instant. Il n'y avait qu'eux deux dans tout le monde entier, ici, ensemble et c'était tout ce qui comptait pour le moment. Isaac glissa ses doigts dans le petit pot, se redressa sur ses genoux. Il tendit la main derrière lui avec audace, et trouva son ouverture.

La couverture glissa de ses épaules, mais Isaac ne s'en souciait pas. Il enfonça son index dans son canal, le faisant entrer centimètre par centimètre. Il ne sentait même pas l'air frais de la nuit, un rougissement envahissant son corps pendant qu'il s'ouvrait lui-même. Son sexe sursauta et c'était tellement *dénué de toute honte*, la manière dont il en faisait tout un spectacle. Ils n'étaient même pas dans l'intimité de leur chambre à coucher, mais sur le sol de la forêt, là où tout le monde pouvait les voir. Il frissonna, ses bourses devenant de plus en plus lourdes. *Laisse-les me voir.* Des pensées vraiment courageuses quand il savait qu'ils étaient seuls.

David gémit doucement, ses lèvres s'entrouvrirent alors qu'il regardait. Il caressa les mamelons d'Isaac jusqu'à ce qu'ils deviennent des nœuds durs, le bout de ses doigts dansant vers le bas du ventre d'Isaac et autour de la base de son érection.

— Je pourrais t'admirer toute la nuit.

Souriant, une partie d'Isaac voulait continuer à s'occuper de lui pour voir combien de temps David pourrait le regarder avant de céder. Mais il atteignait déjà ses limites – il avait besoin de sentir David le remplir à nouveau. Avec ses doigts humides, il se releva et ouvrit le jean de David, l'abaissant avec son caleçon noir. Il les tira assez loin pour qu'il puisse sortir le beau membre épais de David.

Il pulsait dans sa main et Isaac le badigeonna de gel avant de se positionner au-dessus et de se laisser glisser vers le bas.

— Oh, oui…

Ses cuisses fléchirent alors qu'il s'empalait lentement, les mains de David posées sur ses hanches. La brûlure était familière, mais en quelque sorte, toute nouvelle en même temps.

— C'est si bon de te sentir à l'intérieur de moi, mon David.

— Je veux déjà jouir.

Il se mordit les lèvres.

— Je veux te remplir.

Ses doigts s'enfoncèrent dans le bassin d'Isaac.

— Oui, gémit celui-ci. Remplis-moi. Mais pas encore.

David se mit à rire en tremblant.

— Non. Pas tout de suite.

Ils rirent ensemble tandis qu'il s'empalait sur le dernier centimètre. Il pouvait sentir la fermeture ouverte du jean de David contre ses fesses, froide et rugueuse. Il se tortilla contre elle, appréciant la sensation. Les petits morceaux de métal – donc totalement interdits à Zebulon –

étaient comme un rappel du monde qui les attendait quand ils pourraient repartir, une fois de plus. Il était si plein avec l'érection de David et, quand il resserra ses parois contre elle, elle sembla pulser.

— Tu es si bon, murmura David en se cambrant, relevant ses hanches. Je veux disparaître en toi. Seulement en toi.

Il prit le visage d'Isaac dans ses mains, l'attirant à lui et croisant son regard de manière féroce.

— Seulement toi. Toujours toi.

Isaac frémit et il embrassa David durement.

— Tu es à moi.

— Oui.

David poussa son bassin.

— À toi.

Une brise souleva les cheveux d'Isaac et effleura sa peau nue. Prenant appui sur ses orteils dans ses bottes, il tendit ses cuisses et commença à monter et à descendre sur l'érection de David. Celui-ci était comme un tisonnier à l'intérieur de lui, brûlant d'un rouge-orangé et provoquant des picotements le long de sa colonne vertébrale jusqu'à la pointe de ses oreilles.

— Tu es comme… Je veux tout ça.

Isaac savait que ce qu'il disait n'avait aucun sens, pourtant il ne semblait pas parvenir à trouver les mots justes.

Mais David parut comprendre et il hocha la tête tout en caressant les cuisses et les hanches d'Isaac. Leurs respirations étaient difficiles, résonnant dans la quiétude de la forêt, avec seulement les vieilles feuilles qui avaient survécu à l'hiver qui s'agitaient et Silver qui broutait à proximité. Isaac posa ses paumes sur la poitrine de David, sentant les battements de son cœur tandis qu'il le chevauchait plus fort, songeant à la puissance d'un cheval au galop alors qu'il s'empalait.

Ils grognaient tous deux désormais et Isaac lança sa tête en arrière en fermant les yeux, laissant ses cris ricocher jusqu'au ciel, continuant de se pousser en avant. La fermeture éclair éraflait sa peau chaque fois qu'il se rejetait sur David, et la petite pointe de douleur, d'une certaine manière, augmentait le plaisir qui augmentait en lui, rendant tout plus brillant. Il ouvrit la bouche, émettait des sons qu'il n'avait jamais faits auparavant – un mélange de cris et de hurlements qui auraient dû l'embarrasser.

Mais il se sentait libre, comme s'il pouvait s'envoler, s'il n'y avait pas le sexe de David enflé à l'intérieur de lui, ses mains le retenant fermement, ses murmures et ses exclamations d'encouragement résonnant dans l'oreille d'Isaac, comme s'il portait des écouteurs et que David lui parlait directement. Isaac trouva le bon angle pour frapper le petit point sensible en lui et il baissa la tête pour rencontrer le regard avide de David, tout se resserrant.

— C'est ça, c'est ça...

David prit le membre d'Isaac dans sa main et le frotta rudement.

— Jouis pour moi.

La vague s'écrasa sur lui et Isaac cria tout en peignant la poitrine de David. Il se secoua, se resserra sur David tandis que des impulsions le traversaient. David le caressa, tirant les dernières gouttes de sa part. Isaac avait l'impression d'avoir été totalement retourné et vidé, le remettant à neuf.

Puis David le remplit, gémissant tandis qu'il sursautait, ses mains serrées sur les hanches d'Isaac et c'était *si bon*. Chaud et vivant, Isaac ne voulait pas que ça s'arrête.

— Plus, murmura-t-il. Plus...

— Tout cela, gémit David.

Même lorsque cela ruissela de lui, Isaac se resserra, refusant de relâcher David.

— Tu es à moi !

Sa voix était rauque.

— Et je suis à toi. Pour toujours. Ton *Eechel*. Personne d'autre n'aura ça.

— Personne, acquiesça David.

Il caressa la poitrine d'Isaac.

— Seulement nous. Tu le sais, non ?

Un sentiment de certitude le consuma.

— Oui.

Il enserra de nouveau David.

— Seulement nous.

Quand David gémit, Isaac s'adoucit, se laissant tomber sur sa poitrine collante et enfouissant son visage dans son cou. Isaac ne put s'empêcher de pleurnicher lorsque le sexe ramolli de David glissa hors de lui, mais il sembla comprendre et il poussa deux doigts en lui, le remplissant à nouveau et retenant le tout à l'intérieur. Isaac sourit, étonné. Ce devrait être dégoûtant, mais il adorait ça.

Silver hennit, et ils éclatèrent tous les deux de rire. Elle arpentait le sol, là où Isaac l'avait attachée, clairement agitée par les cris d'Isaac.

— Tout va bien, ma belle, croassa-t-il.

Il avait été si sauvage, mais David avait l'air d'avoir aimé ça. Tout comme lui.

— Tout va bien.

Elle renâcla, puis se calma rapidement.

David fit courir son autre main sur les cheveux d'Isaac.

— Je veux rester là toute la nuit.

— Nous le pouvons. Encore quelques heures, du moins.

La brise souffla sur eux et il frissonna.

— Là. Oui, c'est ça.

David retira doucement ses doigts d'Isaac et le guida sur la couverture avant de tirer l'autre sur eux. Il essuya sa poitrine avec son tee-shirt. Devant le sourire ironique d'Isaac, il se mit à rire.

— C'est une bonne chose que je porte un sweat à capuche aussi.

Isaac se tourna sur son côté gauche et posa sa joue sur l'épaule de David, et leurs jambes s'emmêlèrent tandis qu'ils s'étreignaient. Il ne s'était pas rasé depuis quelques jours et son chaume gratta la peau de David. Il allait devoir le faire dans la matinée et espérait qu'il pourrait trouver un miroir. Isaac était nu, à part ses bottes, et il glissa son mollet sur le jean de David tandis qu'il léchait la sueur dans le creux de sa gorge.

— Et si je n'étais jamais venu travailler pour toi ?

David frissonna et resserra son bras autour des épaules d'Isaac.

— Je ne sais pas. Je suppose que nous serions encore ici à Zebulon. Je n'aurais jamais eu le courage de partir sans toi.

Il resta silencieux pendant un moment.

— Je n'aurais pas trouvé le courage de laisser ma mère et mes sœurs.

— Tu as fait tout ce que tu pouvais pour elles. Et elles vont bien, n'est-ce pas ? Elles ne meurent pas de faim.

Un sourire hésitant apparut sur les lèvres de David.

— Eli a dit que j'étais une bénédiction pour lui. Que sa vie était vide auparavant.

— Tu vois ?

Isaac glissa ses doigts entre les poils épars sur la poitrine de David.

— Dieu a un plan.

— Même pour des gens comme nous ?

— On dirait, n'est-ce pas ?

— En effet.

Il embrassa le bout du nez d'Isaac.

Celui-ci posa ses paumes à plat sur le cœur de David. Il pouvait sentir le moindre de ses battements et il frotta doucement.

— Peux-tu me dire ce que tu as ressenti ? Les choses qui t'ont tellement fait peur ?

La respiration de David devint hachée.

— En es-tu certain ?

— Bien entendu.

David se lécha les lèvres.

— Quand nous avons quitté Zebulon, j'étais si heureux. J'avais tellement l'impression d'être piégé ici et finalement j'étais libre… et avec toi. Mais une partie de moi était… Je ne sais pas comment l'expliquer. Une partie de moi se sentait terriblement mal et coupable d'avoir abandonné ma famille. J'ai essayé de ne pas y songer. Tu sais les pots que les filles utilisent pour mettre en conserve ? J'en ai pris un et j'ai fermé le couvercle si serré. Toutefois, il y avait plus. Le monde n'était pas comme je pensais qu'il serait. C'était effrayant. J'ai cru que je savais à quoi il ressemblerait, mais je n'en avais pas la moindre idée.

Il ferma les yeux un instant.

— J'avais peur que tu croies que j'étais stupide et faible. Que je n'étais pas comme tu pensais que j'étais. Que tu serais déçu si je n'avais pas toutes les réponses.

Isaac resserra ses doigts sur le torse de David.

— Ne me connais-tu donc pas mieux que ça ?

Il ne put retenir la pointe de douleur contenue dans sa voix.

David déglutit difficilement.

— Je suis désolée. Je suis tellement désolé. Je sais que tu ne m'aurais pas jugé. C'est juste…

— Quoi ? demanda gentiment Isaac.

— C'est dur parfois de ne pas imaginer le pire au sujet de moi-même. Je pensais que j'étais tellement bien adapté au monde extérieur à me faufiler au drive-in et à utiliser une scie électrique. Cela m'a été difficile de m'habituer à la ville. Bien plus que je ne m'y attendais. C'est bruyant et bondé. Parfois, je ne peux plus le supporter. Toutefois, il y avait plus que ça. Vivre en tant qu'Anglais est différent de tellement de manières. C'était comme si nous avions déménagé sur la lune. Je ne comprends pas les mots que les gens utilisent et il y a tant de technologies. J'ai toujours pensé à moi en tant que… Je ne sais pas. Aventureux, peut-être. Puis j'ai vu comment les Anglais vivent réellement et j'ai eu l'impression d'être un petit garçon qui essayait de surnager pendant que tout le monde était à des kilomètres, loin devant moi. Que les choses leur viennent si facilement alors qu'elles me rendent confus et sont énormes pour moi.

— Je me sens comme ça aussi parfois. Lors de mon premier jour à l'école, j'avais un million de questions et j'avais peur de demander comment fonctionnait le savon automatique dans les toilettes. Mais j'ai découvert que si tu posais des questions, la plupart des gens t'aidaient. Ils *aiment* aider.

— Tu as raison. J'ose demander désormais. J'aurais dû le faire depuis le début.

— Pourquoi ne m'as-tu pas expliqué ce que tu éprouvais ? Pourquoi ne m'as-tu pas laissé t'aider ?

— Tu te débrouillais si bien. Tu t'es fait de nouveaux amis en allant à l'école. Je ne voulais pas t'inquiéter. Ni te décevoir.

Il soupira et son souffle effleura la peau d'Isaac.

— J'avais peur que tu me laisses derrière.

Isaac se redressa sur un coude.

— *Quoi ?* Je… Je… cracha-t-il. Pourquoi as-tu même pensé ça ?

— Tout changeait. Même toi, tu évoluais.

Isaac exhala afin de se calmer. S'il désirait que David parle, il devait écouter.

— D'accord. C'est vrai. Mais… te laisser ? Pourquoi ?

David resta silencieux pendant quelques instants, puis tendit la main pour repousser en arrière les cheveux d'Isaac.

— Je pense qu'en partie, c'était parce que je ne m'attendais pas à ce que tu ailles à l'école. J'ai cru que nous travaillerions ensemble comme nous le faisions ici. Tu ne serais plus mon apprenti et cela aurait été notre affaire, à tous les deux. Ensemble.

Il ajouta à la hâte :

— Et je comprends pourquoi tu vas en classe. Je te soutiens. Vraiment.

— Je le sais.

— Tu ne m'as même pas dit que c'était une possibilité que tu suives le lycée, et… tu avais déjà tout décidé. Honnêtement, cela ne m'avait même pas traversé l'esprit. Il n'y a eu aucun avertissement. C'était une grande décision, cependant tu n'as même pas songé à m'en parler avant.

L'estomac d'Isaac se retourna.

— Tu as raison. Je suis désolé. J'aurais dû en discuter avec toi. Je n'aurais pas dû te l'annoncer comme je l'ai fait.

— Pourquoi n'as-tu rien dit ?

Il rougit, rongé par le remords.

— Je pense… Je pense que j'avais peur que tu ne veuilles pas que j'y aille.

— Eh bien, tu n'avais pas vraiment tort. J'étais triste que nous ne puissions pas monter une affaire ensemble. Je suis content que tu suives des cours. Je veux que tu fasses tout ce dont tu as rêvé. Je ne voudrais jamais me dresser en travers de ton chemin.

— Je ne voudrais pas t'empêcher de faire ce que tu veux non plus.

David hocha la tête.

— Je sais. Quand nous avons quitté la maison, parfois discuter l'un avec l'autre était plus difficile que cela n'aurait dû l'être. Toutefois, je crois… je ne l'ai pas réalisé sur le moment, mais quand c'est arrivé, j'ai commencé à me demander tout ce qui pourrait changer également. Quels autres choix tu ferais sans moi. Si tu ne voulais plus devenir un charpentier avec moi désormais, peut-être que tu ne voulais plus de moi du tout.

Sa voix était à peine plus forte qu'un murmure.

— Ça faisait mal.

— Oh, David !

Isaac se laissa retomber, se plaqua contre David et embrassa son torse.

— Je suis désolé que tu aies ressenti ça. Je ne te laisserai jamais derrière. Tu es la personne la plus importante de ma vie. Peu importe ce qui change, ou les choses que je fais, je veux les faire avec toi. Même si nous ne faisons pas tout ensemble. Tant que je me réveille à côté de toi chaque matin, c'est tout ce qui compte.

— Même avec tous tes nouveaux amis et toutes les autres expériences à faire ?

Il marqua une pause.

— Avec les autres hommes que tu pourrais choisir ? Ici, il n'y avait que moi.

Scrutant attentivement les yeux pâles de David, Isaac secoua la tête.

— Je ne veux personne d'autre. Tu me permets de garder les pieds sur terre. Et je l'ai pris pour garantie. Je t'ai pris, *toi* pour garantie. C'était tellement excitant d'aller dans une véritable école et rencontrer des gens Anglais me plaisait. Je savais que je t'avais pour t'occuper de tout. Pour prendre soin de moi. Aaron et Jen aussi et cela a rendu les choses tellement plus faciles pour moi afin de faire ce que je voulais. Je pouvais aller voir un film après l'école ou jouer à des jeux vidéo chez Derek. Pendant de ce temps-là, vous travailliez comme des forcenés.

— Pourtant, je t'ai déclaré que ça ne me dérangeait pas. Je voulais que tu fasses tout ça.

Isaac se remit sur son coude.

— Je sais, et je t'aime pour cette raison. Pour vouloir t'occuper de moi. C'est agréable. C'était comme… comme si j'étais à nouveau un gamin. Je n'avais pas à m'inquiéter de l'argent. Je n'avais même pas de corvées à faire. Non pas que l'école soit facile, mais ce n'est pas la même chose.

— Tu mérites de faire une pause. D'en profiter.

— Et qu'en est-il de toi ? Tu le mérites tout autant. Pourquoi pourrais-je me promener et faire tout ce que je veux pendant que mon frère me soutient ? Ce n'est pas juste. J'ai été égoïste.

— Non, Isaac. Ce n'était pas de ta faute. J'aurais dû t'avouer la vérité.

— Oui, j'aurais dû songer à demander. À *vraiment* t'interroger. Cependant, je ne voulais pas que quoi que ce soit se passe mal, David. C'était si dur de quitter nos familles et si ce n'était parfait, je… je suppose que j'avais peur d'échouer également. Je craignais que tu veuilles revenir.

David secoua la tête avec force.

Isaac poursuivit.

— J'avais peur de le vouloir également. Tu te souviens comment c'était à Red Hills ? Les jeunes s'enfuyaient et très souvent, ils revenaient en peu de temps après. Ils ne trouvaient pas leur place dans le monde extérieur. Ils n'avaient aucun choix, et même quand j'étais petit, j'ai pu voir combien ils étaient misérables. Je ne voulais pas de ça pour nous.

— Cela ne le sera pas.

Il songea à la phrase que June avait utilisée.

— Je me suis enfoui la tête dans le sable. Je sentais profondément en moi que quelque chose n'allait pas. C'était comme si… je ne voulais pas savoir. Je ne voulais pas gratter la croûte et la faire saigner. Je voulais que tout aille mieux tout seul. Alors, je t'ai laissé sourire et dire que tout allait bien. J'ai choisi la voie de la facilité. Je ne le referai plus. Aucun de nous n'est parfait.

David sourit doucement.

— Je suppose que non. J'avais tellement peur de tout gâcher que je n'ai fait qu'empirer les choses. Gary m'a pourtant dit que je n'avais pas à connaître toutes les réponses, mais j'avais l'impression de devoir les avoir.

Isaac se tendit.

— Gary ?

Y avait-il une personne dont David ne lui avait pas parlé ?

— Il possède un bar près de l'atelier. Je me suis senti perdu une nuit et il m'a aidé. C'est mon ami. Tu devrais le rencontrer un jour. Il a un fils nommé Isaac.

— Un fils ?

Isaac soupira.

— Il est marié ?

— Hmm… hmm…

— Il est plutôt âgé. Sa fille est à l'université. Il est vraiment gentil. Tu l'apprécierais. Nous devrions y aller ensemble quand nous serons de retour.

— J'aimerais bien.

Isaac laissa échapper un profond soupir.

— Cela semble si lointain, non ? J'aimerais retourner là-bas, puis je me sens coupable de ne pas désirer rester avec Nathan et ma famille. C'est si difficile. Dissimuler la vérité. Nous cacher.

— Ça l'est. J'aimerais pouvoir faire en sorte que tout aille mieux.

Isaac sourit.

— Tu veux me protéger, mais nous devons le faire mutuellement. Nous sommes censés être des partenaires. Moitié-moitié.

David acquiesça.

— Plus de secrets. Marché conclu ?

— D'accord.

Isaac glissa sa tête sous le menton de David et enroula un bras qu'il serra autour de sa taille. Il ferma les yeux.

Pendant une minute, ils se contentèrent de respirer. Puis Isaac murmura :

— Parle-moi de la boisson.

David resta silencieux pendant si longtemps qu'Isaac n'était pas certain qu'il lui répondrait. Puis il commença à parler, sa voix formant un grondement doux.

— Au… au début, ce n'était rien. Puis j'ai commencé à avoir des problèmes. Des attaques de panique. C'est comme… si je ne pouvais plus respirer, ni voir et mes genoux cèdent sous moi, j'ai l'impression que je vais mourir dans l'instant. Comme si mon cœur allait exploser.

Des larmes inondèrent les yeux d'Isaac et il nicha son nez dans le cou de David, déposant des baisers sur sa peau. Il voulait pleurer et crier à Dieu que ce n'était pas juste que le doux David souffre autant.

— C'est horrible, murmura-t-il.

— Et j'ai commencé à chercher quelque chose à boire après ça afin de me calmer. Quand nous sortions dans un bar, je devenais tellement nerveux à l'idée que j'allais dire ce qu'il ne fallait pas. Ou faire quelque chose de mauvais. Tout le monde paraissait si… confiant. Et boire semblait m'aider… tout simplifier. J'ai découvert que cela m'aidait lorsque je paniquais également. Puis je me suis mis davantage à boire afin d'éviter que les attaques surviennent. Cela a commencé à m'échapper des mains.

— Tout va bien. Nous allons trouver un moyen de nous en sortir. Nous allons tout arranger.

— Écoute-toi.

Il caressa les cheveux d'Isaac.

— Si déterminé. Si fort. Je le serai de nouveau bientôt.

— Tu l'es. Nous serons plus forts ensemble.

— Ensemble, répéta David, soulevant la main d'Isaac pour embrasser sa paume de ses lèvres douces et humides avant de la reposer sur son cœur.

Isaac caressa la poitrine de David, frottant sa joue contre lui.

— Est-ce la raison pour laquelle tu n'as jamais voulu sortir et rencontrer mes amis de l'école ?

— Oui. Je craignais qu'ils ne m'apprécient pas, de sortir une bêtise au risque de t'embarrasser. Tu semblais t'intégrer si bien et j'avais l'impression d'être un mauvais clou tordu qui refusait d'entrer dans le bois tandis que tous les autres s'alignaient parfaitement. Et je sais que tu n'aurais jamais pensé cela de moi. Je le sais. Plus le temps passait, plus je m'inquiétais. Cela n'a aucun sens, mais…

— Cela en a.

Le nez d'Isaac le chatouilla tandis qu'il clignait des yeux pour ravaler ses larmes.

— Cela en a, bien que je déteste que tu aies ressenti cela. Je hais le fait que tu te sois senti malheureux, anxieux ou pas assez bien, ne serait-ce qu'une seconde. Parce que tu es quelqu'un de bien.

— Je commence à le croire. Je n'ai rien bu. Je ne le ferai plus. Du moins, pas de cette manière. Pas pour… engourdir la situation. Jen m'a pris un rendez-vous afin de discuter avec un médecin. Une de ces minuscules personnes… Non, attends… psychiatre. Comme Aaron en consulte un. Je ne vais plus refouler mes sentiments désormais. Ni mes peurs. Je vais y faire face, Isaac.

— Nous le ferons tous les deux.

Avec un frisson, Isaac se glissa sur David, le recouvrant et tirant la couverture assez haut tandis que la brise dansait au-dessus d'eux.

David prit son visage dans ses mains.

— Je t'aime, mon petit *Eechel*.

— Je t'aime. Je t'aime pour les fois où tu m'as acheté du chocolat et où tu l'as glissé dans mon sac en guise de surprise. Pour les fois où nous mangeons une pizza et que tu m'offres toujours un grand verre de soda parce que tu sais que le salami me donne soif. Je t'aime pour ta façon de me tenir la main si serrée quand j'ai peur. Comment tu ris à mes plaisanteries et à ta manière de me faire rire. J'aime que tu ne te mettes jamais en colère lorsque je gâche tout et découpe une planche à la mauvaise taille. Pour ton habitude de toujours me laisser le dernier cookie.

Souriant, David secoua la tête.

— Tout ça, ce n'est rien.

— Non.

Isaac effleura tendrement ses lèvres.

— Ces gestes, cela représente tout.

Partie Deux

Chapitre Neuf

ILS VENAIENT DE finir de se rhabiller lorsque le sifflet du train chanta dans le lointain, remplissant la nuit de son cri plaintif. Cela avait toujours rendu David triste d'une manière qu'il ne pouvait pas décrire quand il entendait le train de marchandises gronder près de Zebulon. Même maintenant, après tout ce qu'ils avaient vu et fait en Californie, le visage d'Isaac affichait son émerveillement au clair de la lune. Il tenait son manteau à deux mains, figé comme une statue, puis il ferma les yeux et écouta. David avait replié les couvertures et fixait Isaac.

Après une minute, celui-ci murmura :

— Où penses-tu qu'il se rend ?

— Où tu veux.

Isaac sourit.

— Tout droit vers l'océan, alors.

Il frissonna au coup de sifflet qui retentit à nouveau.

— Nous prendrons bientôt le train. Nous irons n'importe où. Partout.

— Pouvons-nous ? Vraiment ?

Son sourire s'élargit.

— J'adorerais ça, David.

— Moi aussi.

Le train finit de passer, le grondement disparaissant et le silence de la forêt revint. Silver croqua une pomme, ses dents broyant les pépins avec fermeté. Isaac soupira.

— Je devrais y aller.

Mais aucun d'eux ne bougea. Voyant Isaac vêtu de ses anciens habits Amish, un frisson de peur retourna soudain l'estomac de David.

C'est seulement pour maintenant. Pendant que Nathan est malade. Ce n'est pas pour toujours. David prit le manteau des mains d'Isaac et entrelaça leurs doigts. Il était toujours à genoux et Isaac lui adressa un sourire.

— Tu ne rends pas le départ plus facile.

— C'est étrange de te voir habillé comme ça maintenant. Et moi avec une tenue Anglaise.

Cela avait été un soulagement de les reporter après avoir été vêtu en Amish pour voir sa famille.

— C'est…

— Quoi ?

Isaac relâcha une des mains de David et caressa ses cheveux.

— Dis-moi ce qui te tourne dans la tête.

— Tout à coup, j'ai eu l'impression que tu serais coincé ici. Te voir à nouveau dans cette tenue… Je suppose que cela m'inquiète.

Il laissa aller la main d'Isaac et se frotta le visage.

— Parfois, tout a tendance à me faire peur.

— Ce ne sont que des vêtements, David. Je suis toujours moi. Nous sommes toujours nous.

Il se pencha et embrassa son front avant de se redresser.

— Je sais. Tu as raison.

David laissa échapper un long soupir, sa tension s'allégeant un peu. Il fit courir ses mains sur les jambes d'Isaac.

— Continue comme ça et je ne rentrerai pas à la maison avant l'aube, fit Isaac en souriant malicieusement.

David gloussa, mais fit remonter ses mains sur les cuisses d'Isaac avant de les poser sur le rabat couvrant sa braguette. Il serra gentiment son membre.

— J'aime de quoi tu as l'air en cet instant, murmura Isaac. À genoux devant moi.

Une sensation de chaleur l'envahit et David se lécha les lèvres, relevant les yeux vers Isaac tout en le frottant plus fort à travers son pantalon.

— Laisse-moi te faire jouir encore une fois. Je veux te goûter.

La pomme d'Adam d'Isaac remonta et ses lèvres s'entrouvrirent alors qu'il hochait la tête. David défit les deux boutons qui retenaient le rabat devant le pantalon de son amant et sortit son sexe. Là où les vêtements Amish lui avaient causé du stress la minute précédente, maintenant un sentiment d'excitation déferlait le long de sa colonne vertébrale tandis qu'il était à genoux devant Isaac dans son jean interdit, son sweat à capuche et ses baskets. Il enfouit son nez près de son aine, frotta son visage contre les poils rêches, sentant l'érection commencer à gonfler et ses bourses s'alourdir.

David prit la verge d'Isaac dans sa main et la caressa, la lécha partout et taquina le gland. Isaac glissa une main dans les cheveux de David qui releva les yeux vers lui, sous ses cils. Il dit sans y penser :

— Parle en allemand.

Les doigts d'Isaac se resserrèrent sur les mèches de David et il haleta doucement.

— *Gut.*

Il gémit.

— *Bitte hör nicht auf.*

Tandis qu'Isaac chuchotait, disant à David à travers ses gémissements combien il était beau et que c'était bon, le suppliant de ne pas s'arrêter, les mots gutturaux stimulant David, envoyant des lames de feu dans ses veines. Isaac était manifestement toujours sensible d'avoir joui si récemment et il geignait. Puis, il cracha :

— *Härter !*

L'ordre rude d'y aller plus fort rappela à David la discipline de son père ou un prêche de l'Évêque Yoder. Cela n'aurait pas dû faire durcir son sexe ni couler davantage, mais le résultat était là quand même. Il se frotta de la paume d'une main à travers son jean.

— *Etwa so ? Comme ça ?*

— *Ja, schneller.*

Isaac sursauta dans sa bouche, étirant les lèvres de David alors qu'il l'aspirait désespérément, aussi vite qu'il le pouvait. Isaac sentait le foin et le sexe et David inhala profondément, ses narines s'évasant pendant qu'il le suçait, de la salive dégoulinant sur son menton. De sa main libre, il toucha les testicules d'Isaac, augmentant la pression lorsqu'il cria, tirant douloureusement sur les cheveux de David, mais s'enfonçant plus vite dans sa bouche comme si c'était trop et pas suffisant en même temps. Il murmura en allemand, les mots n'ayant plus aucun sens désormais.

Quand Isaac se mit à jouir, il frémit, agrippant la chevelure de David et remplissant sa bouche avec ce qui lui restait après la fois précédente. La semence salée et musquée familière avait si bon goût et David l'avala avant de lécher Isaac afin de le nettoyer, le faisant gémir. Isaac tomba à genoux en haletant. Il repoussa la main de David et défit rapidement la fermeture éclair de son jean, sortant son membre et le caressant durement.

Ils s'embrassèrent de manière désordonnée tandis qu'Isaac le frottait. David n'était pas certain de pouvoir venir à nouveau, mais il en avait douloureusement envie. Isaac appuya son front contre le sien. Même malgré l'air frais de la nuit, de la sueur inondait leur front.

— *Guter Junge*, murmura Isaac.

David ne put que haleter lorsqu'il éjacula sur la main d'Isaac, une vague de plaisir le déchirant de part en part. Isaac répéta et David émit un gémissement faible. *Bon garçon.* Ces paroles l'avaient fait jouir si durement, bien qu'il ne sache pas pourquoi. Alors qu'il se rasseyait, la main d'Isaac tenant toujours son sexe ramolli, les joues de David rougirent.

Toutefois, Isaac le regardait seulement avec tendresse.

— Merci.

Il ne savait pas pourquoi, mais David hocha la tête.

— *Ich liebe dich.*

Le sourire d'Isaac illumina son visage tandis qu'il embrassait les joues échauffées de David de ses lèvres douces et gentilles.

— Je t'aime aussi.

DAVID GRIMAÇA AU bruit que fit la porte de la maison de June lorsqu'elle se referma avec un bruit fort. Elle raclait un peu le sol et il y jetterait un coup d'œil pour voir ce qu'il pouvait faire. Il retira ses baskets et avança sur la pointe des pieds dans la cuisine, s'arrêtant net, son cœur martelant sa poitrine quand il aperçut Aaron assis à la petite table ronde. La lumière de l'horloge digitale du micro-ondes et de la cuisinière émettant une faible lueur bleuâtre. Il était un peu plus de trois heures.

— Désolé. Je ne voulais pas t'effrayer.

Aaron portait un tee-shirt et un bas de pyjama, jouant avec une tasse.

— En fait, j'essaie de me faire du lait chaud pour arriver à m'endormir. J'aurais dû prendre un NyQuil avant d'aller au lit, cependant c'est trop tard maintenant. Je dormirais jusqu'à midi.

— Tu devrais peut-être. Tu as besoin de te reposer.

David se versa un verre d'eau et s'assit à côté d'Aaron.

— Tu peux parler, fit Aaron en souriant. Isaac et toi, avez-vous discuté ?

David acquiesça et ne put s'empêcher de rougir. Il espérait qu'il faisait trop sombre pour que cela se remarque.

— Hmm… hmm…

— Bien. J'en suis heureux.

Aaron se pencha un peu plus prêt, plissant les yeux. Puis il rigola.

— *Knutschfleck.*

David fronça les sourcils, essayant de réfléchir au mot. Il ne l'avait jamais entendu.

— Quoi ?

— Tu as la trace d'un suçon sur ton cou.

Il plaqua sa main sur l'endroit où Isaac l'avait embrassé et sucé.

— Je ne savais pas qu'il y avait un mot pour ça. Dans deux langues, pas moins.

— À Red Hills, je l'ai appris d'Abraham Lapp quand nous étions gamins. C'était totalement interdit. Je ne parviens pas à me souvenir où je l'ai entendu.

— Je vais devoir me souvenir de celui-ci.

Sirotant son lait, Aaron resta silencieux pendant quelques instants. Dans le couloir, la vieille horloge de grand-père tictaquait faiblement.

— Jen ne m'a donné aucun détail, mais elle a dit que tu avais dû lutter plus fort que nous le pensions pour t'intégrer. Je suis désolé de ne pas m'en être rendu compte. Je sais pourtant à quel point cela peut être difficile.

— Ce n'est pas de ta faute. Tu as fait tellement pour moi. C'était…

Il tenta de trouver les mots justes.

— Je suppose que cela faisait beaucoup à assimiler. Je ne veux plus échouer encore une fois.

— Tu ne l'as *pas* fait, David.

— Je commence à en être convaincu. Je veux y croire et j'y parviendrai. C'est comme si ça devenait plus facile chaque fois. Comme si j'étais plus léger.

— La vérité te permettra d'être libre. C'est ce qu'ils disent et je pense qu'ils n'avaient pas tout à fait tort.

Aaron le regarda d'un air spéculateur.

— Alors, comment te sens-tu vraiment sur le fait de vivre en ville ?

David réfléchit.

— Je ne sais pas. La ville est si… trop. Mais il y a certaines parties que j'apprécie vraiment.

— Comme quoi ?

— Avoir des pizzas livrées directement à la porte, même à minuit.

Aaron sourit.

— La livraison à domicile est une chose merveilleuse, c'est vrai. Quoi d'autre ?

— Marcher près de l'océan. Voir différentes sortes de gens. Même si je déteste la foule dans les bus, j'aime le fait que tout le monde soit différent. Et je peux tenir la main d'Isaac, personne ne pense que c'est un péché. Je veux dire… Je sais qu'il y a des Anglais qui n'approuvent pas. Certaines personnes à la télévision disent des choses terribles.

— Ugh ! Ces prêcheurs télévisés sont les pires. J'essaie d'oublier qu'il existe des gens volontairement ignorants.

— Revenir ici et avoir à me cacher de nouveau… c'est horrible. Cela paraît impossible, mais je crois que j'ai oublié combien c'est affreux de ne pas avoir cette liberté. Je ne pourrais plus jamais vivre de cette manière. Jamais. Les choses que je n'aime pas en ville ne pourraient jamais être aussi mauvaises que ça.

— Tu sais cela n'a pas à être tout ou rien.

— Que veux-tu dire ?

Il prit une gorgée de son lait.

— Il y a toutes sortes de façons de vivre. Tu n'as pas à rester en ville pour toujours. Il y a les banlieues et les petites villes. La campagne. C'est tout un autre monde. Beaucoup d'ex-Amish préfèrent quand même une vie plus calme. Ils trouvent une église qui leur sied, un endroit qui leur plaît. La ville ne convient pas à tout le monde. Cela ne signifie pas que c'est ça ou revenir ici. Il y a toutes sortes d'entre-deux.

David médita l'idée, souriant intérieurement.

— J'aimerais tout de même en voir plus. Je ne me suis pas vraiment laissé le temps d'explorer. C'était tellement écrasant que j'ai juste… Je ne sais pas comment l'expliquer. Que je me suis arrêté, je suppose. Je crois que j'adorerais apprendre et voir des choses. Seulement sans me sentir aussi effrayé.

— Bien entendu. Isaac et toi, vous êtes encore des bébés. Vous n'avez pas à vous précipiter et à prendre des décisions. Vous avez toute votre vie devant vous. Je n'ai pas eu, non plus, toutes les réponses instantanément. Cela m'a pris un bon moment pour comprendre à quel endroit j'appartenais. Et lorsque j'ai rencontré Jen, j'ai réalisé que, aussi longtemps que j'étais avec elle, je serai à la maison.

Maison. David déglutit difficilement.

— C'est la même chose avec Isaac. Je veux une maison avec lui. Où que ce soit.

— Je vous le souhaite également.

Il prit une autre gorgée de sa tasse.

— David, j'espère que tu sais que je me soucie de toi. Que tu peux venir me trouver n'importe quand si tu as besoin d'aide, ou de quoi que ce soit. Je sais que je ne suis pas vraiment ton frère, mais…

Une vague d'émotions traversa David et il espéra que sa voix ne se fêlerait pas.

— Mais c'est comme si tu l'étais. Cela fait longtemps que je n'ai pas eu de frère. C'est un sentiment agréable.

Aaron prit une profonde inspiration, ses yeux luisaient.

— Merci pour ça.

Il se mit à rire en tremblant.

— Seigneur, je suis tout retourné maintenant. Être ici… les revoir… C'est plus difficile que je ne l'aurais cru.

Il passa un doigt sur le pourtour de sa tasse.

— Lorsque je suis avec mes parents, je continue de penser « *Regardez-moi ! Voyez-moi !* » Toutefois, lorsqu'ils le font, c'est pire encore. La déception. La trahison. Je suis allé à l'encontre de tout ce en quoi ils croient. À un certain niveau, je comprends pourquoi ils ont l'impression que me tenir à l'écart est la seule façon d'agir. Qu'un jour, d'une certaine manière, cela me ramènera à l'église. Mais ça ne le fera pas. Jamais.

David ne savait pas quoi dire et il avait peur que, s'il essayait, il puisse pleurer. Il hocha la tête à la place. Aussi difficile que ce soit pour Isaac et pour lui de revenir, c'était encore pire pour Aaron. Il souhaita qu'il y ait un moyen qu'il puisse tout arranger.

— Une partie de moi veut aller là-bas, prendre mes frères et sœurs pour les emmener loin d'ici, afin de leur montrer le monde où ils pourraient devenir tout ce qu'ils veulent être. Où ils pourraient aimer qui ils désirent. Où ils pourraient être libres.

Il se frotta le visage.

— Je ne peux pas. Et même si je le pouvais, serait-ce juste ? Certaines personnes trouvent une grande joie avec cette vie.

— Je sais ce que tu ressens. Vraiment. Je suis content de ne pas être le seul à avoir cette impression.

Il ajouta rapidement :

— Non pas que je sois heureux que tu te sentes mal. C'est juste que je comprends.

Les lèvres d'Aaron ébauchèrent l'ombre d'un sourire.

— Je sais ce que tu veux dire. C'est bon de te parler de ceci.

— C'est agréable de discuter avec toi aussi.

David tendit la main et serra l'épaule d'Aaron pendant un moment. Celui-ci avait toujours semblé posséder toutes les réponses. Comme s'il ne doutait jamais. Mais David réalisa au plus profond de lui qu'ils étaient tous effrayés parfois.

Aaron resta silencieux à nouveau.

— J'aimerais simplement qu'ils n'utilisent pas la peur pour garder leurs enfants en droite ligne. À l'époque où je croyais en Dieu et en tout ça, parfois je m'allongeais dans mon lit le soir, terrifié que je ne sois pas assez bon pour aller au paradis. Isaac dormait à côté de moi, si paisible et innocent. Je l'enviais. Je ne parviens pas à me souvenir d'un moment où je n'étais pas inquiet. Puis j'ai rejoint l'église.

Il se mit à rire amèrement.

— Je me suis dit que tout irait mieux une fois que je l'aurais fait. Comme si, d'une certaine manière, toutes mes peurs et incertitudes disparaîtraient et que je n'aurais plus envie de voir le monde. Comme si je serais un homme neuf.

David sourit tristement.

— Mais ça n'a pas marché. Ça ne le fait jamais.

— Nan.

Aaron se frotta à nouveau le visage.

— Dieu merci, je n'ai pas épousé cette pauvre Rebecca Eicher. Ma sœur, Abigail, à Red Hills m'a appris qu'elle était très heureuse avec son mari. Huit enfants déjà.

Il secoua la tête.

— Je ne peux pas l'imaginer. Je pense que si Jen et moi arrivions à prendre soin d'un seul, ce serait déjà une victoire. En parlant de ma sœur, j'ai besoin de lui écrire et de lui annoncer que je suis ici. Je suppose qu'elle le saura de toute façon. S'ils apprennent qu'elle échange encore des lettres avec moi, elle risque d'avoir beaucoup de problèmes. J'aimerais juste…

Après quelques instants, David demanda tranquillement :

— Quoi ?

— Que je puisse vivre ma vie sans avoir besoin d'être séparé d'eux. Je sais que j'ai fait une terrible erreur en rejoignant l'église. Je me suis promis à Dieu et j'ai rompu mon vœu. Mais j'étais tellement perdu.

— Tu as trouvé ta voie.

— En effet.

Il secoua la tête.

— Mec, tu m'écoutes baratiner. Je ne suis pas censé décharger toutes mes conneries sur toi. Je suis désolé.

— Non !

David n'avait pas voulu s'exclamer aussi fort, et il baissa la voix.

— Je veux dire… tu devrais. J'ai essayé de tout garder en moi et cela n'a pas aidé. Cela n'a fait qu'empirer. Alors, tu devrais me parler. Tu n'as pas toujours à être le plus solide.

Tandis qu'il prononçait ces mots, qui étaient l'écho de ceux d'Isaac, David sentit combien ils étaient véridiques.

La voix crispée, Aaron acquiesça.

— Tu as raison.

— C'est à ça que servent les frères.

Alors que les mots franchissaient ses lèvres, David retint son souffle. Peut-être que c'était trop de dire ça.

Cependant, Aaron sourit simplement.

— C'est vrai.

Il prit sa tasse.

— Hey, en veux-tu un peu ? Ça ne prend pas longtemps au micro-ondes.

— Bien sûr ! Merci.

Aaron tâtonna dans l'obscurité, la lumière provenant du réfrigérateur éclairant la cuisine pendant qu'il remplissait une autre tasse de lait et resservait la sienne. La maison était totalement silencieuse aux petites heures de l'aube et s'il était bien fatigué au matin, David était heureux d'être réveillé. Le micro-ondes bourdonna et ils regardèrent les tasses tourner dans la lumière dorée jusqu'à ce que l'appareil sonne.

David sirota le lait chaud avec précaution, soufflant dessus pendant qu'Aaron s'asseyait à nouveau à côté de lui.

— Puis-je t'emprunter ton petit ordinateur demain ?

— Bien sûr, répondit Aaron. Quand tu veux.

— J'ai besoin de passer quelques appels pour le travail, d'envoyer des mails aussi et je trouve toujours ça difficile de taper sur mon téléphone.

Aaron gloussa.

— Cela demande un peu de temps pour s'y habituer. As-tu déjà vu la mère de Jen essayer d'envoyer un message ? C'est douloureux. Tu es bien plus doué qu'elle – tu as compris le coup pour tout ça. Je détestais parler au téléphone. Ça me paraissait bizarre. Mais maintenant, c'est comme une seconde nature. Désormais, la plupart des gens communiquent en cliquant sur « like » sur Facebook.

— Je devrais avoir un de ces comptes.

— Je peux te montrer comment t'enregistrer. Cela ne prend que quelques minutes.

— Ce serait génial. Merci.

David avala un peu de son lait, savourant le liquide chaud.

— Jen arrive-t-elle bientôt ?

— Ouais. Il n'y en a plus pour longtemps désormais. Ils sont un peu à court de personnel en ce moment, donc elle a encore à faire deux services avant de venir.

Il sourit discrètement.

— J'aimerais qu'elle soit déjà ici, toutefois je ne peux pas vraiment rivaliser avec le fait de sauver des vies.

— Je suis content qu'il n'y en ait plus pour longtemps. Elle a été tellement gentille avec moi. Je ne sais pas si je pourrais un jour vous rendre la pareille.

— Tu n'en as pas besoin. Nous formons une famille maintenant. C'est comme ça que ce doit être.

Une famille. David répéta le mot dans son esprit tout en sirotant sa tasse. Le lait était apaisant et il l'avala avec gratitude. La nuit avançait, cependant, Aron et lui profitèrent un peu plus longtemps de la quiétude, n'ayant pas besoin de dire autre chose.

LES CLIQUETIS DU charriot entrant en trombe dans l'allée de June obligea David, les yeux encore chassieux, à descendre, juste après l'aube. Il franchit la porte à toute vitesse alors qu'Anna arrêtait Kaffi. Il se précipita sur le gravier, ne se souciant pas qu'il pique ses pieds nus.

— Que se passe-t-il ? demanda-t-il.

Elle sauta au bas de la carriole, sa longue robe noire flottant autour de ses chevilles.

— Rien de grave. Je dois juste faire vite.

Elle se pencha vers l'intérieur du buggy et lui jeta un chapeau de paille.

— Il devrait faire assez chaud pour les chapeaux d'été.

Il le prit, sentant le vieux bord familier du bout des doigts.

— Mais pourquoi ?

Anna redressa son bonnet noir et sourit.

— C'est l'effervescence chez Joseph Yoder – notre ancienne maison, je veux dire. Il plante du soja sur les terres que nous avons laissées et il a conclu un arrangement avec Josiah Otto pour reprendre quelques acres. Il construit aussi un nouveau hangar à récoltes, alors j'ai pensé que tu aimerais venir. Tu es le meilleur charpentier et il n'y a pas moyen que quiconque te dise que tu ne peux pas aider.

— Est-ce que tout va bien ? intervint Aaron depuis le porche.

David hocha la tête, puis retourna à l'intérieur en souriant, après avoir fait un petit geste de la main. Anna le regarda s'éloigner et murmura :

— Wow ! Il est superbe.

David devait rire.

— Il l'est.

Son sourire s'effaça.

— Crois-tu vraiment que ce soit une bonne idée que je participe à cet évènement ?

Il avait toujours aimé ça, en particulier les montages de granges.

— Oui. Montre-leur que tu n'as pas honte, ni peur.

— Et si c'est le cas ? Tout le monde sera là-bas. Tu sais comment ils peuvent dévisager quelqu'un.

— Rends-leur leurs regards, grand frère.

— Je devrais aller à l'hôpital et voir comment va Nathan. Retrouver Isaac.

— Tu pourras y aller plus tard dans l'après-midi. Je suis certaine qu'Isaac comprendra.

Elle jeta un coup d'œil au brillant ciel bleu.

— Ce sera le plus beau jour de l'année. Allez… Juste pour quelques heures.

Il soupira.

— Comment puis-je refuser ?

— Tu ne peux pas. Maintenant, va te changer et je te conduirai.

Après avoir prévenu Aaron et avoir laissé un message pour Isaac, David enfila rapidement ses vieux vêtements Amish. Mais cette fois, il portait un caleçon noir, sentant un frisson ridicule à l'idée de rompre l'*Ordnung*. À huit heures, Anna et lui s'arrêtèrent à l'extérieur de leur ancienne maison. Des gens s'agitaient autour, travaillant déjà. Certains d'entre eux jetèrent un coup d'œil au charriot avec une curiosité non déguisée.

Anna fixa la maison.

— Elle a toujours l'air pareil.

En effet et cela serra le cœur de David que sa famille n'y vive plus. Il se demanda qui occupait son ancienne chambre – celle où il avait passé nuit après nuit à rêver d'Isaac et à pécher en pensée. Ses yeux se tournèrent automatiquement vers la grange et, l'espace d'un instant, il fut heureux de se trouver encore dans le charriot, ou ses genoux auraient pu céder sous lui.

Elle semblait identique à celle qu'il avait laissée, mis à part une nouvelle couche de peinture rouge foncé. Il pouvait presque voir Isaac là, avec son sourire timide et ses taches de rousseur dansant sur son nez, la sueur humidifiant ses cheveux sur sa nuque pendant qu'il travaillait. Il pouvait sentir la sciure de bois, le foin et le cheval, même s'ils étaient bien trop loin.

— Tu viens ? demanda Anna en descendant, attachant Kaffi au poteau, à côté de la rangée d'attelages et de bêtes.

— Hmm… hmm…

David sauta et caressa son vieux cheval, le nourrissant d'une pomme prise dans sa poche, se sentant soudain très visible.

Anna était partie rejoindre les femmes et David l'accompagna vers la maison afin de pouvoir voir Mère et les filles. Mary lui jeta un coup d'œil tandis qu'elle pelait des pommes et lui sourit un instant. Les filles crièrent son nom et agitèrent leurs mains avec enthousiasme. Mère, qui était assise sur une chaise de cuisine qui avait été apportée à l'extérieur, le regarda avant de lui faire signe. David pouvait sentir les yeux des femmes le fixer. C'était un étrange mélange de curiosité, de ressenti-ment et d'espoir.

— Tu es venu aider, constata Mère.

— Oui. Anna a dit qu'ils construisaient une nouvelle grange. Je n'ai pas mes outils avec moi, cependant, j'aimerais donner un coup de main.

Le silence régna pendant quelques secondes.

— Je suis certaine que ce sera apprécié, déclara Mère.

Les autres femmes murmurèrent leur accord apparent. Mère l'étudia, toutefois, elle n'ajouta rien d'autre.

Il réalisa avec un éclair de culpabilité que Grace était là, près d'une pile de carottes, son regard fixé sur ses chaussures, le corps rigide. Avec ses cheveux et ses yeux foncés, elle était le portrait craché de sa mère qui se tenait à proximité, et qui regardait délibérément ailleurs. Non pas qu'il puisse leur en vouloir après ce qu'il avait fait. Pauvre Grace, avec qui il était à peine sorti, mais qu'il avait certainement déçue bien plus qu'elle ne l'avait dit – ou ne voudrait le reconnaître.

Cela lui paraissait mal de ne pas, au moins, lui dire quelques mots. Conscient de tous les yeux fixés sur lui, David s'approcha de Grace.

— Bonjour.

Ne croisant pas ses yeux, Grace attrapa une carotte et l'éplucha en quelques gestes habiles, la peau tombant en bandes soignées.

— Bonjour.

C'était à peine un murmure.

— Comment vas-tu ?

Grace paraissait sur le point de se briser en deux. Elle passa à la carotte suivante, la pelant vigoureusement.

— Bien.

— Je…

Il lança un coup d'œil à toutes les femmes, qui n'essayaient même pas de faire semblant et qui n'en perdaient pas un mot.

— Peut-être pourrions-nous aller discuter ailleurs ?

Le moins qu'il puisse faire c'était de s'excuser correctement.

À sa demande, Grace releva le menton.

— Qu'y a-t-il à dire ?

Elle hésita, quelque chose comme une lueur d'espoir brillant dans ses yeux.

— À moins que tu ne sois de retour pour rester ?

David pouvait pratiquement sentir Mère derrière lui, vibrer avec anticipation et tension.

— Euh…

Grace pela une longue bande, la tête à nouveau baissée.

— Je prierai pour toi.

— Je ferais mieux d'aller travailler.

Le visage échauffé, David recula. Il avait à moitié envie de courir vers le bas de l'allée et de retourner chez June. À quoi avait-il pensé en venant ici ? Cela ne faisait que rendre tout ceci plus difficile.

— C'est bon de te voir ici, mon David, fit Mère en lui souriant, ses yeux se plissant aux coins. Là où tu appartiens.

— Merci, réussit-il à sortir.

Voir sa mère lui sourire comme ça à nouveau lui serra la gorge, bien qu'elle se doute au fond d'elle-même que c'était un mensonge – il n'appartenait plus à cet endroit. Il ne l'avait jamais vraiment été.

Il releva ses prunelles et remarqua que le Diacre Stoltzfus le regardait, avec une expression lourde et illisible.

Quelques hommes et garçons étaient déjà dans les champs à planter et d'autres s'étaient rassemblés au-delà de la grange où le nouveau hangar serait manifestement construit, avec des piles de bois pour marquer l'endroit. Le murmure des conversations cessa lorsque David s'approcha et, lorsqu'il l'atteignit, le silence régnait.

Puis Josiah Otto, de la ferme d'à côté sourit largement et marcha vers David, la main tendue.

— Comme c'est bon de te revoir, mon ami !

David serra sa main avec gratitude, et bien que certains des autres hommes hochent simplement la tête, Joseph Yoder prit sa main avec enthousiasme. Il était de l'âge de David.

— Suis-je assez chanceux pour que tu m'aides aujourd'hui ?

Joseph hocha la tête vers le tas de bois.

— Bien sûr. C'est avec plaisir. Je vais me mettre au travail.

— En fait, pourrais-tu d'abord jeter un coup d'œil aux plans ? Afin de t'assurer que nous la construisons de la bonne manière ?

Josiah Otto hocha la tête avec impatience.

— Joseph, je ferai tout ce que David dira, pour que tout se passe au mieux. Il sait sûrement.

Il regarda un petit garçon.

— Abram ! Pose ça !

Âgé de seulement quelques années de plus que David, il avait déjà cinq enfants. Comme Joseph tendait des outils de rechange à David, Josiah se pencha en avant et baissa la voix.

— Es-tu de retour pour de bon ?

— Non. Je ne reste pas.

Le visage de Josiah s'affaissa, mais il hocha la tête.

— Peut-être qu'un jour, tu changeras d'avis.

David sentit le désir qui allait avec, cependant il secoua la tête.

— Je ne pense pas. Ce n'est pas ma voie.

Pendant un long moment, Josiah resta silencieux.

— Je ne peux pas être d'accord avec toi, toutefois tu es là aujourd'hui, et j'en suis heureux.

Il souleva son chapeau de paille et s'essuya le front, repoussant son épaisse frange noire.

— Tu as toujours été un bon voisin, David. Tu as chaque fois tenu parole et m'as aidé quand j'en avais besoin. Tu devrais savoir que j'ai payé à Eli ce que je devais encore à ta famille pour la terre. Cela convenait à tout le monde de vendre un petit bout à Joseph maintenant qu'il vit ici et qu'il veut en faire une ferme. Nous travaillons ensemble sur les semences. Mais tu aurais pu reprendre toutes ces terres lorsque je n'étais pas capable de payer. Je t'en serai toujours reconnaissant de ne pas l'avoir fait.

Les paroles de Josiah le réchauffèrent.

— Je suis heureux d'avoir pu aider.

Josiah sourit, puis afficha un visage triste.

— Es-tu allé à l'hôpital pour voir Nathan Byler ?

— Oui. Il est très malade. Il est la raison de ma visite.

— J'ai entendu dire que les aînés sont ici pour lui rendre visite également. Je me souviens de lui comme d'un petit de Red Hills. Isaac est de retour aussi ?

David acquiesça.

— Ils veulent aider leur frère. Ils ont été très bons avec moi, donc je suis ici pour les soutenir. Et pour voir ma mère et mes sœurs, bien entendu.

— Nous prions tous pour cette famille.

— Je sais qu'ils apprécient.

— Les voies que le Seigneur a pour nous sont mystérieuses parfois. Ça ne semble pas juste, n'est-ce pas ?

— Non. Pas du tout.

— Eh bien, je suppose que nous ferions mieux de commencer.

Il tapa amicalement sur le bras de David.

Tandis que la matinée avançait, et que le soleil remplissait le ciel, David constata qu'il était heureux d'être ici aussi. La brise apportait un soupçon de fleurs de cerisiers et c'était revigorant de scier, de jouer du marteau et de façonner à nouveau. C'était difficile de croire que cela faisait moins d'une semaine depuis qu'il avait quitté San Francisco. Ses muscles étaient délicieusement endoloris et, alors qu'il travaillait côte à côte avec ses anciens voisins, un sentiment de paix l'inonda.

Il savait qu'il ne pourrait jamais être véritablement Amish de nouveau, mais il y avait certaines choses de cette vie qui lui manquaient tous les jours.

Chapitre Dix

MÊME LES CHEVAUX regardaient tandis qu'Isaac sautait du charriot avec Éphraïm. Katie et Joseph descendirent de l'arrière, avant de se mettre à courir pour rejoindre leurs amis. Personne n'allait à l'école lors d'une journée de travail commun et les rires des enfants retentissaient par-dessus les bavardages des travailleurs.

Éphraïm serra le bras d'Isaac.

— Allez, viens. Ignore simplement tout le monde.

Isaac fit de son mieux, mais les murmures glissaient sur l'herbe nouvelle comme des serpents. Il hocha la tête vers les gens, et lorsqu'ils demandaient des nouvelles de Nathan tout en lui adressant des regards qui variaient de suspects à sympathiques, Éphraïm et lui se relayaient pour répondre. Isaac disait juste à Elijah Raber que Nathan s'était senti suffisamment bien pour manger tout son repas de la journée, avant de s'arrêter, regardant fixement.

Elijah fronça les sourcils.

— Qu'y a-t-il eu à propos du déjeuner ?

— Euh…

Isaac observait la structure de la nouvelle grange, là où David balançait son marteau, son tee-shirt roulé au-dessus des coudes, ses avant-bras fléchissant. Pendant un moment, Isaac fut ébranlé, puis il reprit ses esprits, son cœur frémissant et il refusa d'admettre la raison. Il ne *pouvait* pas l'admettre, même à lui-même.

Éphraïm s'empressa de répondre.

— Nathan se sentait un peu mieux hier après-midi.

Quand ils avancèrent, Éphraïm siffla.

— Quel est le problème avec toi ? Elijah n'a rien dit de méchant.

Tu étais à des kilomètres de là.

— Désolé. J'étais distrait.

Isaac força son regard à se détourner de David, et aperçut Mervin qui se tenait figé à quelques pas de là, comme s'il l'avait surpris, la main dans le sac.

— Je vais les rejoindre, murmura Éphraïm avant de se précipiter.

Mervin portait un sachet de graines dans une main et sa poitrine montait et descendait rapidement. Les gens s'affairaient à proximité, mais ils étaient pratiquement seuls sur le large côté de la grange. Isaac tenta de sourire.

— Salut.

Même s'ils s'étaient assis dans la cabane dans l'arbre pendant une heure l'autre jour, la réalisation que les choses ne seraient plus jamais aussi faciles entre eux serra la gorge d'Isaac.

— Salut.

La voix de Mervin était éraillée.

— Comment vas-tu ?

— Bien, merci.

Il hocha la tête pour saluer un des enfants Kauffman qui passa à côté d'eux et jeta un regard nerveux aux alentours.

— Isaac, j'ai réfléchi.

— D'accord. À propos de quoi ?

— Je t'ai connu toute ma vie et je sais que tu n'es pas mauvais.

Le cœur d'Isaac se mit à tambouriner.

— Tu as raison… Je ne le suis pas. David non plus.

— Je sais. Tu ne te… soucierais pas de lui s'il l'était. Toutefois, je pensais que si vous alliez tous les deux voir l'Évêque Yoder et que si vous vous confessiez, il pourrait vous aider.

Mervin commença à parler plus vite, faisant de grands gestes avec sa main, comme il le faisait toujours lorsqu'il était excité.

— Je sais que si tu restes, Dieu te viendra en aide. Moi aussi. Nous le ferons tous. Cela n'a pas à être de cette manière.

— C'est ce que je suis, Mervin. Cela ne changera jamais. Et je ne le veux pas. Pas plus que David. Je sais que tu dis ça parce que tu t'inquiètes, cependant, c'est ainsi que le Seigneur nous a faits.

Le visage de Mervin se plissa.

— Tu le crois vraiment, n'est-ce pas ?

— Oui.

— Alors, j'espère que tu seras heureux. J'espère… J'espère te revoir.

— Moi aussi. Je te souhaite une bonne vie avec Sadie.

Isaac désirait plus que tout tendre la main et le serrer contre lui, mais il savait qu'il ne pouvait pas.

— Tu as toujours été un bon ami. Tu l'es toujours.

— Tout comme toi, Isaac. Simplement… prends soin de toi.

Hochant la tête pour dire au revoir, Mervin se dirigea vers les champs.

Isaac le regarda s'éloigner, sachant que cela pourrait très bien être la dernière fois qu'il verrait son meilleur ami. Il déglutit difficilement et abaissa son chapeau de paille sur son visage. Lorsqu'il alla rejoindre les hommes qui travaillaient sur le hangar, il essaya de ne pas regarder David. Lorsque Joseph l'appela, David redressa brusquement la tête, manquant de peu de se la cogner. Isaac tenta de ne pas éclater de rire, le moment de joie provoquant un répit bienvenu.

C'était étrange de se retrouver ici, faisant semblant encore une fois que David ne faisait pas bondir son cœur. Bien entendu, ils s'étaient enfuis ensemble dans le monde, bien que la communauté ne sache pas combien ils étaient *ensemble*. Isaac sourit intérieurement alors qu'il sciait une solive de coin, mais son sourire s'évanouit quand Samuel Schrock commença à énumérer toutes les raisons pour lesquelles Isaac et David devraient revenir à Zebulon et se faire baptiser.

Au moment où ils réussirent à s'échapper, le déjeuner était servi. Après un long regard adressé à Isaac, David disparut dans la grange et Isaac le suivit, son pouls s'accélérant tandis qu'il se souvenait des heures que David et lui avaient passées ici. Il avait à moitié envie de fermer la porte derrière eux et de la barricader.

— Ma table d'atelier est partie, constata David avec nostalgie comme il tournait lentement sur lui-même.

Il se dirigea vers une stalle et passa une main sur le bois.

— Tout est si familier, et pourtant différent.

Il renversa la tête en arrière et examina l'étage arqué s'élevant haut au-dessus de leurs têtes.

— J'aime cet endroit, murmura-t-il.

— Moi aussi. C'était notre place. Je veux dire… c'était à ta famille, mais…

— Non. C'était la nôtre.

David sourit doucement.

— Dès ce premier jour, je savais que ce ne serait plus jamais pareil sans toi ici. J'avais l'habitude de souhaiter…

Il s'interrompit, et son sourire devint amer.

— Peu importe. Les souhaits sont pour les enfants et les fous. Pas pour les hommes.

— Alors, je dois être un fou. Dis-moi.

En soupirant, David marcha sur le vieux plancher qui craquait sous ses bottes pendant qu'il observait les chevrons.

— J'avais l'habitude de souhaiter que ce soit vraiment notre endroit. Rien qu'à nous deux, où nous pourrions travailler, vivre et aimer sans que personne en soit dérangé.

Le cœur d'Isaac se serra.

— Qui a dit que nous ne pourrons pas en avoir un jour ? Ça me manque, David. Je veux toujours aller à l'école, mais tu ne sais pas comment nous finirons.

Souriant avec nostalgie, David secoua la tête.

— Il n'y a pas de place pour une grange à San Francisco. Et elles coûtent de l'argent. Beaucoup d'argent.

— Un jour peut-être… N'arrête pas d'espérer, David. S'il te plaît, ne t'arrête pas.

L'expression tendre que David lui adressa en retour fit sourire Isaac et une soudaine pensée le frappa. Après un autre coup d'œil à l'entrée vide, il se précipita dans le couloir, passant devant les stalles pour se rendre à l'angle, au fond de la grange. Mais la douche que David avait fabriquée avait disparu – ce n'était plus qu'un simple coin maintenant, avec du foin éparpillé ici et là.

David parla derrière lui.

— Je suis certain que Mère et Eli l'ont démontée afin de s'assurer que personne ne sache qu'elle se trouvait là.

Isaac soupira.

— Oui. C'était si intelligent, cependant.

David se plaqua contre lui et une vague de chaleur traversa Isaac tandis qu'ils trébuchaient dans une stalle. Il savait qu'ils ne devraient pas, cependant, Isaac ne put résister. Il se retourna dans les bras de David et gémit doucement lorsque David le poussa contre le mur, s'appuyant contre lui des épaules à la hanche. Il sentait la sciure de bois, la sueur et l'herbe fraîche et Isaac lécha sa gorge, ses mains le caressant.

Ils s'embrassèrent rudement, leurs chapeaux tombèrent sur le sol et David se frotta contre lui, soulevant une des jambes d'Isaac pour la poser autour de sa hanche.

— Je porte les sous-vêtements que tu aimes, murmura-t-il.

Le sexe d'Isaac se remplit brusquement de sang.

— Ceux qui sont vraiment moulants ?

— Hmm… hmm…

Isaac se plaqua contre lui.

— Montre-moi.

Il fit retomber sa jambe pour laisser à David plus de place pour bouger.

Avec des doigts agiles, David déboutonna son pantalon et le laissa tomber autour de ses chevilles. Le caleçon était noir et court, la bosse à l'avant donna envie à Isaac de tomber à genoux pour sucer ce sexe épais jusqu'à ce que David éjacule dans sa gorge. C'était si risqué et dangereux, mais d'une certaine manière, cela lui était aussi nécessaire que de respirer. Comme si cela pouvait prouver que, même avec leurs vêtements Amish, ils étaient toujours identiques à l'intérieur. *Je suis un... un suceur de bites et j'en suis fier.* Alors qu'il embrassait David et empaumait son érection, des bruits de pas résonnèrent dans la grange.

— David ? Isaac ? Vous êtes là ? appela Anna. Oh, Joseph ! J'aime ce que vous avez fait de cet endroit.

Les yeux écarquillés, David remonta précipitamment son pantalon et ils redressèrent leurs vêtements. Anna continua à parler, bien trop fort – Joseph Yoder devait penser qu'elle avait soudain un problème d'audition – et heureusement, l'érection naissante d'Isaac se ramollit, bien que son cœur continue de marteler sa poitrine. Il s'essuya la bouche et coinça son chapeau sur la tête. Il était certain qu'il était aussi rouge que David, mais après une minute, ils sortirent, tentant de paraître décontractés.

— Vous voilà ! Vous allez manquer le déjeuner, fit Anna en souriant doucement.

— J'espère que cela ne te dérange pas que nous ayons jeté un coup d'œil dans notre ancienne grange, dit David à Joseph. Il y a beaucoup de souvenirs attachés à cet endroit.

— Bien sûr que non. Passez autant de temps que vous le désirez. Je ferais mieux d'aller à la maison pour aller chercher un peu de poulet avant qu'il soit trop tard.

Tandis que Joseph s'éloignait, Isaac réalisa qu'Éphraïm se trouvait à la porte. Il les fixait avec une expression étrange qu'Isaac ne parvenait pas à identifier. Pas de la colère, plutôt un calme profond qui envoya des frissons le long de la colonne vertébrale d'Isaac.

— Éphraïm, as-tu réussi à nous garder un peu de tarte ou en as-tu mangé une douzaine de parts ? Je ne voudrais pas t'en priver, le taquina-t-elle.

Isaac se mit à rire nerveusement – son bêlement en guise de rire lui fit rougir les oreilles. David ne le regarda pas et Isaac remarqua qu'il y avait du foin coincé sur le bord du chapeau de David. Il résista à l'envie de retirer les brins.

— J'en ai mis plein de côté.

Éphraïm sourit alors, à peine cependant. Il fixait toujours Isaac et

David.

La gorge d'Isaac s'assécha.

— Super. J'adore la tarte.

Le regard de son frère ressemblait à un laser Anglais, le brûlant en passant à travers lui.

— Vaut mieux sortir de là.

Éphraïm se retourna et partit.

— Vous deux, faites plus attention ! Seigneur, Dieu ! siffla Anna en sortant rapidement.

— Il y a du foin sur ton chapeau, murmura Isaac. Et c'était vraiment stupide de notre part.

David retira son chapeau et brossa les brins de paille.

— Oui, ça l'était vraiment.

Il joua avec le rebord.

— Isaac, que faisons-nous ici ? C'est comme si nous interprétions un rôle. J'ai l'impression de... je ne sais pas. Comme si c'était un rêve étrange et que je ne savais plus qui nous étions réellement maintenant. Je veux dire... Je sais que nous sommes nous, mais je déteste avoir à les décevoir. Cela ne me paraît pas honnête.

— Je sais.

Isaac se frotta le visage.

— Jusqu'à ce que Nathan aille mieux, ou du moins, jusqu'à ce que nous obtenions les résultats des tests, je dois rester. Pas toi, cependant. Non pas que je ne veuille pas de toi ici. Bien sûr que j'aimerais que tu restes. Toutefois, si tu veux retourner à San Francisco, je comprendrais.

David secoua la tête.

— Si tu restes, moi aussi.

Isaac savait que c'était égoïste de sa part, mais un sentiment de gratitude remplit toutes les parties de son être. Après un rapide coup d'œil en direction de la porte, il agrippa la main de David, souhaitant pouvoir toujours la tenir serrée alors qu'ils prenaient place dans la file pour du poulet grillé et de la tarte à la mélasse.

— QUAND NATHAN REVIENT-IL ?

Ils restèrent tous suspendus à la question de Joseph, les cuillères restant immobiles dans l'air ou collées dans le ragoût de bœuf épais que Sarah Raber avait amené. Isaac regarda ses parents à travers la table. Père avait un morceau de carotte coincé dans sa barbe et il s'en débarrassa avant de parler.

— Nous ne savons pas. Nous prions pour qu'il revienne bientôt à la maison avec nous.

Isaac plongea sa cuillère dans le ragoût.

— Toujours aucune nouvelle pour les résultats des tests ?

Quand ses parents étaient revenus de l'hôpital en début d'après-midi, ils étaient maussades. Isaac avait voulu les interroger pour savoir s'ils s'étaient disputés avec Aaron, mais il s'était mordu la langue et avait seulement demandé comment se sentait Nathan. La réponse avait été évasive et bourrue, ce qui signifiait « pas bien ».

— Demain, probablement, déclara Mère.

— Oh ! D'accord.

Isaac s'efforça d'avaler une autre bouchée.

— Le montage était bien aujourd'hui, s'aventura Katie dans le silence qui s'ensuivit.

— Isaac et David nous ont vraiment bien aidés avec le nouveau hangar. J'ai regardé.

À côté de lui, Isaac pouvait jurer qu'Éphraïm était tendu. *Qu'a-t-il vu exactement dans la grange ?* Il tenta de se souvenir des évènements. David avait du foin coincé sur son chapeau et ils étaient sûrement rouges tous les deux. Il songea aux nombreuses fois où on pouvait simplement deviner sans aucune autre raison particulière. Était-ce le cas pour Éphraïm ?

Joseph avala une bouchée de bœuf.

— Y a-t-il un moyen pour les Anglais d'aller au paradis ?

Il fronça les sourcils.

— Certains d'entre eux y vont-ils ? Les bons ?

— Ce n'est pas notre préoccupation première, dit Mère. Nous leur souhaitons bonne chance, cependant ils ont choisi de vivre de cette manière.

Isaac pensa à toutes les personnes qu'il avait rencontrées. Jen et sa famille – appartenant à l'Église Adventiste du Septième Jour qui semblaient être de bons chrétiens. Iraient-ils au ciel ? Ou Lola, Chris et Derek qui avaient été si gentils en le prenant sous leurs ailes ? En fait, il ne savait pas du tout s'ils étaient religieux ou non. Et qu'en était-il de Monsieur Silverstein, son professeur préféré ? Allait-il être envoyé en enfer parce qu'il était Juif ? Isaac supposa qu'il les retrouverait tous là-bas.

— Qu'y a-t-il d'amusant ? demanda Katie.

Isaac réalisa qu'il souriait.

— Rien.

Il enfourna un peu de nourriture dans sa bouche. Cela le faisait étrangement se sentir mieux d'avoir contemplé toutes ces bonnes personnes qui ne répondaient pas aux exigences Amish. Il y avait June également, et Danielle à l'hôpital. Aaron, bien entendu, qui ne croyait même plus qu'il y avait un paradis ou un enfer, ce qui faisait remonter des vagues d'acide dans le ventre d'Isaac. L'idée même de l'enfer l'effrayait, mais celle comme quoi il n'y avait rien le terrifiait plus encore.

— Nathan me manque, fit Joseph en boudant. Ce n'est pas juste.

— Parfois, Dieu nous éprouve à sa manière, murmura Père.

— Se sentait-il malade depuis longtemps ? demanda Isaac avant qu'il ait pu s'en empêcher.

Il s'agita sur le banc en bois, fouillant sa poche pour chercher son canif.

Tous les yeux étaient fixés sur lui. Mère répondit tranquillement.

— Pas suffisamment pour aller chez le docteur. Nous allions l'emmener chez le chiropraticien à Warren pour voir s'il y avait quelque chose qui n'allait pas.

— Mais…

Isaac se mordit la lèvre.

Mère devint rigide.

— Mais quoi ?

— Quand il a commencé à ronfler tout à coup, était-ce un indice ? J'aurais dû savoir que quelque chose n'allait pas.

Le visage de Mère s'adoucit.

— Oh, Isaac. Il n'y avait rien que tu pouvais faire. Nous avons posé ces mêmes questions.

— Parfois, le Seigneur a un plan que nous ne pouvons pas comprendre, intervint Père. Il ne nous appartient pas de poser des questions.

C'était étrangement rassurant et ils terminèrent leur repas en silence qui ne semblait pas pesant.

Pendant que Katie et Mère nettoyaient, Isaac attrapa le seau.

— Je vais prendre un bain ce soir. Peux-tu laisser le gros pot sorti ?

Katie plissa le front.

— Nous ne sommes pas samedi.

— Je sais. Toutefois, je me suis vraiment sali lors des travaux.

Et j'aime prendre une douche tous les jours — pas me baigner une fois par semaine. C'était étrange de constater combien il s'était facilement adapté aux manières Anglaises.

Mère pinça les lèvres, mais ne protesta pas. Isaac transporta seau après seau et chauffa l'eau sur le poêle à tour de rôle avant de la verser dans la vieille baignoire installée dans un coin de la cuisine. Une fois que Katie et Mère se retirèrent dans le salon avec les autres pour lire tranquillement, Isaac retira ses vêtements et se laissa glisser dans l'eau.

Ses genoux ressortaient et il pencha la tête en arrière contre le métal. Il souhaita avoir son téléphone pour qu'il puisse vérifier ses messages et emails. Il se demanda si David avait décidé de passer la nuit chez Eli Helmuth. Il était reparti avec eux pour le dîner, et Isaac les avait regardés grimper dans le charriot, Mary continuant de garder les yeux baissés jusqu'au dernier moment, quand elle le dévisagea avec un tel désir.

Il se savonna avec le savon fait maison, qui sentait le miel. David et lui avaient vécu à Zebulon avec leur secret pendant des mois, mais maintenant, après être revenu seulement depuis quelques jours, Isaac se sentait vidé et fatigué. Il appréciait d'avoir revu sa famille, mais quel était le but s'il ne pouvait jamais être lui-même ? Ils n'accepteraient jamais la vérité.

Quand Isaac monta à l'étage dans son ancienne chemise de nuit, la peau encore humide, il arriva sur le palier et réalisa qu'il devait sortir pour utiliser la vieille dépendance grinçante avant d'aller au lit. Il était resté dans le bain jusqu'à ce ses doigts ressemblent à de vieilles prunes et l'eau n'était même plus chaude, et maintenant la maison était silencieuse, sans même la lumière provenant d'une lanterne s'échappant de sous les portes des chambres.

Isaac se dirigea vers sa chambre et déposa ses vêtements sur le dessus de son coffre. Il supposa que la pièce, le coffre et le lit ne lui appartenaient plus vraiment désormais, mais ils avaient été les siens pendant si longtemps qu'il savait encore trouver son chemin dans l'obscurité. Attrapant une paire de chaussettes propre, il s'assit sur le bord du lit et les déroula.

— David a emménagé avec Aaron en ville aussi.

Isaac appuya une main sur son torse tout en inspirant brusquement. Il n'avait pas réalisé qu'Éphraïm était éveillé, mais maintenant, il pouvait voir que son frère était sur le dos, les yeux fixés au plafond. À côté de lui, Joseph dormait à poings fermés, la bouche ouverte et les membres écartés. Il se mit à rire, mais se sentait mal à l'aise.

— Tu m'as fait peur.

— Désolé.

Éphraïm resta silencieux pendant quelques instants, puis continua à voix très basse.

— Alors, David vit là-bas aussi. Non ?

— Hmm… hmm…

Les poils des bras d'Isaac se dressèrent tandis que la chair de poule le faisait frissonner.

— Vous partagez une chambre ?

Le cœur d'Isaac sursauta et explosa.

Sa bouche était sèche.

— Oui.

Éphraïm resta silencieux si longtemps qu'Isaac pensa qu'il s'était peut-être endormi après tout. Il retint son souffle, ayant peur de bouger.

— Partagez-vous un lit ?

C'était à peine un chuchotis, mais cela lui parut assez fort pour réveiller toute la maison.

Le sang d'Isaac ne fit qu'un tour, la pression augmentant dans sa tête et sa poitrine. C'était comme s'il avait avalé du sable. Il inclina la tête pour voir Joseph à côté d'Éphraïm pour s'assurer qu'il dormait toujours.

— Nous devrions peut-être aller au rez-de-chaussée. Ou dehors.

Éphraïm parlait toujours à voix basse, mais agita une main avec dédain.

— Il pourrait dormir même si un troupeau de vaches traversait la chambre. Surtout après la journée d'aujourd'hui.

Après quelques secondes, il répéta sa question.

— David et toi, dormez-vous dans le même lit ?

Isaac ne pouvait pas mentir, bien qu'une partie de lui désirait désespérément le faire, surtout si cela signifiait ne pas perdre son frère. Il serra les chaussettes qu'il tenait toujours et laissa échapper :

— Oui.

Éphraïm accepta sa réponse en silence, respirant à peine.

— Êtes-vous comme des frères ?

Il eut envie de vomir.

— Non.

— Fais-tu… avec lui ? Fais-tu *ça* ?

Son visage s'enflamma et toute sa tête parut lui brûler.

— Oui, répondit-il en murmurant.

Éphraïm haleta doucement.

— Tu le fais vraiment ? David et toi, vous êtes… tu es…

— Nous sommes gay.

Isaac prit une inspiration tremblante.

Fixant toujours le plafond, Éphraïm était rigide sous sa couette.

— Gay, répéta-t-il. Est-ce leur manière d'appeler ça ?

— Oui, croassa Isaac.

— Le faisais-tu avec lui avant que tu t'enfuies ?

— Oui.

— Mais…

— Je sais que c'est difficile à comprendre.

Isaac souhaitait qu'Aaron soit ici pour l'aider à expliquer. D'une certaine manière, il avait un don pour faire paraître les choses sous un bon jour.

— N'est-ce pas dégoûtant ?

La poitrine d'Isaac lui fit mal.

— Pas pour nous.

— Pourquoi voudrais-tu faire ça ? Avec un *garçon* ?

— Cela vient naturellement. Cela nous semble normal.

Le visage d'Éphraïm se plissa.

— Comment cela peut-il l'être ?

— C'est juste ainsi. C'est qui nous sommes.

— Est-ce… *l'embrasses*-tu ? demanda Éphraïm, de l'incrédulité s'entendant dans sa voix.

Il gardait les yeux fixés sur le plafond.

— Oui.

— Je ne comprends pas pourquoi tu as envie de le faire.

— C'est parce que tu n'es pas gay.

Isaac réalisa qu'il déchirait ses chaussettes et les laissa tomber à côté de lui, sur la couette.

Éphraïm sembla méditer sa réponse.

— Je suppose que c'est logique.

Le cœur d'Isaac bondit.

— Vraiment ?

— Si tu dis que c'est ainsi entre vous, je te crois. Je sais que tu ne mens pas. Enfin, je pense que ça t'arrive. Mais pas pour l'instant. J'aurais été capable de le sentir.

— Je ne mens pas du tout. Je te le jure, Éphraïm. Je te dis la vérité et j'aurais vraiment aimé t'en parler avant.

Son frère détourna son regard du plafond et le dévisagea maintenant, son expression blessée visible malgré l'obscurité.

— Pourquoi ne l'as-tu pas fait ?

— J'avais peur. Je suis désolé.

— Aaron le sait-il ?

— Bien sûr. Il nous soutient. Il pense que c'est super.

Éphraïm répéta, comme un écho.

— Super ?

— Il y a simplement des gens dans le monde qui... tolèrent les différences. Ils pensent qu'elles sont bonnes. Aaron et sa femme font partie de ces personnes. Ils nous aiment tels que nous sommes.

Éphraïm sembla ruminer la pensée.

— L'aimes-tu ? David ?

Isaac n'hésita pas.

— De tout mon cœur.

Désormais Éphraïm était assis et balançait ses jambes par-dessus le bord du lit pour qu'il soit face à Isaac. Il jeta un coup d'œil par-dessus son épaule, vers Joseph, puis appuya ses coudes sur ses genoux, ses yeux brillant et implorant sous la lune pâle et lumineuse.

— Mais Isaac, murmura-t-il. Tu n'es pas censé le faire. Tu sais que Dieu pense que c'est mauvais. La Bible le dit aussi. Comment peux-tu vraiment *l'aimer* de cette manière ?

— C'est juste la façon dont c'est. Nous sommes nés différents, mais nous avons les mêmes sentiments que toi. Seulement, pas pour des filles.

Éphraïm se pencha plus près.

— N'as-tu pas peur d'aller en enfer ?

Isaac voulait rire parce s'il ne le faisait pas, il pourrait pleurer sans jamais s'arrêter.

— Je le suis. Toutefois, si je vais en enfer quand même pour vivre parmi les Anglais, alors en quoi c'est important ce que je peux faire par ailleurs ? Je ne serai jamais capable d'être un bon homme Amish et d'avoir une femme. J'avais l'habitude de prier pour que je puisse ressentir les sentiments que j'étais censé avoir, mais maintenant…

— Quoi ?

— Maintenant, je suis heureux tel que je suis. Si Dieu ne fait pas d'erreurs, alors je suis tel qu'Il m'a fait. David également. Et nous nous aimons tous les deux. Nous sommes heureux lorsque nous sommes ensemble. Je ne pense pas que l'amour puisse être un péché. Je ne peux pas le croire.

Tandis qu'Isaac parlait, c'était comme si quelque chose de dur et d'acéré qui était logé dans sa poitrine se brisait et se libérait.

— Je ne sais pas quoi croire.

Les yeux d'Éphraïm luisaient.

— Je sais que tu es mon frère et je veux que tu sois heureux.

Isaac déglutit difficilement.

— Je veux que tu sois heureux aussi.

— Mais Mère et Père ne l'accepteront jamais.

— Non. Certainement pas.

— Aucun Amish ne le fera. Pas vraiment.

— Non.

Isaac souhaita avoir un peu d'eau. Après s'être lavé, désormais il sentait la sueur perler dans son cou.

— Ce doit être difficile à supporter.

Ne faisant pas confiance à sa voix, Isaac ne put que hocher la tête.

Éphraïm tendit une main et serra la sienne un instant.

— Merci de m'en avoir parlé. Je suis désolé de ne pas pouvoir t'aider davantage.

Isaac se racla la gorge.

— Tu le fais. Tu l'as été. Merci.

Éphraïm se pencha en arrière.

— Nous devrions dormir. Il y a beaucoup de travail supplémentaire à faire après la construction de la grange.

Il semblait qu'il n'y avait rien d'autre à ajouter et Éphraïm se recroquevilla sous sa couette avant de fermer les yeux. Joseph dormait toujours et Isaac finit d'enfiler ses chaussettes. C'était arrivé — quelqu'un d'autre dans sa famille avait découvert la vérité et… et peut-être que tout se passerait bien ?

Avec les pieds recouverts de ses bottes, il se précipita dans la nuit vers la fosse des latrines, installée dans le bosquet d'arbres au-delà de la maison, un tourbillon de soulagement et d'espoir s'agitant dans son cœur.

<h1 style="text-align:center">Chapitre Onze</h1>

— DU MAL A dormir ?

David avait entendu les pas légers de Mary entrer dans la grange, donc il ne fut pas surpris de la voir entrer dans le cercle de lumière dispensé par la lanterne. Il sourit tout en frottant la crinière de Kaffi.

— Je suppose que oui. As-tu des problèmes à partager à nouveau la même pièce qu'Anna ? Vous deux, vous devriez avoir vos propres chambres.

Mary sourit, jouant avec le bout de sa tresse. Elle n'avait pas mis son bonnet, ce qui était aussi rebelle que Mary pouvait se montrer.

— Ça ne me dérange pas. Surtout si cela signifie t'avoir de nouveau à la maison.

Elle fouilla dans la poche de son manteau qu'elle avait passé par-dessus sa chemise de nuit et en sortit un morceau de tissu épais et replié.

— Cookie ?

— Je n'ai jamais pu résister à tes biscuits au sucre.

Il souleva un pan et attrapa le gâteau du haut.

— Mmmm… Aussi bon que dans mes souvenirs.

Il savoura la douceur crémeuse et friable.

Elle croqua dans son propre cookie.

— Tu as fait du très bon travail aujourd'hui. Joseph Yoder possède le plus beau hangar à récoltes de Zebulon maintenant.

— Merci.

Cela avait indéniablement été agréable d'aider à construire la grange. Si paisible.

— J'ai remarqué que Jacob Miller était devenu un bon charpentier.

Même dans la pénombre, il put apercevoir la soudaine rougeur sur les joues de sa sœur.

— Oui, dit-elle simplement.

— J'ai bien aimé discuter avec lui aujourd'hui.

C'était vraiment le cas. Jacob avait semblé désireux de gagner les faveurs de David, bien qu'il se soit montré plus froid avec Isaac.

— Il semble être un jeune homme sûr. Te ramène-t-il à la maison après les chants du dimanche ?

— Hmm… hmm… Vas-tu… comptes-tu repartir ?

Il entendit également sa question non prononcée. *Isaac va-t-il s'en aller ?*

— Je ne pense pas que ce soit une bonne idée.

Il donna à Kaffi un morceau de pomme, le tenant sur le plat de sa paume. Il ne portait pas son chapeau et frotta sa joue contre la crinière du cheval.

— Je n'arrive pas m'imaginer rejoindre l'église. Pas après ce qui s'est passé.

Mary repoussa une mèche de cheveux dorés de son front et lui passa un autre cookie.

— David…

Elle prit une profonde inspiration.

— Tu étais si proche. C'était le jour de ton baptême. Pourquoi t'es-tu enfui ?

— J'aimerais pouvoir te l'expliquer. Il y a tant de raisons différentes, Mary. Je sais que ça te fait du mal, ainsi qu'à Mère et aux filles que je n'aie pas rejoint l'église. Je suis désolé.

Ses grands yeux étaient tellement sérieux.

— Il n'est pas trop tard. Je sais qu'il faut être certain avant de donner notre parole à Dieu. Tu as des doutes. Nous en avons tous, parfois. Mais tu es à la maison maintenant. Il n'est jamais trop tard pour trouver le pardon.

Me pardonnerais-tu de t'avoir volé le garçon que tu aimais ? Il savait que ce n'était pas aussi simple – qu'Isaac ne l'aurait jamais aimée correctement – toutefois, il ne put s'empêcher de ressentir une pointe de culpabilité qui le brûlait intérieurement.

— Tu es si bonne et si gentille, ma Mary. J'aimerais être le frère que tu mérites.

Elle fit un pas vers lui.

— Tu l'es ! Tu as tant fait pour nous tous, pendant toutes ces années. Après…

Elle se lécha les lèvres.

— Après Joshua, nos vies ont tellement changé, venir ici avec des règles encore plus strictes. Nous savions que pouvions toujours compter sur toi. Lorsque Père est allé au ciel, tu as travaillé sans compter pour nous garder en sécurité et à l'abri. Je remercie Dieu chaque jour pour un tel frère.

— Je t'ai abandonnée. Je me suis enfui.

Sans avertissement, les genoux de David se mirent à trembler et il agrippa la paroi de la stalle. Ses yeux lui brûlaient et il se mit à vibrer de partout.

— David ?

Elle plissa le front.

— Es-tu malade ?

Respire. Inspire et expire. Je vais bien. Il réussit à secouer la tête. Tandis qu'il soufflait, le pic de sa fréquence cardiaque se calma. Il allait bien. Il pouvait le faire. David détestait que cela puisse lui arriver encore, mais la voix de Jen trouva un écho dans son esprit.

« *Si cela arrive encore, cela ne signifie pas que tu aies fait quoi que ce soit de mal. Cela ne partira pas au cours de la nuit. Fais en sorte qu'elle passe, étape par étape. C'est un long voyage* ».

Mary le scrutait toujours de près.

— Devrais-je aller réveiller Mère et El… Père ?

Inhalant profondément, David souffla à nouveau et se racla la gorge.

— Non. Je vais bien.

Il esquissa un sourire pour la mettre à l'aise.

— Peut-être que je suis fatigué, après tout.

— Prends un autre cookie. Le sucre t'aidera.

Mary en glissa un dans sa main.

David le mangea avec reconnaissance.

— Merci.

Elle posa le dos de sa main sur son front.

— Hmm… Un peu chaud, mais je ne pense pas que tu as de la fièvre. Tire la langue.

Il le fit, roulant des yeux en même temps. Le rire de Mary remplit son cœur et il fit semblant de grimacer alors qu'elle giflait son bras.

— Je vais très bien. Je te le promets.

Je le suis. Je suis assez fort. Kaffi s'ébroua et frappa David de sa tête.

— Oops ! Quelqu'un se sent négligé.

Il ramassa la brosse et recommença à peigner sa crinière, bien qu'il l'ait déjà démêlée bien avant l'arrivée de Mary.

Elle caressa gentiment Kaffi.

— Tu lui manques. À nous tous aussi, bien évidemment.

Elle resta silencieuse pendant un long moment, puis sa voix retentit, fluette.

— Tu vas vraiment repartir, n'est-ce pas ?

— Oui. Mary, tu sais que je ne peux pas rester.

— Pourquoi *pas* ? Qu'y a-t-il de si bien hors d'ici ? Qu'y a-t-il de mieux que nous ?

Sa voix augmenta et Kaffi renâcla à son explosion.

Le cœur de David de serra.

— Ce n'est pas *mieux* que vous. Mais c'est là où je dois être. Où je veux aller. C'est là où je suis heureux. Où je peux être libre.

— Nous sommes libres ici. Je sais que nous avons des règles, mais nous avons une telle paix également.

Elle soupira.

— Tu n'as jamais vraiment été heureux, n'est-ce pas ? Il t'a toujours manqué quelque chose. Une lumière, peut-être. Je ne peux pas l'expliquer. Je la vois en toi désormais. Et je suis heureuse de te voir briller, même si cela me fait mal.

— Je n'ai jamais voulu te faire de mal.

David n'était pas certain d'avoir entendu Mary en dire autant en une seule fois.

Anna avait tendance à tenir la plupart des conversations.

— Et je l'ai remarquée en Isaac également.

Ses yeux s'illuminèrent tandis que sa voix augmentait, une fois de plus.

— Et je déteste ça ! Je sais que je ne devrais pas, mais c'est vrai.

Elle serra les poings et les appuya sur ses cuisses.

— Pourquoi ne sommes-nous pas assez bons pour vous ?

— Mary…

Il avait du mal à trouver les mots justes.

Comme l'air s'évacuant du ballon d'un enfant, sa colère retomba et ses larmes coulèrent. Elle murmura :

— Pourquoi n'étais-je pas assez bien pour lui ?

— Oh, Mary… Ce n'était pas toi.

Il serra gentiment son épaule.

— Tu es gentille, généreuse et vraie. Je suis si béni de t'avoir pour sœur. Je sais qu'Isaac aurait aimé pouvoir ressentir la même chose que ce que tu éprouves pour lui.

Une autre larme glissa le long de sa joue.

— Vraiment ?

— Oui. Mais il… il ne pouvait pas forcer son cœur. Tu n'as rien fait de mal. Je te le promets, Mary.

Il la prit dans ses bras et la serra contre lui.

— Il n'y a rien que tu aurais pu faire différemment. Ce n'était pas de ta faute.

Il est gay. Je suis gay. C'est mon petit ami. Je l'aime aussi. Les mots étaient sur le bout de sa langue, mais il se força à les ravaler. Il ne pouvait pas l'avouer à Mary sans demander d'abord à Isaac. Cela n'aurait pas été juste.

Elle sanglota contre sa poitrine, ses bras repliés contre lui. Elle paraissait aussi petite que Sarah en cet instant et David souhaita pouvoir la protéger pour toujours. Mary marmonna quelque chose et il passa tendrement une main sur sa tête.

— Hmm… ?

Elle renifla bruyamment.

— J'avais l'habitude de rêver que nous vivions tous ensemble ici. À la vieille ferme, je veux dire. Quand les filles auraient grandi, Grace et toi auriez pu emménager dans la grande maison et tu aurais construit à Mère un petit *dawdy haus* à l'arrière. Isaac et moi, nous aurions pu avoir une maison juste à un jet de pierres de là, toi et lui auriez eu votre affaire de charpenterie. Nos enfants auraient joué ensemble, et tout aurait été parfait.

Il déglutit difficilement.

— C'est un magnifique rêve.

— Cela me semble tellement ridicule maintenant.

— Tu peux encore le faire. Il sera juste un peu différent que tu l'avais prévu. J'ai réalisé que ça arrivait dans la vie. Les choses changent, cependant elles n'ont pas à être mauvaises. Cela peut être merveilleux.

Elle s'accrocha à lui.

— Le fait de partir est-il vraiment juste pour Isaac ?

David songea à lui dans un funiculaire, se tenant au poteau alors qu'ils descendaient vers la baie, son visage si lumineux qu'il aurait pu rivaliser avec le soleil.

— Oui.

Reniflant de nouveau, Mary recula pour lever le menton vers lui.

— Et pour toi ?

— Oui. Ce n'est pas toujours évident, mais oui.

Elle s'essuya les yeux et hocha la tête avant de la baisser. Pendant quelques minutes, ils se tinrent là tandis qu'il lui frottait le dos et ses larmes s'estompèrent.

— David ?

Sa voix était étouffée dans sa chemise.

— Oui, ma belle ?

Mary recula et prit ses mains. Ses yeux étaient clairs maintenant et elle serra ses doigts.

— C'était difficile quand tu es parti. Toutefois, les choses vont bien maintenant. Cela a donné à Eli et à Mère le coup de pouce dont ils avaient besoin. Nous avons une bonne maison ici et Eli s'occupe bien de nous. Il se soucie de nous. Il y avait un tel fardeau sur nos épaules. C'était trop. C'est mieux maintenant.

Elle secoua la tête et ajouta rapidement :

— Non pas que ce soit mieux *sans* toi. Cependant, nous allons bien, David. Tu n'as pas besoin de t'inquiéter pour nous. Pas besoin de te sentir accablé désormais.

C'était comme s'il pouvait sentir son âme s'alléger.

— Merci.

— Je prierai tous les jours pour toi.

Des autres personnes vivant à Zebulon, il aurait pris ça comme une condamnation, mais de la part de Mary, c'était de l'amour pur. David embrassa son front et la serra de nouveau contre son cœur.

— TU VEUX CONDUIRE ?

David jeta un coup d'œil à June alors qu'ils avançaient vers son pick-up.

— Moi ?

— Non, le chevreuil qui se tient près de la clôture. Il y en a a vraiment un… regarde.

Il se tourna pour voir l'animal qui se tenait là, figé, ne clignant pas des yeux. Ils s'arrêtèrent et l'admirèrent et, pendant presque une minute, aucun d'eux ne bougea le moindre muscle. Puis, d'un pas hésitant, la biche poursuivit son chemin au-delà de la clôture sur ses jambes dégingandées, les surveillant toujours étroitement. Quand elle bondit dans la forêt, sa queue blanche s'agitant dans l'air, David remarqua qu'il souriait.

— On ne voit pas ça en ville, murmura-t-il.

— Non, je ne pense pas.

June lui lança les clefs.

— Viens. J'ai la flemme de conduire.

David prit sa tasse en café en plastique – qui, d'une certaine manière, gardait le liquide chaud même s'il faisait froid à l'extérieur – sous son bras tandis qu'il jouait avec les clefs et jetait un coup d'œil en arrière, à la maison.

— Peut-être que je devrais attendre Aaron.

— Il sera levé sous peu et il a la voiture de location. Tu as dit toi-même qu'il avait besoin de dormir. Toi aussi, bien entendu, mais te voilà, ici, l'œil brillant et tout ébouriffé. Enfin, éveillé, du moins. Tu n'as pas à conduire si tu ne veux pas. C'était seulement une idée.

Elle tendit la main pour récupérer les clefs.

C'était idiot de se sentir effrayé. Il avait roulé sur ces routes de campagne avant de se rendre au drive-in. Ce n'était pas la ville avec tous les bus, les coups de klaxon, les funiculaires et les gens qui se précipitaient devant lui.

— Ça va. Je vais le faire.

Il s'était tourné et retourné pendant quelques heures dans la chambre d'Anna avant de laisser une note et de revenir chez June, traversant devant un Zebulon endormi.

Le moteur vibra lorsqu'il tourna la clef, puis rugit. David aimait les routes vides et le bourdonnement du camion alors qu'ils quittaient la ferme de June. Il passa ses mains sur la couche caoutchouteuse du volant.

— Je devrais vraiment passer mon permis. C'est juste qu'à San Francisco, c'est différent.

— Plutôt intimidant, hein ? Je n'aime pas beaucoup conduire en ville non plus. Je l'évite autant que je peux.

June se passa une main dans les cheveux et les repoussa derrière son oreille avant de siroter son café.

— Comment trouves-tu l'endroit maintenant que cela fait plusieurs mois ?

David hésita tandis qu'il freinait pour s'arrêter à un panneau de stop à un carrefour.

— C'est… différent.

June ricana.

— C'est un euphémisme. San Francisco et le nord du Minnesota sont certainement différents.

Il rit légèrement.

— Juste un peu. Il y a des choses que j'apprécie vraiment là-bas, cependant, parfois, j'ai l'impression que tout le monde parle une langue étrangère. Il y a toutes ces règles, cependant ce n'est pas comme celles de l'*Ordnung*. Elles ne sont écrites nulle part. Vous comprenez ce que je veux dire ? Comme les petits visages souriants dans les emails ? Vous n'êtes pas censé les utiliser avec les fournisseurs. Apparemment, ce n'est pas professionnel. J'essayais juste d'être gentil.

— Ah, oui. Les règles non écrites. C'est une des choses les plus difficiles à comprendre quand on souffre d'un choc des cultures.

— D'un quoi ?

June bidouilla l'entrée d'air devant elle.

— Le choc culturel. C'est cette confusion et cette désorientation que tu ressens lorsque tu commences à vivre dans un style de vie différent. Cela arrive à la plupart des gens qui déménagent dans un autre pays, ou juste dans un autre endroit.

David fit rouler les mots dans son esprit.

— June, je pense que j'ai ça.

— Je trouve que le diagnostic est sûr, Docteur Lantz. Un cas de choc culturel. Mais tu recherches déjà le traitement adéquat et tu seras bon avec tout ça avant même que tu ne t'en rendes compte.

Il sourit. June avait toujours la manière d'arriver à ses fins.

— Et n'hésite pas à demander lorsque tu as des questions. Tu m'entends ?

— Oui, madame.

— Maintenant, dis-m'en plus à propos de la ville. Qu'y a-t-il de pas si bon à ce sujet ?

— Eh bien… j'aimerais avoir un meilleur atelier.

Il frissonna à la pensée de la musique résonnant à travers les murs et dans sa tête.

— L'air frais me manque et les hauts plafonds. Combien c'était calme, sauf avec Kaffi dans sa stalle ou les cigales chantant pendant l'été.

— Mmm… Cela me paraît tout à fait logique.

June sirota son café.

Il aurait aimé en boire un peu du sien, mais alors qu'ils approchaient de la route principale, il ne voulait pas prendre le risque de retirer une main du volant.

— Je vais m'y faire. J'ai besoin d'un peu plus de temps pour…

June suivit son regard vers le charriot qui roulait sur le côté de la route. En un instant, David sut que c'était celui des Byler, avec le vieux Roy se rendant à l'hôpital. Il s'assura de laisser suffisamment de place et ralentit en les dépassant. Sachant qu'Isaac se trouvait à l'arrière, il ne put s'empêcher de jeter des coups d'œil alors qu'ils passaient, bien qu'il ne puisse pas le voir.

Les parents d'Isaac étaient assis à l'avant, les yeux fixés sur la route. C'était une bonne chose qu'ils ne le remarquent pas tandis qu'il conduisait, en compagnie de June, mais une partie de lui aurait aimé qu'ils le fassent. L'autre partie désirait se garer et faire sortir Isaac du charriot pour les défier. Une autre partie encore voulait embrasser Isaac juste devant eux pour qu'ils puissent enfin *voir*. Pour qu'ils comprennent enfin, même s'ils ne pourraient jamais vraiment le faire.

— Je suppose que je vais devoir raccourcir ma visite, dit June. Je ne pense pas que ma présence soit particulièrement bienvenue.

Ils en avaient encore pour quarante-cinq minutes d'après les calculs de David, bien que les heures des visites n'aient pas encore commencé quand June et lui montèrent avec l'ascenseur jusqu'au troisième étage. Toutefois lorsqu'ils jetèrent un coup d'œil dans la chambre de Nathan,

Danielle était là. Elle sourit tout en ajustant le tube enfoncé dans le bras du garçon.

— Bonjour. Vous arrivez un peu tôt, cependant tant que vous restez calmes, je vais laisser glisser. Je suis certaine que Nathan sera heureux de vous voir.

Elle serra son bras.

Nathan sourit faiblement et David se sentit alarmé de voir combien il était plus pâle et plus faible. Ses cheveux avaient presque tous disparu, à part quelques touffes çà et là sur son cuir chevelu. Aaron lui avait dit qu'il fallait s'y attendre après la chimiothérapie, mais cela lui faisait mal au cœur. Il agita maladroitement sa main, ne sachant pas quoi dire. Les restes du petit-déjeuner de Nathan étaient figés sur un plateau en face de lui et il semblait bon à jeter dans un conteneur en plastique que Danielle avait installé dans la salle de bain.

— Vous êtes cette dame Anglaise, fit doucement Nathan.

Sa voix était rauque.

— Je le suis, en effet. Je voulais juste passer et dire bonjour. Comment est la nourriture de l'hôpital ? demanda June.

Il émit un petit bruit et plissa son visage, Danielle se mit à rire en revenant.

— Ça résume tout, déclara-t-elle.

— Si tu peux manger une petite douceur, j'ai fait un peu de fondant au beurre d'arachide. C'est la recette de mon grand-père et bien que ce ne soit pas aussi bon que lorsqu'il le faisait, on m'a avoué que le mien s'en rapprochait.

June sortit une boîte de son sac fourre-tout en toile.

Nathan s'illumina.

— Merci.

— J'ai également pensé que tu pourrais vouloir t'amuser avec quelques puzzles. C'est ce truc japonais avec des nombres. Totalement addictif.

Elle sortit un livre en papier épais et une boîte de crayons.

Danielle hocha la tête.

— Sudoku. *Totalement* addictif. Vous allez adorer.

Tandis que June s'asseyait près du lit de Nathan et lui expliquait comment résoudre les puzzles, Danielle attira l'attention de David et elle hocha la tête vers la porte. Il la suivit dans le couloir.

Elle parla à voix basse.

— Comment allez-vous ? Cela a dû être un sacré voyage de revenir ici, hein ?

Il suivit la jointure de la dalle du bout de sa chaussure.

— C'est… est-ce que « voyage » signifie que c'est bizarre ?

— Ouais. Bizarre, étrange, surréaliste.

— Alors, oui. Tout à fait.

— Surtout avec Isaac de retour dans sa famille, j'imagine. C'est seulement temporaire, non ?

Elle secoua la tête.

— Je ne devrais pas être aussi curieuse, je sais. Je vous aime bien tous les deux.

— Ça ne me dérange pas. Et merci. Tout se passera bien.

Nous serons bien. Nous serons très bien.

— Comment va votre mère ? Marche-t-elle déjà ?

— En effet. Elle utilise une canne, plus pour très longtemps, j'espère. J'irai de nouveau lui rendre visite plus tard dans la journée.

— Faites-lui part de mon meilleur souvenir quand vous y serez.

Il hocha la tête et lui parla un peu plus de sa mère. June partit avant l'arrivée des Byler et David se retrouva seul avec Nathan, Danielle s'étant éloignée pour s'occuper de ses autres patients. Nathan paraissait apprécier les puzzles, mais il reposa son crayon et fixa intensivement David. Celui-ci résista au besoin de se tortiller. Il se racla la gorge.

— As-tu besoin de quelque chose ?

Nathan secoua la tête. Après quelques instants, il ajouta :

— Aaron semble gentil.

— Il l'est. Il a été merveilleux pour Isaac et pour moi. Sa femme aussi. Elle s'appelle Jen. Elle est médecin et travaille dans un hôpital comme celui-ci. Enfin, plus grand que celui-là.

Le front de Nathan se plissa.

— Comment peut-elle être un docteur ? Qui cuisine ?

— Aaron le fait, ou ils vont au restaurant. Certains d'eux font des livraisons aussi. Tu peux les appeler par téléphone et même commander par internet et un homme t'apporte les plats à ta porte.

— Quel genre de nourriture ?

— De toutes sortes.

Nathan sembla méditer cela. Il mâcha prudemment un morceau minuscule de fondant et tendit le pot à David.

— Je ne savais pas qu'une fille pouvait être médecin jusqu'à ce que je vienne ici. Font-elles d'autres métiers aussi ?

— Hmm… hmm…

David mordit dans son gâteau, qui était crémeux et doux, dont le goût rappelait vraiment celui de la cacahuète.

— Elles font tout.

— Hein ? Je ne peux pas imaginer cela à Zebulon.

David gloussa.

— Non. Moi non plus.

— C'est étrange de penser que j'ai un frère dont je ne me souviens pas. Je veux dire… Je connais mes autres sœurs qui vivent toujours à Red Hills et je m'en rappelle à peine d'elles, mais… c'est différent.

— Ça l'est.

Il y eut des bruits de pas dans le couloir et le cœur de David rata un battement. Que diraient les Byler du fait qu'il discute seul avec Nathan ? Un couple d'étrangers passa devant la porte et il soupira. Puis il se demanda ce qui les retenait, toutefois, il tenta de ne pas s'inquiéter.

— Je suppose qu'Aaron ne redeviendra jamais un Amish, n'est-ce pas ? Pas avec une femme docteur.

— Non. Il ne le fera pas. C'est un professeur et il aime son travail. Il enseigne les maths à des enfants comme toi.

— Un professeur ?

Nathan fronça les sourcils.

— Ce sont les femmes qui enseignent. Alors, dans le monde, les hommes font leurs travaux aussi ?

— Je suppose que oui. C'est plutôt cool, je trouve.

— Vraiment ?

Madame Byler entra dans la chambre et se tint de l'autre côté de Nathan, sa main trouvant son épaule.

— Oh, ri… rien… balbutia David en se relevant brusquement.

Monsieur Byler et Isaac pénétrèrent à leur tour dans la chambre et Isaac sourit fugitivement à David avant de regarder Nathan. Les coins de sa bouche s'affaissèrent et il sembla se tasser un peu, car il remarqua que l'état de santé de son frère s'était aggravé.

— J'étais juste…

David indiqua le livre de puzzles.

— Je lui apprenais comment jouer. Ça n'a rien de mauvais.

Le visage aussi dur que de la pierre, Monsieur Byler s'approcha du lit et prit le livre de Sudoku.

— Qu'est-ce que c'est ?

— Juste des puzzles avec des chiffres. On utilise un crayon, donc il n'y a rien d'interdit.

— Nous en serons seuls juges.

Monsieur Byler feuilleta les pages.

— Hmm…

— Je vais vous laisser…

David recula vers la porte et faillit se cogner à Aaron.

Celui-ci ignora ses parents.

— Comment te sens-tu aujourd'hui, Nathan ?

Le garçon lança un coup d'œil à sa mère et à son père puis haussa les épaules. Personne ne se dévisageait et la tension gênante rendit David nauséeux. Il voulait intercepter le regard d'Isaac avant de s'échapper, mais le Docteur Tyler entra dans la chambre.

— Toc-toc. Excellent. Vous êtes tous ici. Nous avons reçu de bonnes nouvelles du laboratoire ce matin.

Elle sourit à Nathan.

— Ton frère est une parfaite correspondance pour toi.

Madame Byler inhala brusquement.

— Isaac peut donner ce dont Nathan a besoin ?

Le Docteur Tyler souriait toujours.

— Non… Votre autre fils. Aaron.

Chapitre Douze

AARON.

L'estomac d'Isaac se retourna et c'était comme si tout l'air de la pièce venait juste d'être aspiré par un gigantesque aspirateur. Mère et Père se dévisagèrent mutuellement, ayant une de leurs conversations muettes. Avec son chapeau dans une main, Isaac tapota ses doigts contre le canif enfoui dans sa poche tandis que le silence s'étirait. Le Docteur Tyler fronça les sourcils, les légères rides autour de ses yeux s'approfondissant.

Aaron redressa ses épaules. Sa voix paraissait trop forte dans le silence soudain.

— Super ! Faites-moi savoir quand nous pouvons commencer.

Isaac vola un coup d'œil à David, qui souriait doucement lorsque leurs yeux se verrouillèrent. Isaac désirait plus que tout prendre sa main ou sentir ses bras autour de lui. Il mourrait d'envie de dire à David qu'Éphraïm avait découvert la vérité et qu'il paraissait… peut-être être d'accord avec ça ? Isaac n'en était pas certain. Ce matin ils avaient fait la traite, pratiquement en silence, en dehors d'avoir parlé de la camionnette de la laiterie locale qui achetait leur lait. Éphraïm n'était jamais bavard avant que le soleil soit haut dans le ciel. Isaac avait désespérément voulu lui demander à quoi il pensait, mais n'avait pas osé.

— C'est une bonne nouvelle.

Le froncement du Docteur Tyler s'accentua.

— La meilleure que nous pouvions espérer. Y a-t-il un problème dont je ne suis pas au courant ?

— Absolument pas, répondit Aaron. Je suis prêt à faire tout ce qu'il faudra.

Le Docteur Tyler dévisagea les parents d'Isaac, puis sourit à Nathan.

— Mon petit, pourquoi ne te laisserions-nous pas afin que tu puisses te reposer un peu ? Venez, tout le monde. Il y a trop de gens ici.

Les yeux de Nathan brillaient de larmes retenues et Isaac serra sa main avant de partir.

— C'est bon. C'est une bonne nouvelle, comme elle l'a dit.

Le Docteur Tyler les poussa à sortir.

— Allons discuter. Suivez-moi.

David resta en arrière, hochant la tête vers Isaac. Celui-ci se précipita pour rattraper le Docteur Tyler, qui aurait pu être un de ces coureurs de fond qu'il avait vu à la télévision et dont Jen s'était joyeusement moquée. Sa blouse blanche tourbillonnait derrière elle et ses chaussures martelaient le sol. Aaron et leurs parents la suivaient en file indienne et, bientôt ils se retrouvèrent dans une petite pièce dépourvue de fenêtre avec une table rectangulaire entourée de huit chaises ou plus.

— S'il vous plaît, prenez un siège.

Le Docteur Tyler s'installa sur la chaise en bout de table.

Père s'assit en face d'elle, avec Mère à sa droite et Aaron prit un siège sur le côté gauche de la table, près du médecin. Isaac hésita avant de s'asseoir entre Aaron et leur père. Le Docteur Tyler croisa ses mains sur la table. Elle ne portait pas de bagues ni de maquillage sur le visage, et ses ongles n'étaient pas manucurés. Mis à part ses cheveux courts, Isaac aurait presque pu l'imaginer en tant que femme Amish. Il se demanda ce que ses parents pensaient d'une femme médecin.

— Très bien. Quel est le problème ?

— Il n'y en a aucun. Si je corresponds, je donnerai volontiers ma moelle osseuse à Nathan.

Les mains d'Aaron étaient serrées en poings.

— Vous êtes certainement son meilleur espoir. Vous comprenez que la procédure pour récolter les cellules peut être extrêmement douloureuse ?

Aaron n'hésita pas.

— Oui. Je vais le faire.

— Bien. Cependant, je détecte une certaine tension ici, pour dire le moins. Monsieur et Madame Byler, y a-t-il quelque chose que je ne sais pas ? Lorsque nous avons discuté d'une greffe, vous m'avez indiqué qu'il n'y avait pas d'objections religieuses. Le Docteur Beharry et son équipe seront ici dans la matinée, et lui et moi sommes d'accord pour dire que le meilleur espoir de Nathan réside dans les cellules souches de son frère. Vous avez vous-mêmes pu vous rendre compte de son état de faiblesse. Nous allons devoir le traiter agressivement parce que c'est ce que fait son cancer. Une greffe de moelle osseuse pourrait lui donner les munitions dont il a besoin pour lutter contre lui. Franchement, c'est son seul espoir de survie.

Isaac observa tour à tour ses parents tandis qu'ils avaient une autre de leurs discussions silencieuses. Il ne pouvait pas croire qu'ils hésitaient, ne serait-ce que pour une seconde. De la bile remonta dans sa gorge et il voulait crier et hurler : « oubliez l'église et ses règles ! Il s'agit de la vie de Nathan ! »

Père se racla la gorge.

— Le problème est que notre fils a été excommunié. Il a été chassé jusqu'à ce qu'il se repente de ses péchés et cède devant l'Éternel. Nous ne pouvons rien accepter de lui.

— Ne me dites pas que vous envisagez même de laisser Nathan mourir pour me contrarier !

Les joues d'Aaron étaient rouges et ses narines s'évasèrent.

— Seigneur, Dieu, c'est ridicule ! Ignorez-moi tout ce que vous voulez, mais ne punissez pas Nathan.

Père ne regarda même pas Aaron avant de s'adresser au docteur.

— Nous devons consulter notre évêque et les prêcheurs pour obtenir leurs conseils sur le sujet avant de prendre une décision.

Le Docteur Tyler soupira.

— Je vous recommande vivement d'agir rapidement et d'autoriser la greffe. L'état de santé de Nathan se détériore rapidement. Nous devons prendre une décision ce matin, au plus tard.

Tandis qu'elle parlait des résultats des tests et de rapports médicaux qu'Isaac ne comprenait pas vraiment, son esprit se mit à bourdonner. Ils avaient obtenu la solution qu'ils espéraient et parce qu'il s'agissait d'Aaron, leurs parents se mettaient soudain à hésiter. C'était le seul moyen qu'ils avaient de sauver Nathan. Dieu ne pouvait pas lui refuser cette chance ? Isaac secoua son pied sous la table, se mordant les lèvres pour résister à son désir de cracher tous les mots qu'il voulait dire.

— Aaron, nous devrions commencer à vous injecter quelques produits afin d'augmenter votre nombre de cellules blanches, dit-elle. Le Docteur Beharry a envoyé une nouvelle formule via coursier. Normalement, nous aurions dû vous donner ces boosters de globules blancs jusqu'à une semaine avant le don, mais nous n'avons tout simplement pas de temps à perdre. Heureusement, ils ont mis au point cette formule expresse et ont obtenu de bons résultats. Je peux tout expliquer dans les détails.

— Peu importe.

Aaron vibrait de tension.

— Je veux juste aider mon frère.

— Nous allons retourner à Zebulon pour parler à l'Évêque Yoder.

Père recula sa chaise et ramassa son chapeau.

— Merci, Docteur Tyler.

Ce fut tout et Isaac n'eut pas d'autre choix que de les suivre, laissant Aaron derrière avec un dernier regard, et un geste de la main à David dans le couloir. David s'avança vers eux, les sourcils froncés, mais Isaac secoua la tête.

Ils venaient juste d'arriver à l'hôpital et le trajet en charriot depuis la maison avait duré une éternité. Isaac ferma les yeux et posa sa tête sur ses genoux, la cognant et priant pour que l'évêque accepte. *S'il vous plaît, s'il vous plaît, s'il vous plaît. Laissez Nathan vivre, peu importe ce qu'il faut.*

Ils tournèrent dans leur allée quand il réalisa où ils étaient.

— Pourquoi n'allez-vous pas directement chez l'Évêque Yoder ? demanda-t-il.

Père arrêta Roy devant la maison.

— Tu peux aider tes frères avec le travail.

Une soudaine colère le traversa comme une étincelle tombant dans une botte de foin et Isaac sauta du charriot avant de le contourner pour venir vers l'avant, là où Mère et Père étaient assis sur le banc.

— Il n'y a pas le temps ! Vous ne devriez même pas interroger l'évêque !

— *Isaac !*

Tremblant, Mère pinça les lèvres.

— S'il te plaît. Laisse-nous nous occuper de cela.

— Il va *mourir !*

La gorge d'Isaac lui paraissait déjà sèche et c'était pratiquement un cri.

Il entendit un gémissement et se retourna brusquement pour trouver Katie devant la porte, les larmes aux yeux. Éphraïm et Joseph arrivaient en courant de la grange. Isaac savait qu'il devrait arrêter — qu'il devait se reprendre, mais les mots volèrent hors de sa bouche comme des bâtons de mikado s'étalant sur le plancher.

— Vous le savez ! Nous le savons tous ! Il est en train de *mourir !* Aaron peut le sauver.

— Tu crois que nous ne le savons pas ?

Mère frémit, la voix tendue.

— Nous savons que notre fils est en train de mourir. Toutefois, nous devons rester fidèles à nos convictions.

Elle jeta un coup d'œil à Père. Quand il ne dit rien, elle poursuivit, ses mains serrées sur ses genoux.

— C'est avec la foi qu'il sera sauvé. Cela doit être fait de cette manière.

Père tenait toujours fermement les rênes.

— Isaac, tu ne dois pas parler de cette manière. Tu dois montrer du respect. Nous allons demander à l'Évêque Yoder si c'est la bonne chose à faire. C'est ce que nous devons faire pour notre garçon.

— Aaron est toujours votre fils. Laissez-le donner à Nathan ce dont il a besoin pour aller mieux.

— Aaron est compatible ? demanda Éphraïm.

Il ne portait pas son chapeau et ses boucles blondes étaient ébouriffées après sa course.

— Pourquoi ne le laissez-vous pas faire ?

— Nous n'avons pas dit que nous ne le ferons pas, répondit Père. Juste que nous devons consulter l'Évêque au préalable. Nous devons nous assurer que c'est la bonne chose à faire aux yeux de Dieu.

— Oubliez Dieu !

Autant Isaac avait aimé Dieu, qu'au fond de son cœur il savait qu'Il ne permettrait pas à Nathan de mourir pour l'amour d'une règle de l'*Ordnung*. Seuls des hommes l'autoriseraient, pour des règles installant leur domination sur d'autres hommes, peu importe ce qu'ils tentaient de faire croire.

Mère haleta.

— Isaac !

Katie sanglotait à présent et Isaac aurait aimé pouvoir tout arranger.

— Si Nathan meurt parce que l'Évêque Yoder n'autorise pas la greffe, je ne blâmerai pas Dieu. Le Seigneur nous a donné un moyen de le sauver.

Éphraïm avait les bras passés autour de Joseph et de Katie, les tenant tous deux à ses côtés.

— Isaac a raison.

— Vous êtes des enfants. Nous déterminerons ce qui est bien et ce qui est mal. Vous obéirez. C'est ainsi que cela doit être.

La voix de Père était étonnamment égale.

— Nous recevrons les conseils de nos dirigeants et nous ferons notre choix.

La tête d'Isaac était légère et sa peau le picotait de partout.

— Je prie pour que vous fassiez tout ce qui est possible sur terre pour sauver Nathan. Je prie pour que vous le choisissiez lui, peu importe ce que l'Évêque dira. Aaron n'est peut-être plus un Amish désormais, mais je suis fier de l'appeler mon frère. J'ai essayé d'être un bon fils et de répondre à vos souhaits.

Il jeta un coup d'œil à ses frères et sœurs.

— J'ai vraiment essayé.

Éphraïm hocha la tête.

— Nous le savons.

En cet instant, Isaac comprit que c'était réellement fini. Il ne reviendrait plus jamais à la maison et il ne l'avait jamais vraiment fait. Il ne passerait pas une autre nuit sous le toit de ses parents. Il ne voudrait pas se réveiller avec cette même petite fenêtre donnant sur le monde, ou entendre le lointain sifflement d'un train, ou sentir l'herbe couverte de rosée sous ses pieds. Il n'apprécierait plus l'odeur de cuisson du pain ni ne donnerait une pomme à Silver pour son travail tandis qu'elle frotterait son nez contre lui.

— Je ne peux pas rester ici.

Il passa la paume de sa main sur sa chemise en coton, sachant que c'était le dernier jour où il aurait à porter ces vêtements.

— Isaac, s'il te plaît, le supplia Mère. Ne te détourne pas de nous maintenant. Ne tourne pas le dos au Seigneur.

— Je ferai tout ce que je peux pour aider. Cependant, je ne suis plus un Amish désormais. Je ne le redeviendrai jamais.

Père baissa la tête et ses épaules sursautèrent une fois avant de rester immobiles. Mère respirait difficilement, ses yeux brillaient et Joseph pleurait maintenant, avec Katie. Isaac désirait les tenir et souhaitait faire mieux. Il regarda Éphraïm, lui adressant un coup d'œil impuissant, et celui-ci cligna des yeux afin de repousser ses larmes.

— Tu peux y aller.

Éphraïm ne le dit pas de manière rude, ou laconique, mais avec une acceptation tranquille. Peut-être même sa bénédiction.

La voix d'Isaac se brisa lorsqu'il essaya de parler.

— Et...

Il se racla la gorge et fit une nouvelle tentative.

— Et qu'en est-il du travail ?

— Nous nous arrangerons. Je te le promets.

Éphraïm souriait maintenant, paraissant plus homme qu'Isaac pouvait s'en souvenir.

— Tu as fait tout ce que tu as pu. C'est suffisant.

Isaac ne put ravaler son sanglot et il combla la distance vers ses frères et sœurs, les prenant dans ses bras.

— Je vous aime tous, déclara-t-il d'une voix étouffée. Je le ferai toujours.

Ils s'accrochèrent à lui, les petites mains de Katie et de Joseph s'enfonçant dans son dos.

Éphraïm recula et croisa les prunelles d'Isaac.

— Sois heureux.

Se tournant vers ses parents, qui étaient toujours assis, rigides et vaincus dans le charriot, Isaac s'essuya les yeux. Il pouvait à peine respirer, et il renifla bruyamment. Tout lui paraissait humide – ses joues, sa gorge et son nez.

— Aaron et moi resterons chez June. Nous vous retrouverons à l'hôpital. Nous voulons aider et j'espère que vous nous autoriserez à le faire. J'aimerais que vous laissiez Aaron agir. Nous vous aimons, même si vous ne pouvez pas nous pardonner d'être partis.

Il avait l'impression qu'il devrait en dire davantage, qu'il aurait dû mieux se préparer pour un moment si important. Mais il était arrivé, sans avertissement, tout comme cela l'avait fait quand il s'était enfui avec David, la première fois. Si rapidement, désormais il n'y avait aucun retour en arrière.

Mère tremblait et Père était comme une statue affaissée tandis qu'Isaac passait devant eux et se dirigeait vers la route. Il se força à marcher régulièrement et attendit d'avoir dépassé le virage pour se mettre à courir, s'envolant vers la ferme de June et laissant son ancienne vie derrière lui, pour toujours.

— ISAAC ?

Clignant des yeux, Isaac trouva David sur le seuil de la chambre d'amis de June. Elle n'était pas à la maison quand il avait frappé, à peine capable de reprendre son souffle après avoir couru et couru. Mais la porte d'entrée n'était pas verrouillée et, après avoir attendu sur le perron, Isaac était entré, incapable de patienter une autre minute pour ôter ses vêtements Amish. Il les avait jetés en boule dans un coin après avoir soigneusement retiré le couteau de sa poche et l'avoir rangé dans sa valise. Il avait pris une douche et s'était recroquevillé, nu sous la couette de la chambre que David utilisait.

Celui-ci se précipita vers le côté du lit, glissant une main dans les cheveux humides d'Isaac.

— Tu vas bien ? Que s'est-il passé ?

— Je suis… croassa Isaac.

Il se racla la gorge et tendit une main pour saisir celle de David.

— C'est terminé.

— Que veux-tu dire ?

David serra ses doigts, ses yeux pâles étudiant le visage d'Isaac.

— Je suis parti. Je n'y retournerai pas. Je ne peux pas rester ici ni faire semblant d'être un Amish.

— Oh, Isaac. Je suis désolé.

Se penchant en avant, David embrassa son front.

— Je ne peux pas le faire non plus. J'ai essayé de rester chez Eli la nuit dernière. J'avais l'impression que c'était un mensonge.

Frissonnant, Isaac repoussa la couette.

— Viens au lit. Cela fait trop longtemps.

Après s'être déshabillé, David se lova contre lui et remonta le duvet sur eux. Il frotta gentiment le dos d'Isaac.

— Était-ce si mauvais ?

Isaac hocha la tête contre le torse de David, ses cheveux clairsemés chatouillant sa joue.

— Je suis tellement en colère contre eux pour avoir demandé à l'évêque s'ils devaient accepter le don de moelle osseuse d'Aaron. Je leur ai dit que je partais pour de bon. Je sais que cela les a blessés, mais c'était le seul moyen. Éphraïm a compris, au moins.

Sa bouche était sèche.

— David, il connaît la vérité. Toute la vérité.

Celui-ci se figea.

— Tu lui as avoué ?

— Seulement quand il a demandé. Il nous a vus dans la grange et je suppose qu'il a simplement… compris. Tu vois ce que je veux dire ?

— Ouais.

Il fit courir ses doigts le long de la colonne vertébrale d'Isaac et frotta ses pieds sur ses mollets.

— Comment a-t-il réagi ?

— Il était choqué. Je ne pense pas qu'il apprécie l'idée, mais… il ne m'a pas tourné le dos. Il m'a même déclaré que je devrais être heureux.

— Bien. Tu le mérites. Je…

David hésita.

— Je voulais tellement en parler à Mary. Je ne sais pas comment elle réagira. Cela pourrait empirer les choses. Elle est toujours blessée à propos de toi.

— Je suis désolé, murmura Isaac.

David resserra son étreinte.

— Ne le sois pas. Tu ne lui as jamais laissé croire que quelque chose pouvait se passer. Elle épousera Jacob Miller ou un autre homme bon, et aura une vie heureuse. Elle appartient à ce monde et toi, tu n'aurais jamais pu t'y faire.

Isaac écouta les faibles battements de cœur de David sous son oreille.

— J'aimerais que nous n'ayons pas à blesser autant de gens pour être ensemble.

— Moi aussi.

— Penses-tu que l'Évêque Yoder dira oui ? À propos du don de moelle osseuse d'Aaron ?

— Je prie pour qu'il le fasse. Oh, j'ai failli oublier… Aaron m'a déposé ici avant de se rendre à Minneapolis pour aller chercher Jen. Elle a quitté San Francisco ce matin.

Isaac sourit.

— Bien. Elle me manque et cela aidera Aaron qu'elle soit là, auprès de lui. Cela nous aidera tous. Allait-il bien quand il est parti ?

Il aurait aimé être capable de lui parler davantage, mais bientôt, il le pourrait.

— Il allait… très bien. En colère et frustré. Blessé.

David resta silencieux pendant quelques instants et Isaac ferma les yeux, l'écoutant respirer et sentant son souffle léger effleurer sa joue. Puis il parla de nouveau.

— Je sais pourquoi ils l'évitent… parce que, pour eux, être Amish est tout. Peu importe quoi, tant que quelqu'un redevient Amish, c'est tout ce qui compte. C'est toujours le… que disent les Anglais ? Leur trame de fond ? Et ils le désirent tellement que nous n'avons pas eu d'autre choix que d'y retourner parce que nous ne pouvons pas vivre sans notre famille. Mais nous pouvons. Enfin, nous pouvons.

Isaac embrassa la poitrine de David.

— Nous construirons notre propre famille.

— Oui.

Il caressa le dos et l'épaule d'Isaac.

— Nous le ferons.

— J'ai l'impression que cela fait des mois que nous sommes ici.

Isaac agita ses doigts autour du nombril de David.

— Alors que cela fait à peine une semaine.

— Je sais. C'est comme si le temps s'était arrêté puis avait accéléré, d'une certaine manière.

Il soupira et son souffle était chaud dans les cheveux d'Isaac.

L'après-midi s'estompait et le soleil brillait dans un coin de la chambre, illuminant la simple commode qui se trouvait là. Isaac roula sur le dos afin de mieux l'observer. Il pouvait deviner que c'était une de celles de David et il sourit intérieurement. Ils avaient la maison pour eux et il pouvait imaginer qu'un jour, ils auraient une maison pas si différente de celle de June. Non pas qu'il n'aime pas celle d'Aaron et de Jen en ville, cependant, un jour David et lui seraient capables d'avoir un endroit qui serait rien qu'à eux, où qu'ils le désirent.

— Quoi ?

David fit courir son doigt sur les lèvres d'Isaac.

— Pourquoi souris-tu ? le taquina-t-il.

— Je pensais juste à avoir notre chambre bien à nous un jour. Avec nos propres meubles et photos. Tu pourras construire notre lit.

Les yeux bleus de David s'éclairèrent.

— Tu pourras aider. Nous le ferons ensemble.

— Oui, j'aimerais ça. Accepterais-tu de nouveau de vivre à la campagne ?

Le sourire de David s'élargit.

— J'aimerais, oui.

— Moi aussi.

Il prit la main de David et joua avec ses doigts.

— Nous pourrions avoir un petit endroit, rien que pour nous. Assez proche de San Francisco pour y aller en visite. J'aime toujours la ville et mon école, mais… ceci m'a manqué. L'air frais. La tranquillité. Je ne le savais même pas jusqu'à ce que nous revenions.

— Un jour, nous trouverons l'endroit parfait.

Il déposa un baiser sur la joue d'Isaac.

— Nous économiserons et cela pourrait nous prendre du temps, et nous y arriverons.

Hochant la tête, Isaac attira David au-dessus de lui.

— Dis-moi que tout se passera bien.

Et David le fit, de ses lèvres et de ses mains, embrassant et caressant Isaac, de la tête aux pieds, aimait chaque parcelle de son corps jusqu'à ce qu'il se mette à vibrer. Quand David écarta les cuisses d'Isaac et l'ouvrit en repliant ses jambes contre son torse, Isaac gémit.

— S'il te plaît, murmura-t-il, soulevant ses fesses.

Je ne suis plus Amish. C'est qui je suis. Voilà qui je veux être.

Il avait toujours aimé les doigts longs de David qui pouvaient tailler un morceau de bois et le transformer en quelque chose de tellement complexe et de fin. Ils étaient si agréables sur son corps, taquinant le pourtour de son ouverture maintenant. Isaac retint ses genoux au niveau de ses épaules, s'ouvrant pour David autant qu'il le pouvait, se mordant la lèvre alors qu'il attendait.

Il avait l'impression que cela durait depuis une éternité avec des attouchements légers et ses cuisses tremblaient lorsqu'il sentit enfin le souffle chaud de David effleurer son entrée. Puis David lécha le fond de la raie d'Isaac, le plat de sa langue remontant vers le haut des globes d'Isaac, provoquant des étincelles dans toute sa colonne vertébrale.

— Plus, *plus*, marmonna Isaac. Mon David…

Ses mains se posèrent sur les fesses d'Isaac, les écartant tandis qu'il le léchait de nouveau jusqu'en haut. Son souffle était chaud contre sa chair tendre et Isaac gémit d'anticipation, haletant lorsque soudain, David plongea sa langue humide à l'intérieur de lui. Son visage était enfoui dans le derrière d'Isaac.

Celui-ci voulait crier de joie à la sensation – au sentiment d'être ouvert jusqu'au plus profond de son cœur pour que David le voie et l'accepte. Être léché comme ça lui donnait l'impression qu'ils étaient des animaux dans la grange, cependant, pas d'une mauvaise manière. Quand il avait couru pour revenir chez June, le poids de la déception de sa famille l'avait brisé, le laissant déchiré en mille morceaux. Maintenant que David l'aimait, les pièces se remettaient ensemble et il était à nouveau entier. C'était vraiment celui qu'il était et David le savait. Il l'aimait juste tel qu'il était. Chaque parcelle de lui… même les endroits sales.

Les testicules d'Isaac étaient serrés et son sexe dur contre son ventre. Il pensait qu'il pourrait jouir simplement avec la langue de David, et il en voulait davantage. Il empoigna la chevelure de David et releva sa tête.

— Besoin de toi.

Les joues de David étaient rouges et il haletait doucement tandis qu'il tendait aveuglément une main vers le tiroir de la table de chevet pour attraper la bouteille de crème pour les mains. Elle avait une odeur de lavande et Isaac pouvait imaginer une des sœurs de June l'utiliser lors d'une visite. Il éclata de rire alors que David en répandait sur son érection.

À genoux, David releva la tête en souriant.

— Quoi ?

— Je pensais juste que June ne s'attendait certainement pas à ce que cette crème soit utilisée de cette manière.

David sourit et se pencha sur Isaac.

— Probablement pas.

Il baissa la tête et lécha les mamelons d'Isaac, les suçant et les mordant doucement. Puis, il poussa le bout de son sexe en Isaac et celui-ci ne riait plus.

Il grognait et gémissait, aimant l'étirement inconfortable qui précédait la délicieuse sensation d'être rempli tandis qu'il s'appuyait fort et que David le pénétrait plus avant. Les genoux d'Isaac étaient toujours relevés et il maintenait ses jambes ouvertes.

— Tu es si beau comme ça, murmura David. Tout le temps, mais particulièrement comme ça. Si… libre.

Un voile de sueur se forma sur le front de David et Isaac releva la tête pour le lécher.

— Tu l'es aussi, mon David.

L'air était rempli d'odeur de lavande et de sexe et Isaac goûta à son propre musc sur la langue de David pendant qu'ils s'embrassaient sauvagement, leurs dents se cognant tandis que David entrait et sortait de son corps. Ils grognèrent tous deux – *han, han, han* – et gémirent – *oh, oh, oh* – et oui, Isaac se sentait à nouveau entier, alors que David le prenait.

— C'est ainsi que cela doit être, marmonna Isaac. Comme ce doit être. Pas un péché.

Je n'irai pas en enfer pour ça. C'est de l'amour. Il y croyait maintenant, sans le moindre sentiment persistant de honte, de doute ou de peur.

Il aimait entendre les gémissements de plaisir de David, ce qui échauffait son sang, le portant à ébullition. Le sexe d'Isaac fuyait contre son ventre et David l'enveloppa d'une main. Il ne fallut que quelques caresses avant que des étincelles se mettent à crépiter en lui, provoquant une ruée de flammes. Se cambrant et se plaquant contre David, Isaac se mit à jouir. Les yeux de David étaient sauvages tandis qu'il le martelait, leurs chairs claquant l'une contre l'autre, ses bourses fessant les globes d'Isaac avec chaque grognement.

Isaac le pressa avec des paroles essoufflées.

— Je veux que tu viennes à l'intérieur de moi. J'aime la sensation.

Il songea aux bois et combien les louanges en allemand l'avaient excité, provoquant une réaction en David.

— *Guter Junge.*

David éjacula en Isaac en criant. Il frissonna et haleta, et Isaac enroula ses jambes autour de sa taille, le maintenant alors qu'il jouissait profondément. Ils haletèrent et David s'effondra sur lui, son souffle humide sur la clavicule d'Isaac. Ils étaient collants et sales, mais Isaac voulait rester ainsi pour l'éternité.

Finalement, David releva la tête et ils s'embrassèrent lentement.

— Mon bon garçon, murmura Isaac.

Son regard tomba comme une pierre et il rougit furieusement. Isaac prit son visage entre ses paumes.

— Regarde-moi. Ne sois pas embarrassé. S'il te plaît, ne le sois pas. J'aime ça.

Souriant timidement, David était toujours aussi rouge.

— Tu ne penses pas que c'est… bizarre ?

— Non.

Il frotta son mollet sur les fesses de David.

— Je pense que ces psychiatres Anglais trouveraient toutes sortes de raisons à cela, et je me fiche de savoir pourquoi.

Il l'embrassa doucement.

— Tu es bon. Tu es mon bon garçon.

David enfouit son visage dans le cou d'Isaac.

— Je veux être bon.

— Tu l'es.

Isaac caressa son dos. David commençait à être terriblement lourd, mais il l'étreignit plus fort.

— Je vais te montrer à quel point tu es bon.

— Combien de temps avant que tu puisses me baiser ? marmonna David.

Isaac éclata de rire.

— Au moins quelques minutes encore.

— Aussi longtemps ? plaisanta-t-il. Je suppose que je peux attendre.

— Eh bien, si tu refais ce truc avec ta langue cela pourrait être plus court.

Il lécha une parcelle de peau sur le cou d'Isaac.

— Restons au lit pour la fin de la journée. Oublions tout le reste.

— D'accord. Tu m'as convaincu.

Ils sursautèrent tous deux lorsqu'une portière de voiture claqua dehors et David sauta pratiquement jusqu'au plafond. Ils éclatèrent de rire tandis qu'ils se précipitaient pour se laver et s'habiller avant que June vienne à l'étage. Dans la salle de bain, Isaac s'aspergea le visage d'eau froide et se regarda dans le miroir. Son sourire s'effaça alors que tout le reste lui revenait en force à la mémoire – sa famille et Nathan, et... *oh, mon Dieu, va-t-il mourir ? S'il vous plaît, ne le laissez pas mourir.*

Il leva une main pour aplatir ses cheveux devant son front avant de se souvenir que c'était correct maintenant. Il se demanda si June avait un peu de gel qu'il pourrait emprunter. En attendant, il brossa ses cheveux en arrière et surveilla son reflet.

Il aimait qui il voyait.

Chapitre Treize

— OH, MON DIEU, ça sent divinement bon ! s'exclama Jen en guise de salutations lorsqu'Aaron et elle entèrent dans la maison de June. Isaac, je ne pensais pas te voir avant demain. Comment vont mes garçons ?

Elle lança ses bras et étreignit David et Isaac en même temps.

David la serra à son tour, se pencha, voulant la soulever de terre.

— Je suis si heureux que tu sois là. Comment était ton voyage ?

Elle agita une main.

— Long. Fastidieux. Comme d'habitude.

Aaron portant une petite valise et cligna des yeux.

— Isaac ? Que s'est-il passé ? Tu vas bien ?

— Ça va. Je suppose que j'en ai fini avec eux. Je leur ai dit que je ne pouvais plus rester là-bas. Donc, me voici. Heureusement pour moi, June m'a annoncé que je pouvais rester.

— Heureusement pour nous tous, s'exclama Jen. Ce doit être la femme en question…

S'essuyant les mains sur un torchon, June sortit de la cuisine.

— C'est vraiment agréable de vous rencontrer enfin.

Elle serra la main de Jen, puis elles s'embrassèrent quand même.

David sourit, ravi de voir que deux des personnes qu'il appréciait le plus se rencontraient enfin.

— Je pense que je vais devoir vivre jusqu'à cent cinquante ans avant de pouvoir rembourser June pour tout ce qu'elle a fait pour moi.

June se mit à rire.

— Je mangerai les pissenlits par la racine depuis longtemps, mon chéri. Je préfère te faire signer une reconnaissance de dette ! ajouta-t-elle en plaisantant.

Bientôt ils se retrouvèrent dans le salon de June, autour d'une grande table que David avait faite, avec de la place pour deux sièges de chaque côté. June avait préparé un plat appelé bœuf Stroganoff, c'était crémeux, piquant et délicieux. Il pouvait sentir le gâteau au chocolat qui cuisait et son estomac grogna, bien qu'il s'empiffre de bœuf et de nouilles. Il écoutait Isaac, assis à côté de lui, raconter sa conversation avec ses parents.

Isaac haussa les épaules une fois terminé.

— Je ne pouvais plus rester.

— Nous ne pouvons pas t'en vouloir.

Aaron agitait sa fourchette dans son assiette, sélectionnant un morceau de bœuf, toutefois sans le manger.

— Je suis, bien entendu, de parti-pris, mais je pense que c'est mieux comme ça. Ils ont besoin d'accepter que tu ne reviendras pas pour de bon, peu importe combien ils essaient de te faire sentir coupable. Ou, pour être juste, combien ils t'aiment et te veulent à Zebulon.

Il sourit brusquement.

— Tu vois ? J'essaie de me montrer juste.

— Tu fais du bon travail.

Jen frotta son bras.

— J'ai besoin de travailler là-dessus, parce que, pour l'instant, tout ce que je veux faire c'est crier après eux et leur dire qu'ils font sérieusement chier.

Elle se racla la gorge et regarda June.

— Euh… Excusez mon langage.

June ne fit que rire.

— Pas besoin de s'excuser.

David ressentit une vague d'affection pour Jen et son langage cru.

— Ce n'était pas pareil sans toi.

Elle lui adressa un clin d'œil, puis son sourire s'estompa.

— Pensez-vous, les gars, que cet évêque acceptera le don de moelle osseuse ? J'ai bien compris qu'il y a avait des règles à propos de cette mise à l'écart et toutes ces conneries, cependant, ce n'est pas comme si Aaron lui tendait les fioles de sang lui-même. Il y aura plein d'intermédiaires.

— Honnêtement, je ne sais pas.

Aaron hocha la tête vers Isaac et David.

— Qu'en pensez-vous ? Il n'était pas évêque à Red Hills et je me souviens à peine de lui. Est-il du genre à laisser un enfant innocent mourir pour suivre les arcanes et les règles arbitraires totalement dénuées de tout sens ?

Ses lèvres se pincèrent.

— Le sentiment d'équité requiert tout un processus, apparemment.

— Tu es tout à fait juste.

Jen secoua la tête.

— La vie de Nathan est en jeu. C'est le seul point qui devrait compter ici. Non pas que tes parents se soucient de ce que je peux penser.

Aaron lui fit un petit sourire.

— Non… mais moi, si.

— Nous également, ajouta David.

Il réfléchit à sa question initiale.

— Je n'en suis pas certain, en outre, je ne pense pas que l'Évêque Yoder refusera. Il a laissé ma mère utiliser un fauteuil roulant avec des roues en caoutchouc après son accident. Et les machines auxquelles Nathan est relié consomment de l'électricité. Refuser me semblerait trop cruel.

Isaac agrippa sa fourchette.

— Je ne suis pas certain de ce que le Diacre Stoltzfus dira. Non pas qu'il soit en charge, mais… il est tellement difficile sur les règles. Une fois, il a ajouté la Mary d'Abraham à la *Bann* pour deux semaines parce que sa robe était trop courte de deux centimètres et demi. Elle avait grandi et sa mère en cousait une nouvelle, toutefois, Madame Lapp venait juste d'avoir un nouveau bébé et était malade, alitée. Il n'a pas voulu prendre ça pour des excuses.

— Attends, c'était une autre Mary ? Pas ta sœur ? demanda Jen à David.

— Oui. Une autre Mary.

— Comment faites-vous pour ne pas vous emmêler les crayons avec tellement de gens ayant les mêmes prénoms et noms ?

June se mit à rire.

— Je me suis souvent posée la même question. Abraham est le père de Mary ?

— Oui. C'est ainsi que nous nous y retrouvons.

David fronça les sourcils.

— Je n'ai jamais songé à ce sujet.

— Ou nous utilisons des surnoms, ajouta Isaac. Comme pour Silo Marvin qui est celui avec le silo. Évidemment.

— Euh… D'accord, donc qu'est-ce que ça veut dire ? insista Jen. La *Bann* ?

— C'est la même chose qu'être mis à l'écart, mais c'est seulement temporaire, répondit Isaac. Une punition pour avoir enfreint les règles.

— Pour l'absence de quelques millimètres de coton ? Vache ! Et moi qui pensais que les Adventistes étaient stricts…

Pour Aaron, elle ajouta :

— Bébé, la prochaine fois que je me plaindrai de ma famille, s'il te plaît, rappelle-moi cette conversation.

Aaron leva les yeux.

— Tu peux compter dessus.

Tandis que June posait d'autres questions à Jen sur l'éducation Adventiste, David prenait une autre bouchée des nouilles crémeuses, cette fois avec un morceau de champignon. La mention du diacre ramena des souvenirs de Joshua et des pauvres Martha et Rachel. Il pouvait voir Joshua escalader leur fenêtre de chambre pour sortir, se mettre à courir, puis s'enivrer et se droguer sans songer aux consé-quences. Celles qu'ils avaient tous payées à sa place. Celles qui les avaient amenées ici, au Minnesota.

Quelle aurait été sa vie s'ils n'étaient pas venus ? Non pas qu'il ne puisse jamais être heureux avec ce qui s'était passé, mais alors qu'il jetait un coup d'œil autour de la table vers les personnes les plus proches de lui – ceux qui étaient de sa famille autant que ceux de son propre sang, et peut-être même davantage – David ressentit un profond sentiment de gratitude d'avoir été ici. Ses yeux le brûlèrent et il cligna rapidement des paupières.

Isaac passa sa paume sur son genou, sous la table.

— Ça va ? murmura-t-il.

Hochant la tête, David prit sa main et la serra, ne se faisant pas assez confiance pour parler.

Quand le repas fut terminé, Jen alla faire la vaisselle, malgré les protestations de June, indiquant qu'elle avait un lave-vaisselle.

— Je suis d'humeur pour un bon nettoyage, insista Jen.

Aaron haussa un sourcil.

— Que tout le monde note cette date sur une pierre blanche, parce que c'est une première – et je suppose la dernière fois – que le Docteur Jennifer Paculba sera d'humeur à faire n'importe quel travail d'intérieur, surtout la vaisselle.

— Je vais aider, dit David, ramassant le reste des plats et suivant Jen.

June finit par abandonner et lorsqu'Isaac, Aaron et elle se retrouvèrent dans le salon à regarder la fin des informations, David remonta les manches de son sweat-shirt.

— Que veux-tu que je fasse ?

Jen installa la bonde de l'évier.

— Je lave et tu essuies ?

— Ça me paraît bien.

Il était en train de digérer le gâteau au chocolat dans son ventre plein et David trouva cela apaisant, d'essuyer les assiettes et les couverts tandis que Jen les lui passait, avant de les poser sur l'égouttoir. Ils travaillèrent en silence pendant une minute.

— Alors, comment ça va ? demanda-t-elle doucement. As-tu réussi à gérer ?

— C'est bon, ce n'est plus un secret.

Il hocha la tête en direction du salon.

— Ils savent tous. Je le leur ai dit.

Jen sourit.

— À June aussi ? Bien.

— Il y a eu quelques mauvais moments, mais…

Il prit le temps d'essuyer une fourchette.

— Une fois qu'Isaac était là, je lui ai parlé. Cela a vraiment aidé. J'ai des envies parfois, mais je n'ai pas besoin de boire. Je ne veux pas non plus.

— Je suis ravie d'entendre ça.

Jen repoussa une épaisse mèche de cheveux noirs derrière son oreille.

— Je pense que c'est comme une soupape de pression. Quand tu parles à d'autres personnes, leur expliquant comment tu te sens, cela peut être effrayant, cependant cela soulage la pression afin que tu n'exploses pas. Tu vois ce que je veux dire ? Désolée, c'était une métaphore merdique, et cela a été une journée foutrement longue.

David éclata de rire.

— C'était une bonne métaphore.

— Tu es bien trop gentil.

— C'est vraiment l'impression que j'ai, tu as raison. Comme une terrible pression et ça déborde.

Jen frotta une casserole, l'eau de l'évier arrosant partout autour.

— Je ne savais pas combien de temps tu allais rester ici, donc je t'ai pris un rendez-vous avec le Docteur Curameng dans quelques semaines. Il est bon.

— Je veux le voir, mais qu'en est-il pour l'argent ?

Les entrailles de David se serrèrent.

— Je n'ai pas travaillé de toute la semaine et je serai en retard sur mes commandes et…

— Stop !

Elle leva une main pleine de savon.

— Ne t'inquiète pas. Nous trouverons un moyen. Tu en as suffisamment sur les mains avec ton retour dans ce champ de mines émotionnel. Pendant des années, tu as pris soin des autres personnes en te faisant passer en dernier. Laisse-moi t'aider avec ceci. Tu le mérites. D'accord ?

Il déglutit difficilement, ravalant la boule qui s'était formée dans sa gorge.

— D'accord.

— Bien.

Elle hocha la tête, de manière décisive. Puis elle baissa la voix.

— Isaac et toi, tout va bien ? Vous semblez l'être, notamment d'après tous ces soupirs durant le dîner.

Elle lui envoya un coup de coude avec espièglerie.

Ses joues rougirent.

— Oui. Nous allons bien. Nous allons merveilleusement bien.

— Excellent ! Vous m'avez manqué, les garçons.

— N'était-ce pas agréable d'avoir la maison pour toi toute seule ? Moins Aaron, bien entendu.

— Autant j'apprécie de profiter de quelques instants de solitude parfois, autant cela m'a vraiment manqué de ne pas vous avoir à la maison. Quand j'ai épousé Aaron, je savais qu'un jour ou l'autre ses frères et sœurs pourraient venir et rester. C'est le meilleur des deux mondes. Je sais que tu es adulte, mais cela me permet de m'entraîner à devenir parent sans avoir à changer les couches.

David éclata de rire.

— Toutefois, tu es un médecin. N'as-tu pas l'habitude de tout ce… désordre ?

— Bien sûr, ça ne les rend pas moins puantes pour autant.

Son sourire disparut et elle pinça les lèvres avant de soupirer.

— Et j'ai vu Clark l'autre jour.

Elle saisit un autre pot et le frotta.

— Il est sincèrement désolé. Je sens quand il déconne et qu'il se sent vraiment comme de la merde.

— Je sais. Mais je ne suis pas vraiment certain de vouloir passer du temps avec lui. Pas pendant un certain temps, du moins. Je ne crois pas qu'Isaac le voudra non plus.

— Je te comprends. Il a compris qu'Aaron et moi sommes en colère.

Elle repoussa ses cheveux de ses yeux.

— Clark est comme mon frère. Pas biologique, cependant, d'une manière qui compte. Il était là pour moi depuis que nous étions enfants et je l'aime. Aaron et moi lui faisions confiance pour Isaac et toi et ça fait mal qu'il ait trahi cette confiance. Cela va demander du temps. Ce n'est pas une excuse pour ce qu'il a fait, et à son crédit, il ne cherche pas à s'en trouver.

— Parfois, notre famille nous déçoit, mais nous les aimons quand même. Nous faisons tous des erreurs. Ce qui compte, c'est comment nous nous comportons avec eux après.

Elle inclina la tête et lui adressa un long regard.

— C'est très sage, David Lantz.

Il gloussa.

— Eh bien, j'ai fait un tas d'erreurs, donc je devrais le savoir.

De la salle de séjour, Aaron appela :

— Jeopardy va commencer !

Jen retourna le pot sur le côté de l'évier avant de sortir de la cuisine.

— Excellent ! J'ai toujours botté le cul d'Aaron sur les Boissons Fortes.

Aaron sourit.

— Défi accepté.

David s'installa à côté d'Isaac sur le sofa devant la fenêtre de l'entrée. June était assise dans son fauteuil inclinable et Jen balança ses pieds sur les genoux d'Aaron, sur le canapé. Aaron se détendit contre les coussins, la sensation d'oppression dans sa mâchoire et ses épaules disparaissant pour un moment tandis que Jen tenait sa main et plaisantait.

Dehors, un vent vif secouait l'avant-toit et David se fit une note mentale de grimper et d'aller vérifier demain matin. Il recroquevilla ses pieds sur un coussin et Isaac s'appuya contre lui lorsque le jeu commença. David connaissait à peine les réponses, mais alors qu'il écoutait les rires et les bavardages remplir la pièce, cela ne le dérangea pas du tout.

LORSQU'ILS PENETRERENT DANS la chambre de Nathan le matin suivant, David remarqua une soudaine expression emplie de douleur traverser le visage d'Isaac — un tremblement de ses lèvres et un élargissement de ses yeux avant qu'il se force à sourire à son frère. David aurait aimé prendre sa main, mais joua avec la fermeture éclair de son sweat-shirt à la place.

— Salut, Nathan.

Isaac s'assit à côté du lit.

— Comment te sens-tu ?

La peau de Nathan était aussi pâle que les draps et les cernes sombres sous ses yeux paraissaient presque douloureux.

— Bien, murmura-t-il.

David se tenait derrière Isaac, faisant de la place pour qu'Aaron et Jen puissent entrer dans la pièce et se tiennent de l'autre côté du lit. Jen sourit en s'asseyant sur l'autre fauteuil. Elle portait un sweat violet et un jean sombre et ses cheveux bouclés étaient relevés dans un chignon.

— Salut. Je suis Jen. Je suis ravie de faire enfin ta connaissance.

— Oh ! Salut.

Nathan parut momentanément confus.

— Vous êtes mariée à Aaron ?

— Bien sûr que je le suis ! Quoi ? Tu ne t'attendais pas à une petite philippine impertinente ? Je ne crois pas qu'Aaron envisageait de se marier avec moi non plus.

Elle plaisantait et adressa un clin d'œil à Nathan.

Son sourire était blême, mais paraissait sincère.

— Je suppose que je ne pensais pas que vous seriez comme ça.

Nathan leva une main, un tube en plastique coincé sur le dos.

— Non pas que vous soyez moche !

Jen éclata de rire.

— C'est bon. Je comprends ce que tu veux dire. Je n'étais pas certaine que ma famille approuverait que je me retrouve avec un robuste gaillard blanc, toutefois, la gentillesse d'Aaron ne peut pas être niée. Ils l'adorent.

Aaron roula des yeux de manière exagérée.

— Comme si tu avais pu en douter.

Nathan se mit à rire et c'était bon à entendre. David serra brièvement l'épaule d'Isaac.

— Nous ne devrions pas rester très longtemps, cependant, je voulais te rencontrer. Tu tiens le coup ? demanda Jen. C'est pénible, hein ?

— Ouais.

Nathan regarda Aaron.

— Mais le docteur a dit que je pourrais aller mieux si l'évêque est d'accord.

— Je ferai tout ce que je peux pour m'assurer que ça arrive.

Aaron se pencha en avant et serra le bras de Nathan.

— *Tout.*

— Je sais que je devrais simplement croire en Dieu et que tout se passera de la manière dont cela devrait être.

— Eh bien, je pense que Dieu nous offre quelques opportunités, intervint Jen. Et c'est à nous de décider si nous les saisissons ou non. On m'a dit que je pouvais me montrer plutôt persuasive. Donc, je vais faire tout ce que je peux pour aider, d'accord ? Tes parents t'aiment beaucoup. Nous aussi. Tout le monde veut que tu ailles mieux.

Elle sourit.

— C'était vraiment agréable de te rencontrer. Nous allons déguerpir avant que nous ayons des ennuis parce qu'il y a trop de visiteurs ici. Nous reviendrons te voir plus tard, d'accord ?

Nathan hocha la tête.

— D'accord.

David fit le tour et prit le siège laissé vacant. Tandis qu'Isaac interrogeait Nathan sur son petit déjeuner, David jeta un coup d'œil dans le couloir. D'après l'angle, il pouvait voir Jen et Aaron se tenant juste à l'extérieur, Jen vérifiant le presse-papiers posé dans un support accroché au mur. Son expression était pincée alors qu'elle feuilletait les pages. Elle inhala profondément et remit le document à sa place. Aaron haussa les sourcils et elle lui prit la main et le tira derrière elle.

— N'est-ce pas, David ? demanda Isaac.

— Hein ?

Il se concentra sur Isaac et Nathan.

— Désolé.

— Je disais juste que je ne savais pas si Mère allait lui apporter un peu de tarte à la mélasse puisque Nathan n'en a pas eu à la construction de la grange.

— Bien sûr. Ou je pourrais demander à mes sœurs de t'en faire. Elles seraient heureuses de t'en préparer une.

Nathan sembla essayer de sourire, mais son visage s'affaissa lorsqu'il regarda Isaac à nouveau.

— Tu portes des vêtements Anglais.

Isaac jeta un bref coup d'œil à David avant de répondre.

— En effet. J'ai décidé de ne plus rester à la maison désormais. Ce n'est pas un bon endroit pour moi.

— Habites-tu chez cette gentille dame Anglaise ?

— Oui. June. Elle héberge David, Aaron et Jen aussi.

Isaac se mit à rire, bien que ce soit clairement forcé.

— Elle est masochiste.

Nathan revint vers David.

— Tu ne veux plus rester à la maison non plus ? Est-ce parce que tu n'aimes plus les vêtements Amish maintenant ?

— C'est un peu plus compliqué que ça.

David tenta de trouver un moyen de s'expliquer, toutefois, il n'y en avait aucun.

— Mais ta famille ne va-t-elle pas être triste ?

— Si. Et j'aimerais pouvoir faire en sorte qu'ils ne le soient pas. Cependant, le seul moyen que j'aie c'est de rejoindre l'église et je ne peux pas faire une promesse à Dieu alors que je sais au fond de mon cœur, que je ne la tiendrai pas.

Nathan accepta sa réponse, puis se tourna vers Isaac.

— Tu ne rejoindras pas l'église non plus ?

Il secoua la tête.

— Ce serait mal. J'espère que Dieu comprendra et que tu le feras également.

Isaac prit une inspiration tremblante.

— J'espère que tu me pardonneras.

— Bien entendu. Même si je n'aime pas ça.

Nathan lécha ses lèvres sèches.

— Il y a des choses que j'aime ici, dans le monde.

Il baissa la voix et hocha la tête vers la télévision accrochée dans un coin de sa chambre.

— J'ai vu une émission avec des policiers attrapant des méchants hier soir. Beaucoup de voitures ont explosé. Ne le dis pas à Mère et Père.

— Je ne le ferai pas.

Isaac sourit, puis des larmes débordèrent de ses yeux.

— Ne pleure pas.

Nathan se pencha vers Isaac, inquiet.

— Je te promets que je ne regarderai plus.

— Non, non, ce n'est pas ça.

Isaac déglutit difficilement.

— Tu as toujours été un bon garçon, Nathan. Je suis désolé de ne pas avoir été un meilleur frère.

David désirait plus que tout se précipiter et tenir Isaac, lui crier quel merveilleux frère il était, toutefois, ce n'était pas à lui de lui dire ça. Heureusement, Nathan parla avec plus de force et de détermination qu'il n'en paraissait capable dans son état de santé.

— De quoi parles-tu ? Tu es le meilleur frère qui existe. Tu as fait tout ce chemin jusqu'ici juste pour moi. Même si Éphraïm et toi vous disiez que j'étais trop jeune pour entendre quelque chose, je n'ai jamais pu rester en colère trop longtemps. Tu as toujours pris soin de nous. Parfois Mère et Père étaient tellement occupés et c'était toi qui m'as appris comment faire les nœuds de mes chaussures. Tu te souviens ? Pendant des heures, tu m'as montré comme faire les boucles, encore et encore. Cela a pris des jours, et tu n'as jamais été impatient.

— Mais…

Isaac secoua la tête.

— Mais, rien ! Éphraïm est un bon grand frère aussi, cependant parfois il perd la tête et dit des choses stupides. Et toi, tu as toujours des paroles gentilles.

Isaac s'essuya les yeux.

— Je n'ai jamais eu cette impression. Et je suis parti alors que j'aurais dû savoir que tu étais malade. Tu m'as dit que tu saignais du nez, tu ronflais si fort et…

— Comment diable aurais-tu pu savoir pour le cancer ?

Nathan dévisagea David.

— Il est bête, hein ?

David sourit tendrement.

— Il l'est.

Il surprit le regard d'Isaac.

— Il a besoin d'accepter qu'il n'y a pas moyen qu'il ait pu le savoir. Et qu'il a fait du mieux qu'il pouvait.

Isaac baissa la tête et réussit à sourire.

— Je suppose que vous avez raison.

Il haussa un sourcil en direction de David.

— Tu devrais suivre tes propres conseils. Nous avons tous les deux fait du mieux que nous pouvions.

David songea au mot que Jen et Aaron utilisaient parfois.

— Touché.

— Mais tu dois me promettre quelque chose, reprit Nathan.

— Tout ce que tu veux, acquiesça Isaac.

— Ne pars pas encore sans dire au revoir.

La voix d'Isaac ne vacilla pas.

— Je te le promets.

Des bruits de pas se firent entendre dans le couloir et le son autoritaire de bottes lourdes fit sauter David sur ses pieds. Bien entendu, les Byler apparurent sur le seuil, avec l'Évêque Yoder et le Diacre Stoltzfus, planant comme des ombres derrière eux. Isaac se leva aussi, et ils attendirent.

Madame Byler les ignora et David recula de manière à ce qu'elle puisse s'approcher de Nathan, passant tendrement la main sur le reste de ses cheveux. De la porte, Monsieur Byler parla.

— Est-il ici ?

David se sentit confus pendant un moment, jusqu'à ce qu'il réalise que Monsieur Byler parlait d'Aaron. Isaac hocha la tête.

— Je vais aller les chercher. Sa femme est ici aussi. Elle s'appelle Jen.

Les Byler échangèrent un regard à sa déclaration, puis hochèrent la tête. La voix de Danielle parvint de la porte.

— Très bien, vous irez tenir cette discussion ailleurs. Vous pouvez utiliser la salle de réunion.

Elle passa devant l'évêque et le diacre, puis s'affaira dans la pièce. Elle sourit gentiment à Nathan.

— Il est temps de faire une sieste, mon petit.

David resta en arrière dans le couloir alors que les autres se dirigeaient vers la salle où le médecin avait emmené les Byler afin de discuter auparavant. Mais Isaac jeta un coup d'œil par-dessus son épaule et revint sur ses pas en tirant sur sa manche avec fermeté. Au bout du couloir, il vit Aaron et Jen qui venaient vers eux.

Bientôt, ils se retrouvèrent tous réunis dans la pièce. Personne ne semblait vouloir être le premier à s'asseoir, donc ils se tenaient debout autour de la table. La pièce était chaude et sans fenêtre, la gorge de

David s'asséha. Isaac, lui, Aaron et Jen se tenaient à un bout, le plus éloigné de la porte, si bien que les deux groupes se faisaient face. Les Byler avaient l'air épuisé et las, comme s'ils n'avaient pas dormi du tout. Il supposait que c'était bien le cas et son cœur se serra pour eux, imaginant ce que cela devait être non seulement de perdre Isaac, mais la peur de perdre Nathan également. Sans oublier de mentionner Aaron, parti depuis longtemps même s'il se tenait à quelques mètres d'eux.

Aaron semblait calme, toutefois, du coin de l'œil, David pouvait voir combien il serrait la main de Jen. Le silence s'installait et le pouls de David s'accéléra. Isaac était tendu comme une corde de violon à côté de lui, et une fois encore, il aurait aimé le toucher pour partager son fardeau. C'était un jour gris et terne et les hommes Amish portaient leur chapeau noir. Ils ne le retirèrent pas, David ne parvenait pas à déterminer si c'était bon signe ou non. De sous les bords de son chapeau, le Diacre Stoltzfus le dévisageait avec quelque chose de différent dans son expression. De la déception ? David attendait qu'il dise qu'il n'avait rien à faire ici puisqu'il n'était pas de la famille, mais le diacre ne parla pas.

Après un autre instant douloureux, Jen se racla la gorge.

— Monsieur et Madame Byler, je suis très heureuse de vous rencontrer. J'aurais aimé que ce soit en de meilleures circonstances.

Aaron sembla sortir de sa transe.

— Oui. Voici ma femme, Jen. Le Docteur Jennifer Paculba.

Les Byler hochèrent légèrement la tête et, après une longue pause, Monsieur Byler répondit « bonjour ».

Le silence s'installa encore une fois, puis enfin, l'Évêque Yoder prit la parole.

— Nous avons discuté du sujet dans les détails et nous avons prié pour être guidés.

Alors qu'il se taisait, David voulut s'élancer à travers la table pour secouer son corps maigre jusqu'à ce qu'il crache le morceau.

Dites-le !

L'Évêque passa sa main dans sa longue barbe blanche.

— Nous croyons que le Seigneur a une raison en toute chose.

Tremblant pratiquement, Aaron s'écria :

— Il n'y a aucune raison de laisser un enfant innocent mourir quand il peut être sauvé !

— Laisse-le finir, intervint tranquillement Jen.

— Cette fois, nous sommes d'accord.

L'Évêque Yoder leva ses mains devant lui.

— C'est la volonté de Dieu que le jeune Nathan reçoive cette transplantation ou tu ne serais pas compatible. La procédure est autorisée.

David avait retenu son souffle et Isaac, Aaron, Jen et lui semblèrent exhaler à l'unisson. David lutta pour réprimer sa nervosité, par un rire soulagé. Nathan vivrait ! Ou du moins, en aurait la chance. Il réalisa qu'il souriant et lorsqu'il regarda Isaac, il découvrit qu'il n'était pas le seul.

Aaron hocha la tête.

— Merci. Nous allons trouver le médecin. L'oncologiste est ici, dont nous aurons plus d'informations.

Il fit un signe de tête en direction de ses parents.

— Voulez-vous venir également ?

— Nous arrivons sous peu, répondit Monsieur Byler. Nous devons d'abord discuter avec les garçons.

La vertigineuse sensation de soulagement de David se transforma en effroi. Isaac et lui échangèrent un regard, il voulut attraper sa main et s'enfuir.

Isaac hocha la tête vers Aaron.

— Vas-y, ça ira.

— En es-tu sûr ? insista Aaron. Nous pouvons rester.

— Absolument, ajouta Jen.

Une partie de David désirait qu'ils restent, mais quand Isaac et lui se regardèrent à nouveau, il sut que tout se passerait bien. Ils étaient assez forts.

— Ça ira.

Aaron et Jen leur adressèrent des sourires pleins de sympathie et d'encouragements avant de partir. Étrangement, Madame Byler les suivit et David se demanda si, peut-être, elle avait changé d'avis, bien que son mari parle toujours pour eux deux. Elle se retourna et son cœur sombra davantage alors que sa mère et Eli la suivaient dans la petite pièce et refermaient la porte. Ils s'entre-regardèrent les uns les autres tandis qu'une horloge tictaquait sur le mur, égrenant les secondes. *Tic, tic, tic, tic…*

— Il semble que vous soyez déterminés à volontairement vous laisser aller dans les bras du diable.

L'Évêque Yoder fléchit ses doigts osseux avant de les serrer à nouveau.

— Déterminés à désobéir à vos parents et à leur briser le cœur.

Les prunelles de Mère étaient fixées sur la table, comme si elle ne pouvait pas supporter de le regarder. David prit une profonde inspiration.

— Nous aurions aimé qu'il y ait un autre moyen.

— Bien sûr qu'il y a un autre moyen : la *seule* voie possible. Pour vivre une bonne vie humble. Une vie *Amish*.

Le ton de l'évêque ne tolérait aucun argument. David soupira intérieurement. Combien de fois avait-il entendu ça ? C'était toujours les mêmes mots, encore et encore, pourtant, ils ne signifiaient pas qu'Isaac et David pouvaient rester.

— Isaac. Tu as toujours été un si bon garçon.

Les yeux de Madame Byler passèrent à David.

— Nous craignons que tu aies été dévoyé.

Mère se tendit et Eli fit un pas en avant.

— Ce sont de bons garçons. Encore jeunes.

Il implora David et Isaac.

— Vous devez nous laisser vous aider à rentrer au bercail.

— David ne m'a pas égaré, intervint Isaac. J'ai fait mes propres choix. Nous l'avons fait tous les deux. Ce n'est la faute de personne.

David se retrouva à fixer le diacre qui, étrangement, ne disait rien.

— Je sais que ça fait mal, Mère.

La voix de David tremblait et il se racla la gorge.

— Je suis vraiment désolé pour ça et je suis reconnaissant à Monsieur Helmuth de prendre soin de vous et des filles maintenant que j'ai choisi une vie différente. Et rien de ce que vous pourrez dire, vous ou quelqu'un d'autre, ne me fera changer d'avis.

— Il a raison. Nous ne pouvons pas rester à Zebulon, bien que nous fassions du souci pour vous tous. Nous devons…

— Quoi ? fit Madame Byler en élevant la voix. *Quoi*, Isaac ? Qu'y a-t-il de si important pour que vous deviez faire ça ?

— Pour être libres !

Isaac fit de grands gestes avec ses mains.

— Pour être qui nous sommes.

— Mais *pourquoi* ?

— Parce que je l'aime !

Dans le silence stupéfait qui suivit, David eut l'impression que ses oreilles résonnaient avec le cri d'Isaac. *Je dois rêver.* Mais c'était réel. Ils avaient plongé dans le précipice et la gravité prenait la suite.

Chapitre Quatorze

UNE FOIS QUE ses mots eurent franchi ses lèvres, Isaac crut que son cœur allait exploser. Il tremblait de partout et ses poumons se comprimaient douloureusement. Du coin de son œil, il put voir que David le fixait, bouche bée et les yeux écarquillés. *Ai-je vraiment dit ça ? Qu'ai-je fait ?*

Il se força à croiser le regard de David. Son esprit tourbillonnait, trouvant une centaine de manières de s'excuser – qu'il explique qu'il voulait dire autre chose ! Il ne savait pas quoi, mais… *n'importe quoi*. Il ouvrit la bouche.

— Je…

Puis, il la referma brusquement. Après un hochement de tête, il prit la main d'Isaac et entrelaça leurs doigts tandis qu'ils faisaient face à leurs parents, l'Évêque Yoder et le Diacre Stoltzfus qui fixaient tous les mains jointes de David et Isaac avec pratiquement des expressions identiques, montrant leur totale perplexité.

— Nous nous aimons, tous les deux, expliqua David.

Sa voix faillit se briser, il se racla la gorge.

— Nous savons que vous ne l'accepterez jamais. Mais peut-être que vous comprendrez pourquoi nous devons partir.

Madame Lantz – non, Madame Helmuth à présent – dévisagea David.

— Comment peux-tu te tenir debout ici et dire de telles choses ? Comment ? C'est contre nature !

Elle regarda son mari, bouche grande ouverte, comme s'il pouvait, d'une certaine manière, l'expliquer.

— Il ne peut pas penser ça !

Monsieur Helmuth secoua tristement la tête.

— C'est un grand péché, David.

— C'est toi qui as fait ça, murmura le diacre à David. Ruiné des vies, comme ton frère avant toi.

Isaac voulait faire un pas en avant et le protéger.

— Ce n'est pas vrai.

Madame Helmuth sembla s'effondrer sur elle-même, sa canne cédant à sa place. Elle se serait écrasée sur la moquette s'il n'y avait pas eu son mari, qui la retint en glissant ses bras forts autour d'elle.

— Tu dois te reposer, Miriam. Plus de cela. Nous rentrons à la maison.

Il la propulsa vers la porte.

Isaac vit les émotions voltiger sur les visages de ses parents – confusion, dégoût, colère, peur.

— C'est la raison, Mère.

Sa gorge était aussi rêche que du papier de verre, toutefois, il réussit à sortir les mots.

— Nous sommes gays.

— Voyez-vous ce que ce monde de pécheurs a fait ?

Le visage de l'Évêque Yoder devint rouge tandis qu'il commençait à débiter des condamnations de toutes natures en allemand.

— Cela ne fait que prouver à quel point c'est dangereux en dehors de Zebulon.

— Monsieur et Madame Byler ?

Le Docteur Tyler se tenait sur le seuil de la porte et tous les yeux se tournèrent vers elle.

— Je suis vraiment désolée de vous interrompre, mais le Docteur Beharry et moi avons besoin de vous voir afin de discuter de la procédure et il y a des documents à signer. Son équipe et lui doivent retourner à la clinique Mayo dès que possible. Et vu que le temps est essentiel, Aaron a accepté que nous procédions à la ponction avec une anesthésie locale au lieu d'une générale.

Sans un autre mot, Mère baissa la tête et sortit. Père regarda Isaac une dernière fois, son visage creusé par la tristesse et la confusion, puis se tourna pour la suivre. L'Évêque Yoder ouvrit la bouche, puis David leva une main.

— Non. Nous n'avons pas à écouter vos paroles. Nous savons ce que vous allez prêcher. Nous nous les sommes dits cent fois déjà.

— C'est une abomination ! s'exclama le Diacre Stoltzfus. Vous avez besoin de l'église maintenant plus que jamais.

Isaac agrippa si fermement les doigts de David qu'il laisserait probablement des marques, les ongles courts de David s'enfoncèrent sur le dos de la main d'Isaac également.

— Nous étions comme ça avant de partir. Tout ce que le monde a fait a été de nous accepter tels que nous sommes.

L'évêque secoua tristement la tête.

— Nous prierons pour vous. Pour que le Seigneur vous purifie de cette maladie.

Il se tourna et sortit et, après un long moment passé à dévisager David, le diacre traîna derrière lui.

La porte était ouverte et les bruits de l'hôpital s'infiltrèrent dans la pièce tandis qu'Isaac et David se tenaient là, serrant toujours leurs mains. Un grincement de chaussures sur le sol. Le « ding » et le glissement de la porte de l'ascenseur. Un médecin étant appelé et un téléphone bourdonnant.

— Oh, mon Dieu ! murmura Isaac.

Il eut un rire légèrement hystérique.

— Qu'ai-je fait ?

Son rire disparut alors qu'il se tournait vers David, serrant encore ses doigts.

— Je suis désolé. Je n'aurais jamais dû – pas sans que nous l'ayons décidé tous les deux au préalable.

David était hébété et fixait le seuil vide de la porte, et sa poitrine s'élevait et retombait rapidement. Les entrailles d'Isaac se retournèrent.

— David ? Tu vas bien ?

— Oui, répondit-il.

Isaac devina que c'était une réponse automatique et il prit son visage en coupe, avant de s'avancer vers lui.

— Ne raconte pas ça si ce n'est pas vrai. Dis-moi comment tu te sens vraiment. Regarde-moi. S'il te plaît.

Clignant des yeux, David prit une profonde inspiration et se concentra sur Isaac.

— Tout va très bien.

Il l'attira à lui et enroula ses bras autour de sa taille.

— Nous allons très bien, murmura-t-il. Nous sommes encore ici.

— Nous avons survécu.

Cela paraissait idiot à dire, mais c'était ce qu'Isaac ressentait. *Ils savent la vérité et cela ne nous a pas tués.*

Isaac l'étreignit à son tour, enfouissant son visage contre le cou de David. Il était chaud et lui donnait une sensation de sécurité. Il essaya de s'en tenir à cette impression tandis que ses pensées tourbillonnaient dans son esprit.

— Je ne peux pas croire que ce soit réel.

David tourna la tête et embrassa son oreille.

— Mais nous allons surmonter cela.

— J'ai du mal à comprendre ce qui vient juste de se passer.

Il se répétait, toutefois, c'était tout ce qu'il pouvait faire. Isaac releva la tête.

— Je suis tellement désolé. Je l'ai lâché avant de pouvoir me retenir.

— Chhh…

David l'embrassa et appuya son front contre le sien.

— C'est fait.

— Je comprendrais que tu sois en colère après moi.

— Je ne le suis pas.

Le souffle de David effleura les lèvres d'Isaac.

— Je suis heureux que tu l'aies avoué.

— Vraiment ? murmura Isaac.

— Il était temps.

Le cœur d'Isaac bondit dans tous les sens comme des enfants jouant à la marelle.

— En effet, non ?

David prit le visage d'Isaac dans ses mains.

— Je t'aime. Je suis content qu'ils sachent ce qu'il y a dans mon cœur. Même si cela signifie que nous les perdrons. C'est déjà le cas, de toute façon.

— Isaac ? David ?

Aaron apparut sur le seuil de la porte. Il leva les bras sur les côtés, paumes tournées vers le haut.

— Que diable s'est-il passé ? Maman et papa donnaient l'impression d'avoir avalé des lames de rasoir.

— Nous leur avons avoué, dit Isaac.

— Avoué quoi ?

Aaron écarquilla les yeux.

— Bordel de merde… vous avez fait votre coming out ?

Ils hochèrent la tête et, pendant un moment, Isaac retint son souffle, se demandant si, peut-être, Aaron serait en colère à cause du timing. Puis, celui-ci se mit à rire gaiment tandis qu'il contournait précipitamment la table et les serrait tous les deux dans ses bras. Isaac avait peur de se mettre à pleurer alors qu'il se détendait contre David et son frère.

— Je suis si fier de vous, les gars.

Aaron les serra fortement.

— Je sais combien cela a dû être difficile.

— Ça l'était… je ne peux plus respirer, murmura Isaac.

— Désolé !

Aaron les relâcha, souriant toujours.

Isaac se mit à rire également et chercha la main de David.

— C'était dur, cependant, il était temps.

— Je ne suis peut-être plus religieux désormais, mais… amen !

Aaron prit une profonde inspiration.

— Très bien, je dois me préparer pour l'opération. Nous devons faire en sorte que Nathan aille mieux, puis nous pourrons rentrer à la maison. Ça vous paraît bien ?

— Super ! acquiesça Isaac.

— Combien de temps… demanda David.

Le hurlement de Mère retentit dans le couloir, un cri étouffé de « *Samuel !* »

Après un échange de regards, ils s'élancèrent tous et Isaac faillit trébucher alors qu'il courait vers la chambre de Nathan. À l'intérieur, Nathan avait disparu, mais le père d'Isaac était agenouillé sur le sol avec Mère s'agitant derrière lui.

Jen était accroupie devant Père, les doigts pressés sur son cou.

— Aaron, aide-moi à l'installer dans le fauteuil, aboya-t-elle. David, va au bureau des infirmières et dit-leur que nous avons besoin de le faire descendre au service des urgences, tout de suite !

Tandis que David faisait demi-tour, Danielle apparut.

— Est-ce que tout va bien, ici ?

Père tenta de se débarrasser d'Aaron et de Jen.

— Je vais bien, souffla-t-il.

Jen discuta de quelque chose de médical avec Danielle qui décrocha un téléphone pour relayer l'information. Aaron tenait leur père et haletait en l'installant dans un fauteuil que Mère poussait en avant. Isaac seul, se tenait là, inutile. David tendit la main vers lui, toutefois, il fit un pas de côté. Il avait asséné la vérité à ses parents et maintenant Père donnait l'impression que sa tête allait exploser. Son visage était aussi rouge qu'une betterave et il haletait, cherchant à reprendre son souffle. *Ai-je fait cela ?*

— Stop !

Père hurlait, paraissant plus fort.

— Ce n'est rien. Laissez-moi me lever. Je me suis simplement senti étourdi pendant un moment.

— Oui, c'est probablement juste le stress, mais vous devez laisser les médecins procéder à des examens pour en être sûr.

Jen tenait fermement les épaules de Père alors qu'il tentait de se relever.

— Détendez-vous et respirez.

Un aide-soignant arriva avec un fauteuil roulant, Père secoua vigoureusement la tête.

— Je vais parfaitement bien ! grinça-t-il.

— Samuel, laisse-les faire leurs tests, le supplia Mère. S'il te plaît...

Il resta immobile pendant quelques minutes, puis, avec un soupir las, il se réinstalla dans le fauteuil. Danielle l'aida à en sortir, adressant un sourire plein de sympathie à Isaac en passant devant lui. Les mains tremblantes, Isaac avança vers Mère.

— Je suis désolé. Je ne voulais pas...

— Ce n'est pas de ta faute, Isaac, lui assura Aaron.

Jen passa ses bras autour de ses épaules.

— Bien sûr que non. C'est juste dû au stress. Madame Byler, on dirait que vous avez également besoin de vous reposer. Ou d'un peu de café, au moins.

Mère secoua la tête.

— Je dois être ici quand Nathan reviendra de ses examens.

Elle tira l'autre fauteuil près du lit et se laissa tomber dedans avec lassitude.

— Je vais m'asseoir.

Elle croisa le regard de Jen.

— Merci pour votre aide.

Le Docteur Tyler et quelqu'un qu'Isaac présuma être le Docteur Beharry entrèrent. Elle examina la scène et haussa un sourcil.

— Tout va bien ici ? Aaron, nous sommes prêts pour vous.

— J'arrive. Maman...

Aaron la regarda, cependant, elle garda les yeux fixés sur les draps froissés du lit vide de Nathan.

— Tout va bien se passer.

Il avança vers elle et s'agenouilla à ses pieds.

— S'il te plaît, regarde-moi. Je veux t'aider. Maman...

Aaron toucha gentiment son bras.

Elle ne vacilla pas, gardant un air distant, ses mains se serrant sur ses genoux. Son visage se plissa, si bien qu'Aaron se releva et sortit avec les médecins. Le cœur d'Isaac sombra et il ne pouvait pas se souvenir avoir été aussi déçu par sa mère. Il semblait que, peu importe ce qu'il dirait, ou combien elle était tourmentée, elle ferait tout ce qu'elle pourrait pour garder son masque en place.

Jen était à mi-chemin de la porte quand elle s'arrêta et revint en arrière.

— Madame Byler, je sais que cela a été une période éprouvante, que vous êtes effrayée et fatiguée et que je suis probablement la dernière personne à qui vous voulez parler pour le moment. Ou peut-être jamais. Mais c'est votre fils qui vient juste de sortir d'ici. Votre fils, que vous avez élevé, qui vous aime et qui a mal. Je ne parle pas de douleur physique, ce qui va arriver prochainement. Savez-vous ce que c'est que de donner des cellules souches avec seulement une anesthésie locale ? C'est assez proche de la torture.

Isaac et David échangèrent un regard inquiet. Isaac détestait penser à Aaron ayant mal.

— N'y avait-il pas un autre moyen pour que ce ne soit pas douloureux ? demanda-t-il.

— Il n'y a pas le temps. Et Aaron ne s'en soucie pas. Il se serait coupé le bras avec une scie rouillée pour son frère, même s'il connaît à peine Nathan. Parce que c'est le genre d'homme qu'il est. Bon, gentil et aimant. Le genre d'homme que *vous*, vous avez élevé, Madame Byler. Quand nous nous sommes mariés, il s'est assuré d'avoir plusieurs chambres d'amis dans notre maison au cas où un de ses frères ou sœurs aurait besoin d'un endroit. Et vous pensez peut-être que c'est une mauvaise chose parce que tout le monde devrait rester Amish, cependant, Aaron n'a jamais tenté d'attirer un autre de vos enfants pour qu'il vienne le rejoindre.

— C'est vrai.

La voix d'Isaac lui paraissait distante, même à ses propres oreilles.

— Il ne l'a jamais fait. Je l'ai trouvé. Et non pas l'inverse.

Mère fléchit à sa déclaration, mais ne dit rien.

Jen poursuivit.

— Aaron est la meilleure personne que j'ai jamais connue et je remercie Dieu tous les jours de ne pas avoir laissé nos différences nous séparer. Et je déteste le voir souffrir. Je hais tellement ça. Je sais que c'est vrai pour vous également, Madame Byler. Vous devez exécrer voir n'importe lequel de vos enfants endurer un tel tourment. Alors, j'espère que la prochaine fois qu'Aaron vous parlera, vous pourrez au moins le *regarder*. Je ne pense pas que c'est trop demander.

Là-dessus, elle tourna les talons et s'en alla.

Une partie d'Isaac voulait la suivre et laisser sa mère à sa misère. Lui tourner le dos de la même manière qu'elle l'avait fait à Aaron.

C'était quand même sa mère.

Sa gorge était si sèche qu'il n'était pas certain de pouvoir parler, toutefois il devait laisser ses mots sortir.

— Puis-je rester ici, avec vous, pour un petit moment ?

Mère ne croisa pas son regard, mais elle hocha la tête une fois, juste une inclinaison du chef.

David recula vers la porte.

— Je vais…

Il sourit de manière encourageante à Isaac puis disparut.

Isaac voulait le rappeler et lui demander de rester, cependant, les voir ensemble maintenant serait sans doute trop pour sa mère. Autant cela lui faisait mal, qu'il savait que la vérité à propos de leur relation était un choc énorme pour elle. En hésitant, il prit la chaise en face d'elle et l'observa tandis qu'elle redressait les draps et refaisait le lit avec des mouvements efficaces, les tendant, puis serrant les couvertures alors que Nathan serait bientôt de retour de ses rayons X, de son IRM ou de toute autre machine qu'ils utilisaient pour le soigner aujourd'hui.

Le silence était un lourd manteau qui planait au-dessus d'eux et le genou d'Isaac rebondissait tandis qu'il agitait sa jambe. Fouillant dans sa poche, il se rendit compte qu'il avait caché son canif, en sécurité, dans sa valise. Il aurait voulu discuter de tout et de rien. Son estomac se retourna alors qu'il songeait à Père. *Et s'il faisait une crise cardiaque à cause de moi ? Et s'il mourait ? Et si…*

— Pries-tu encore ?

La voix de Mère était si basse qu'Isaac faillit ne pas entendre la question. Il cessa de se tortiller et joignit ses mains sur ses genoux. Il n'avait peut-être pas autant prié qu'il aurait dû, cependant, il était honnêtement capable de répondre « oui ».

— Veux-tu prier avec moi ?

Isaac voulut sauter sur le lit, la tenir serrée contre lui et la supplier de l'aimer encore.

— Oui, Mère. Toujours.

Elle baissa son menton et bien que sa prière soit silencieuse, Isaac pouvait très bien imaginer ses suppliques à Dieu. Il inclina la tête et lui adressa les siennes.

AARON GEMIT ET Isaac souhaita pouvoir faire davantage que de murmurer des paroles de sympathie et de lui donner de l'eau. De l'autre côté du lit, Jen serrait sa main.

— Les analgésiques feront bientôt effet, bébé. Tu étais une rock star là-bas, aujourd'hui.

Aaron essaya de rire.

— Merci.

Sa voix était rauque.

— Je ne vais pas mentir… avoir ces cellules souches forées et extraites de tes hanches, ça ne chatouille pas vraiment.

À côté d'Isaac, David se racla la gorge.

— Je pensais qu'ils te donneraient quelque chose pour que tu ne ressentes rien ?

Jen répondit.

— Il était figé de la taille aux pieds pendant la ponction, mais c'est extrêmement douloureux quand les effets de l'anesthésie s'estompent.

Elle repoussa tendrement des mèches de cheveux.

— J'ai l'impression qu'un lutteur de la MMA a utilisé le bas de mon dos en guise de punching-ball.

Aaron bougea avec précaution dans le lit.

— Es-tu certain que papa va bien ?

— Hmm… hmm…

Isaac joua avec le bord des draps sur le côté du lit.

— Ils ont déclaré qu'il avait passé tous les tests. Je suppose qu'il a juste flippé à cause de moi.

— Ce n'est pas de ta faute.

Jen lui adressa un regard sévère.

— Tu n'as rien fait de mal. En fait, je pense que tu t'es montré très courageux aujourd'hui.

Elle embrassa la main d'Aaron.

— Les frères Byler ont tapé dans le mille aujourd'hui. Aussi difficile que ce soit pour tes parents, avouer la vérité était ce qu'il y avait de mieux à faire.

David poussa son genou avec le sien et Isaac s'appuya contre lui.

— Je l'espère.

— Les gars, vous devriez aller dîner, ou du moins, avoir un déjeuner tardif, intervint Aaron. Je vais bien.

Les trois autres secouèrent la tête. La pensée de manger donnait envie à Isaac de vomir.

Le Docteur Beharry toqua à la porte entrouverte en entrant. Ses dents étaient très blanches alors qu'il souriait et son accent avait une sonorité chantante qu'Isaac aimait entendre.

— Comment vous sentez-vous, Aaron ?

Ses cheveux noirs étaient striés de gris sur les tempes et Isaac tenta de retrouver le mot que Jen avait utilisé pour le décrire. *Distingué.*

— Super.

Le sourire d'Aaron ressemblait davantage à une grimace.

— Enfin, j'ai déjà été mieux.

Le Docteur Beharry se mit à rire.

— Pas besoin de jouer au brave. Ce genre d'intervention est rarement facile et certainement encore moins vu ces circonstances précipitées.

Il jeta un coup d'œil au presse-papiers qu'il tenait dans sa main.

— Aaron, nous pensons qu'il vaut mieux pour vous de rester ici cette nuit.

Fronçant les sourcils, Jen se leva et tendit la main vers le dossier.

— Comment sont ses niveaux ?

— Pas mauvais, mais pas au mieux.

Le Docteur Beharry lui donna le document, et ils l'étudièrent, utilisant de grands mots médicaux.

— Y a-t-il quelque chose que je devrais savoir ? demanda Aaron.

Il tentait clairement de garder un ton léger, cependant, il ne réussit pas tout à fait alors qu'il faisait une nouvelle grimace.

— Rien de quoi inquiéter ta jolie petite tête, répondit Jen. Tu as juste besoin de bien te reposer.

Elle sourit au médecin.

— Merci encore d'avoir amené votre équipe et votre équipement de Rochester. Nous vous en sommes tellement reconnaissants. Je sais que les Byler le sont également, même s'ils ne sont pas aussi… démonstratifs.

— Bien sûr, bien sûr. Ce n'est pas un cas ordinaire, donc des mesures extraordinaires ont été nécessaires. Nathan termine sa dernière séance de chimiothérapie et de radiations, puis nous lui injecterons les cellules d'Aaron.

Isaac ne voulait pas demander, mais il devait le faire.

— Pensez-vous qu'il survivra ?

David attrapa sa main et Isaac la prit avec reconnaissance.

— Je ferai tout ce qui est en mon pouvoir pour aider Nathan à aller mieux. Et Aaron lui a donné une chance de se battre.

Le Docteur Beharry jeta un coup d'œil en arrière tandis que des bruits de pas se faisaient entendre, et il fit un pas de côté alors que Père entrait.

— J'étais juste en train de dire qu'Aaron avait donné à Nathan une chance réelle de récupérer. Maintenant, je vais vous laisser un peu d'intimité.

Il referma la porte derrière lui.

Père ne portait pas son chapeau et les rides de son visage semblaient plus prononcées que d'habitude. Son regard se verrouilla sur Isaac et David qui se tenaient par la main. David se leva brusquement.

— Je vais… June doit passer me chercher pour m'emmener voir ma mère. J'ai mon téléphone.

— D'accord.

Isaac pouvait sentir le poids des yeux de Père.

— À ce soir.

David contourna le père d'Isaac, faisant un détour aussi large que possible. Isaac voulut le rappeler, mais cela aurait été égoïste.

Jen se racla la gorge.

— Comment allez-vous, Monsieur Byler ?

— Bien. Merci. Ce n'était que du stress. Toutefois, j'ai apprécié votre aide plus tôt. Je voudrais m'excuser pour mon impolitesse.

— Excuses acceptées. Avant que vous en disiez davantage, votre fils a subi une procédure incroyablement douloureuse et il doit se reposer. Pas subir un sermon.

— Jen, c'est bon. Je vais bien, insista Aaron.

— Non, ce n'est pas vrai. Tu en as assez subi pour aujourd'hui. Elle soupira.

— Je vais aller vérifier l'état de santé de Nathan, je ne serai pas longue.

Elle se pencha et embrassa Aaron.

— Tu as juste à te rappeler que tu es une rock star.

Quand elle fut partie, Père se tenait à un pas du lit d'Aaron, et Isaac était toujours perché sur le bord de sa chaise. Père caressa sa barbe, c'était un geste tellement familier qu'Isaac dut ravaler la soudaine boule qui obstruait sa gorge. Il respirait à peine tandis que le silence s'éternisait. Aaron était pâle et, avec les cheveux ébouriffés sur son front, il paraissait plus jeune.

— As-tu beaucoup mal ? demanda tranquillement Père.

Il gardait les yeux fixés sur le pied du lit d'Aaron.

— Je peux gérer. Cela valait la peine si cela peut aider Nathan.

— Nous devons discuter du coût. Je…

— Ne t'inquiète pas à propos de l'argent. J'ai une bonne assurance. Tu as déjà bien assez de frais médicaux à régler, même avec l'aide bénévole du Docteur Beharry.

Père restait là, les bras pendant à ses côtés, paraissant tellement plus vieux.

Aaron pinça les lèvres.

— Si tu es juste venu pour l'argent, alors tu peux y aller. Ne t'inquiète pas à ce sujet, ni pour moi. J'ai fait ce qu'il faut.

Les épaules de Père se soulevèrent tandis qu'il prenait une profonde inspiration, le menton plaqué contre sa poitrine.

— Mais je m'inquiète.

Isaac et Aaron se dévisagèrent mutuellement, puis se tournèrent vers Père. Isaac n'était pas certain d'avoir bien entendu. Il avait presque peur de parler.

— Père ?

Leur père releva la tête et Isaac eut le souffle coupé. Aaron et lui regardèrent avec émerveillement alors qu'une larme glissait le long de sa joue. Depuis sa naissance, Isaac n'avait jamais vu son père pleurer. Son pouls s'accéléra.

— Quand l'un des nôtres doit être mis à l'écart, nous avons pour instructions de le rayer de nos vies. De nos cœurs. J'ai essayé d'accomplir mon devoir envers le Seigneur. J'ai tenté d'obéir aux décrets de l'*Ordnung*.

Aaron jeta un bref coup d'œil à Isaac, les yeux écarquillés.

— Je… Je sais. Ils déclarent qu'il doit en être ainsi. J'ai essayé de faire ce qui est juste, même quand mon cœur est devenu insupportablement lourd. Toutes ces années, j'ai refusé de prononcer ton nom.

Tu étais mon fils premier-né. J'ai eu tellement de chagrin, mon Aaron.

Aaron fondit en larmes.

— *Papa.*

— Tu es un homme bien. Un bon frère.

Les lèvres de Père tremblaient.

— Je peux le voir, maintenant.

Isaac osait à peine croire à ses oreilles. Il avait voulu entendre ces mots depuis si longtemps, pendant toutes ces années, quand Aaron avait disparu de leurs vies. Il désirait plus que tout que leurs parents reconnaissent leur perte. Aaron étouffa un sanglot, Isaac saisit sa main froide.

Père poursuivit.

— Je prierai encore pour que tu nous reviennes, ainsi qu'au Seigneur. Cela ne changera jamais. Sache je suis fier de toi, mon fils.

Aaron sourit à travers ses larmes.

— Merci.

Isaac cligna rapidement des yeux, toujours figé, sur le bord de son siège, attendant que Père lui dise quelque chose – n'importe quoi. *S'il te plaît, aime-moi encore.*

Le regard de Père se tourna vers lui.

— Isaac…

Sa voix se brisa.

— Père, je…

Il y avait trop à dire, et il ne savait pas par où commencer.

Après un long instant de silence, Père reprit la parole.

— Ce n'est pas de la manière dont cela devrait être. Nous ne pouvons pas comprendre combien le monde a pu te corrompre en si peu de temps.

C'était comme un coup de poing qui lui coupa le souffle. Pendant un terrible moment, une vague de jalousie le traversa. *Tu es fier d'Aaron, mais pas de moi ?* Il voulait se recroqueviller et disparaître.

Aaron serra sa main et parla, le défendant comme toujours.

— Tu as tort, papa. Isaac n'est pas corrompu.

Il devint féroce, bien que son visage soit déformé par la douleur, alors qu'il tentait de se redresser.

— Isaac n'a rien fait de mal. Il n'y a rien de mal chez lui. Si tu pouvais juste voir…

Il ravala un cri, se laissant tomber sur les oreillers.

Isaac attrapa une tasse d'eau et la porta aux lèvres d'Aaron. Il parla calmement.

— C'est bon. Ne dis plus rien. Tu dois te reposer.

Il se lécha les lèvres, souhaitant boire un peu d'eau également. Il se redressa et fit face à son père. Il pria Dieu pour qu'il lui accorde la force et prit une profonde inspiration.

— Ce n'est pas le monde qui m'a fait comme ça. J'ai toujours été ainsi.

Père écarquilla les yeux et sa bouche s'entrouvrit.

— Ça… ça ne peut pas être vrai. Tu n'as jamais été… *ainsi*.

— Je l'étais, Père. Depuis toujours. Je l'ai nié pendant des années. C'est la raison pour laquelle je n'ai jamais été intéressé par les filles. J'ai toujours été différent. Vous saviez que je l'étais. Au plus profond de vous, vous le saviez.

Père le fixa avec des prunelles rougies.

— Différent, oui. Spécial. Mais pas… *ça*. C'est un terrible péché, Isaac.

— Je sais que vous pensez que ça l'est. C'est ainsi que j'ai toujours été.

Avec chaque mot, il se sentait plus fort.

— David est pareil et nous avons tous deux tenté de le nier. Vous savez qu'il a essayé. Il a failli rejoindre l'église.

— Il a déformé ton esprit. Il t'a amené à croire ça.

Père regarda Aaron.

— Peux-tu vraiment tolérer cela ?

— Oui. J'aime Isaac, tel qu'il est. Je l'ai toujours fait et le ferai toujours.

— Tel qu'il est, répéta sourdement Père.

Isaac poursuivit.

— C'est la manière dont Dieu m'a créé.

Père releva brusquement la tête comme s'il l'avait frappé.

— Oh, Isaac. Comment peux-tu même penser une telle chose ?

Ses orbes se mirent à briller et de nouvelles larmes s'infiltrèrent dans sa barbe.

— Tu nous brises le cœur.

— Cela m'a pris longtemps pour l'accepter. Désormais, c'est le cas. Je n'ai plus honte. Je n'ai plus honte d'aimer.

Père s'essuya les yeux et joignit ses mains derrière son dos.

— Si tu reviens vers nous et vers l'église, tu seras capable de laisser cela derrière toi. Nous t'aiderons à avoir une belle vie comme un homme le devrait. C'est la seule voie vers le paradis.

— Non. Je n'y crois pas.

Père ferma les paupières.

— Alors, je suppose qu'il n'y a rien d'autre à ajouter.

Il carra ses épaules et releva son menton, son visage stoïque se remettant en place, les yeux secs. Il se retourna, ses pas étaient lourds alors qu'il les quittait. Toutefois, il s'arrêta à la porte. Il ne leur faisait pas face.

— Isaac… je ne pourrai jamais accepter ce péché. Cependant, tu resteras à jamais dans mon cœur. Je prierai pour vous, mes fils.

Puis il disparut.

Isaac tira la chaise juste à côté du matelas et se pencha en avant, posant sa tête à côté de celle d'Aaron. Il voulait grimper sur le lit et l'entendre lui murmurer des histoires le concernant, comme il avait l'habitude de le faire au clair de lune. Il voulait qu'Aaron lui dise que tout se passerait bien.

— Isaac…

Aaron fit une grimace, les cernes formant des taches sombres sous ses yeux, le visage pâle.

— Ça va.

Isaac garda une voix contenue.

— Tu dois te reposer maintenant.

— Mais…

— Dors un peu.

Quand Aaron se mordit la lèvre pour tenter de réprimer ses larmes, Isaac lui donna un peu plus d'eau et lui raconta un de ses vieux contes préférés, parlant doucement jusqu'à ce que l'après-midi s'écoule et que son frère s'endorme enfin.

Chapitre Quinze

DAVID ECOUTA LE grondement du camion de June diminuer tandis qu'il remontait l'allée menant à la maison d'Eli. Le soleil se couchait et la lumière provenant des lanternes brillait aux fenêtres. Mais cette fois, il n'avait pas le sentiment de rentrer à la maison, et pas seulement parce qu'il portait un jean et une veste de printemps. Bien qu'il ait su qu'il ne revivrait jamais à Zebulon, la maison de San Francisco lui manquait, ainsi que la chambre qu'il partageait avec Isaac, même si le bruit et la saleté de la ville, eux ne lui manquaient pas.

Anna se précipita hors de la maison tandis qu'il approchait, les cordons de son bonnet traînant derrière elle, dans la brise fraîche du soir, alors qu'elle courait vers lui.

— Que s'est-il passé ? Mère est allée directement au lit cet après-midi et elle y est restée toute la journée. Je suis allée voir comment elle se sentait et elle fixait le plafond. Elle ne m'a même pas regardée. Eli a expliqué que ce n'était pas Nathan, donc ce doit être à cause de toi.

Elle le tira par le bras et l'amena près du lavoir.

Bien qu'il sache que cela ne pouvait pas être évité, la pensée de sa mère étant si blessée à cause de lui serra sa poitrine.

— Oui. Nous leur avons tout avoué. La vérité à propos d'Isaac et moi.

Anna resta bouche bée.

— Wow ! Je devine que cela ne s'est pas aussi bien passé que prévu.

David était sur le point de répondre quand la voix de Mary murmura dans la nuit, venant de derrière lui, suffisamment forte pour qu'il l'entende.

— Qu'y a-t-il au sujet d'Isaac et toi ?

Tandis qu'Anna écarquillait les yeux, David se retourna pour trouver Mary tournant au coin du lavoir, du tissu sombre et détrempé entre ses mains.

— Je pensais que tu étais… dit Anna.

— Sarah a cassé un pot de betteraves, tu n'as pas oublié ? J'ai lavé sa robe pour qu'elle ne soit pas tachée.

La voix de Mary était encore calme, mais inflexible également.

— Quelle vérité ?

— Oh, Mary. Tout va bien.

Anna tendit la main vers elle.

— Je vais suspendre la robe de Sarah. Rentre et je viendrai te brosser les cheveux.

Cela avait toujours été un petit plaisir que Mary appréciait, et la manière préférée d'Anna de s'excuser auprès de sa sœur quand elle avait trop plaisanté et qu'elle l'avait bouleversée. David pouvait les imaginer assises sur le sol, près du poêle dans le salon, les yeux de Mary fermés tandis qu'Anna brossait patiemment ses cheveux blonds, le frottement de la brosse à chaque passage, les lissant.

— Non.

La lèvre inférieure de Mary tremblait, toutefois son ton était ferme.

— Dis-moi.

Elle le fixa.

— David, s'il te plaît, dis-moi.

Son cœur battait tellement fort qu'il était certain que les filles l'entendraient. Il savait que le moment était venu. Il souhaita qu'Isaac soit pour le laisser échapper comme il l'avait fait plus tôt, et il se demanda si, peut-être, Anna le ferait pour lui maintenant. Mais elle resta silencieuse à côté de lui, mis à part le son de ses respirations rapides. Non, il devait le faire.

— Je ne veux pas te faire de mal.

C'était la vérité, même s'il savait que ce serait le cas. Oh, à quel point il allait la blesser…

— Qu'y a-t-il ? murmura Mary.

C'était comme s'il poussait physiquement les mots hors de sa bouche.

— J'aime Isaac. Nous sommes ensemble, Mary.

Serrant toujours la robe humide, elle resta immobile, dépourvue de toute émotion. Son regard passa à Anna, puis revint sur David.

— Je ne comprends pas.

— Les Anglais appellent ça être gay. Quand deux hommes s'aiment l'un l'autre, ou deux femmes. Homosexuel. C'est ce que je suis. C'est ce qu'Isaac est. C'est la raison pour laquelle nous avons dû partir, pour laquelle nous ne pouvons pas vivre ici, pour laquelle nous ne pouvons plus être Amish.

— Gay, répéta Mary. Toi et Isaac… Tu *l'aimes* ?

Il avait l'impression que du gravier remplissait sa gorge.

— Oui.

La lune se levait et elle brillait suffisamment pour qu'il puisse voir l'humidité qui scintillait dans les yeux de Mary tandis qu'elle haussait les sourcils.

— Isaac… *t'aime* ?

— Oui. Nous… C'est mon petit ami.

— Mais ce n'est pas comme ça que ça marche.

Mary regarda de nouveau Anna.

— Ce n'est pas ainsi que c'est censé être.

— Quelques personnes sont différentes, expliqua Anna. Ils sont juste nés ainsi. Les prédicateurs diront autrement, que c'est mal et qu'ils ont tort, cependant, tu sais que David est bon. Isaac aussi.

Elle tendit le bras pour saisir la main de Mary, toutefois, celle-ci recula.

— Tu savais ?

Anna secoua la tête, cependant, elle avoua la vérité.

— Je l'ai découvert avant qu'ils partent. J'ai entendu quelque chose. Je voulais te le dire, toutefois, ce n'était pas à moi de le faire.

Le visage de Mary se plissa.

— Toutes ces nuits où je t'ai parlé d'Isaac… Pourquoi ne m'as-tu rien dit ?

— Je suis désolée !

Anna pleurait aussi maintenant.

— Je le voulais. Mais ce n'était pas à moi de le faire.

Mary ramena son regard sur David.

— Pourquoi ne m'en as-tu pas parlé alors ?

— J'avais peur, Mary. Je craignais tant de choses. S'il te plaît, par-donne-moi.

David voulait la serrer contre lui, comme l'autre soir, et essuyer toutes ses larmes.

Ses épaules tremblèrent.

— Pendant tout ce temps… Tu as dû penser que j'étais vraiment une idiote. Si stupide !

— Non ! hurlèrent David et Anna à l'unisson.

David secoua la tête.

— Jamais. Tu es bonne, gentille et je n'ai jamais voulu te faire de mal.

Des bruits de pas approchèrent et Mary s'essuya les joues avec des mouvements saccadés, alors qu'Eli apparaissait au coin du lavoir. Il les dévisagea, puis poussa un long soupir.

— David, je pense qu'il vaut mieux que tu partes. Ta mère a besoin de se reposer. C'est bien trop pour elle.

— Je voulais juste lui dire…

Sa voix s'estompa.

— Que pourrais-tu expliquer maintenant ?

— Je… Je voulais juste qu'elle comprenne.

Eli secoua la tête avec lassitude.

— Tu n'y parviendras pas, David.

Ses épaules s'affaissèrent. C'était vrai. Il voulait expliquer… désirait rester, supplier et leur faire comprendre, mais c'était une mission impossible. Il pouvait avoir Isaac et la liberté, au détriment de sa famille cependant.

— Le cœur de ta mère est brisé.

Eli regarda Mary.

— Tous nos cœurs. Viens, les filles attendent pour dîner.

Il enroula un bras autour de Mary et la dirigea vers la maison.

Anna s'essuya les yeux.

— Il a raison, Mère ne peut y faire face pour l'instant. Je ne sais pas s'il y a quelque chose que tu pourrais dire. Je vais essayer d'amener Mary à comprendre cependant. Je pense qu'elle le fera… peut-être.

Elle plissa les lèvres et sa voix était inégale.

— Elle ne ferait pas de mal à une mouche. Elle a toujours été si bonne. Pas comme moi. Seigneur, David… Elle va me haïr quand je partirai aussi.

Il ouvrit ses bras et elle se jeta sur lui, reniflant contre sa poitrine, son bonnet de travers. David lui frotta le dos, murmurant des paroles de réconfort. Anna était d'habitude si imperturbable, mais en ce moment, il se souvint juste d'à quel point elle était jeune. Il voulait la protéger de toute la douleur qu'il savait venir, cependant, il ne pouvait pas.

— Tout se passera bien. Ce ne sera pas facile, mais je t'aiderai.

— J'aimerais pouvoir avoir la vie que je veux sans les blesser, murmura-t-elle. J'ai besoin de liberté. J'ai… Je ne serai jamais capable de suivre toutes ces règles, alors si je vais en enfer, je pourrais aussi bien faire en sorte que cela en vaille la peine.

Il embrassa son front.

— Les Anglais ont une expression pour ça : « Vois grand ou rentre chez toi ». Cela te convient parfaitement, mon Anna.

Elle se mit à rire doucement.

— En effet… je crois.

Se redressant, elle soupira avec nostalgie.

— J'aimerais pouvoir partir avec toi tout de suite.

— Tu pourrais. Nous ferions en sorte que ça fonctionne. Je ne te laisserai pas derrière si tu veux venir maintenant.

Anna frotta le devant de sa veste, là où ses larmes avaient dû laisser une tache.

— Je ne peux pas partir encore. J'ai besoin de leur laisser un peu de temps. Et il y a Éphraïm.

David haussa un sourcil.

— Je pensais que vous étiez juste amis ?

Elle souffla.

— C'était le plan. Mais… c'est flou. Rien n'a changé et ce serait stupide de faire quelque chose. Je ne sais pas s'il sera vraiment prêt à partir. Il était déterminé à quitter Zebulon, désormais, avec Nathan, je n'en suis plus aussi sûre. Il est différent dernièrement. Moins en colère.

— Que dit-il à ce sujet ?

— Je ne pense pas qu'il sache. Évidemment, il ne peut pas partir tant que Nathan ne va pas mieux, ni… jusqu'à ce soit résolu d'une manière ou d'une autre. Il aura dix-huit ans en juin. Je suppose que je verrai comment il se sent alors. Je veux m'assurer que c'est le bon moment. Emma a écrit depuis Red Hills et a dit que Samuel Lapp… Tu te souviens du Samuel d'Abraham, celui avec les cheveux roux ? Eh bien, il vient juste de rentrer chez lui pour la quatrième fois.

— Comment va Emma ?

David se souvenait à peine de leur sœur aînée après toutes ces années.

— Bien. Elle a des enfants et raccommode des chemises déchirées. Elle a fait beaucoup de conserves à l'automne. Comme tu vois, les choses habituelles.

Anna sourit.

— Elle est heureuse.

— Je suis content. Vraiment dommage pour Samuel.

— Ouais. Il s'enfuit et revient depuis trois ans. Quand je partirai, je veux que ce soit pour de bon. Je veux que ce soit le meilleur moment.

David sourit et redressa son bonnet.

— Comment es-tu devenue aussi intelligente ? J'aurais aimé mieux savoir ce que j'avais à l'esprit à ton âge.

— J'avais un frère courageux à admirer.

Il se moqua.

— Moi ? J'étais terrifié depuis aussi longtemps que je peux m'en souvenir.

— Mais plus maintenant.

Elle serra sa main.

— Je peux voir que les choses ont changé. Tu t'es transformé. Et dans le bon sens. Tu as toujours pris soin de nous et j'espère que maintenant, tu veilles sur toi. Et sur Isaac. Ta nouvelle famille.

— Anna !

La voix d'Eli retentit fortement, provenant de la maison.

— Tu devrais y aller. Je ne pense pas que je reviendrai ici avant que nous partions. Je vais aller à la grange pour dire au revoir à Kaffi.

Hochant la tête, elle recula.

— Je me faufilerai jusque chez June demain ou après-demain.

Elle sourit timidement.

— Sois heureux, David. Tu en as le droit et tu le mérites.

Quand elle fut partie, il s'appuya contre les planches rugueuses et usées du lavoir et ferma les yeux. Un cricket stridulait et, alors que les arbres fleurissaient en hésitant, l'air était riche, humide et un peu sucré. Il ne pouvait pas entendre un seul engin, ni rien d'autre en dehors de l'ondulation de l'herbe fraîche.

Es-tu toujours chez Eli ? Jen et moi venons te chercher. Nous quittons bientôt l'hôpital.

Il envoya rapidement un message indiquant qu'il serait dans la grange, content que ses pouces semblent vouloir coopérer, du moins, un peu mieux, il n'eut qu'à effacer et réécrire un seul mot cette fois. Le téléphone paraissait vouloir faire des changements tout seul et afficher des mots qu'il n'avait pas tapés, ce qu'il ne parvenait pas à comprendre.

Dans la grange, David alluma une lanterne et partit à la recherche des carottes qu'il savait être là. Peut-être qu'il aurait dû demander à Eli au préalable si cela ne le dérangeait pas qu'il donne une douceur à son vieux cheval. Kaffi hennit doucement alors qu'il approchait et une vague d'affection le traversa.

— Salut, mon beau.

Il caressa sa tête.

— J'aimerais pouvoir t'emmener.

Les oreilles de Kaffi s'inclinèrent et il toucha David avec son nez. Quand il lui tendit une carotte, Kaffi en prit un grand morceau.

Il jeta un coup d'œil circulaire dans l'étable, qui était similaire à son ancienne. David se dirigea vers la lanterne et suivit l'anneau de la poignée en métal, inhalant l'odeur légère de gaz. Le bois craquait sous ses baskets et l'odeur du foin et du cheval surpassait tout, comme si c'était une couche de graisse à travers laquelle il pouvait faire passer son doigt. C'était si douloureusement familier et, pendant un instant, il ne voulait pas partir.

Cependant, cette fois, il le ferait correctement. Quand Isaac et lui s'étaient enfuis la première fois, il avait à peine eu le temps de griffonner une note à sa mère. Aujourd'hui, il pouvait prendre son temps et profiter des petites touches de vie Amish autour de lui. Les outils d'Eli étaient accrochés à des crochets sur le mur, dans le coin et David les effleura avec révérence. Il y avait une petite table là, avec un des pieds éclaté. Il s'accroupit pour l'examiner.

Bientôt, il avait accroché sa veste et retroussé les manches de sa chemise à carreaux tandis qu'il ponçait un nouveau morceau de bois qui avait été posé près de la table, manifestement pour fabriquer un nouveau pied. Eli avait un petit établi d'installé et David se pencha au-dessus. L'humidité dans l'air extérieur s'était transformée en pluie et elle se déversait en un bourdonnement continu au-delà de la porte ouverte de la grange. Tandis qu'il façonnait un nouveau pied, il chantonnait intérieurement. Il n'était pas certain de savoir quelle était la chanson – quelque chose en Anglais. Il travailla pendant que la pluie tombait, lui servant de berceuse, bloquant tout le reste.

Lorsque la porte craqua et que des bruits de pas résonnèrent, David était penché, rivant soigneusement une vis au nouveau pied.

— Je n'ai pas entendu la voiture. Dis, quelle est cette chanson ?

Il la fredonna de nouveau.

— Oh ! N'est-ce pas de cette série à la télévision ? Avec les questions et l'homme appelé Alex ?

Quand Isaac ne répondit pas, David releva les yeux. Le sentiment de paix s'évapora et son cœur rata un battement tandis qu'il regardait le Diacre Stoltzfus qui se tenait dans l'entrée, de la pluie dégoulinant de son chapeau en feutre. David se força à sourire.

— Diacre. Bonsoir. J'étais…

— Je sais ce que tu fais.

La voix du diacre était aussi plate que son expression.

— La table était cassée.

Il leva bizarrement le nouveau pied.

Restant totalement immobile, le diacre le dévisagea. La pluie tombait toujours, bloquant le monde à l'extérieur de la grange.

— Eh bien… Euh… Je devrais y aller. Je suppose qu'Eli pourra terminer ceci.

Prudemment, David reposa le morceau de bois.

— Je m'en vais et je ne reviendrai pas, cette fois. Je pense que nous sommes d'accord pour dire que ça vaut mieux pour tout le monde ainsi.

— Tu crois que c'est bien de tourner le dos au Seigneur ?

David ravala un soupir. Un autre sermon était la dernière chose dont il avait besoin.

— C'est ainsi que cela doit être.

— Tu aurais pu être sauvé.

— J'apprécie votre préoccupation, Diacre. Vraiment. Mais je dois y aller.

— Isaac Byler aurait pu être sauvé.

Un sentiment de défense s'empara de David.

— Ne parlez pas d'Isaac.

Le Diacre Stoltzfus s'approcha plus près.

— Tu l'as détruit, comme ton frère l'a fait avec ma Martha.

Des souvenirs de Joshua et d'un sentiment familier de culpabilité le traversèrent.

— Je…

Cela ne servirait à rien de discuter – le Diacre Stoltzfus ne comprendrait jamais.

— Vous avez raison.

Il accepta les faits et attendit que le diacre en dise davantage.

— Tu lui ressembles : les mêmes yeux et cheveux. Tu te tiens de la même manière. Parfois, je te voyais passer du coin de l'œil et pensais que c'était lui. Je croyais que je pourrais voir aussi ma Martha.

David ne pouvait qu'imaginer seulement ce qu'était la douleur de perdre un enfant.

— Je suis désolé. J'aurais aimé pouvoir changer ça.

— Je savais que tu étais juste comme lui. Une pourriture. Un cancer.

Il serra les poings.

— Je pouvais voir cela en toi tout du long.

Les poils sur la nuque de David se hérissèrent.

— Alors, il vaut mieux que je parte.

Le visage du diacre se plissa.

— Lorsque tu t'es enfui de l'église, j'ai compris que j'avais eu raison sur toute la ligne. Mais tu es revenu et j'ai vu que le Seigneur t'avait accordé une nouvelle chance. J'ai prié et j'ai réalisé qu'il n'était pas trop tard. Que si tu pouvais revenir et rejoindre l'église, ce ne serait pas pour rien. Qu'il y aurait toujours un espoir. Tu pourrais être sauvé.

— Je… J'aurais aimé pouvoir le faire.

— Les vœux sont pour les enfants et les fous.

Il respira fortement, une sorte de rire, mais ses yeux étaient intenses.

— Et je suis le plus grand fou de tous. J'ai cru que tu étais différent après tout. Je voulais que tu le sois.

— Diacre…

Il souhaita être capable soulager la douleur de cet homme.

Le diacre continua de parler comme si David n'était pas intervenu.

— Isaac était un innocent. Tout comme ma Martha. Elle n'aurait jamais dû sortir cette nuit-là. Elle était censée être au lit.

— Je suis désolé.

David secoua la tête.

— J'aurais aimé pouvoir changer ça, qu'elle ne soit pas morte. Qu'aucun d'eux ne l'ait été. Mais ce n'est pas la même chose. Je devrais y aller.

Il se dirigea vers le mur pour récupérer sa veste et quand il se retourna, la distance entre eux avait diminué. Son pouls battant la chamade maintenant, David fit un pas de côté vers la stalle de Kaffi et lorsque le diacre s'approcha plus près, toujours avec son regard sauvage, David recula et tomba sur le sol, le dos contre les planches parsemées de foin.

Le Diacre Stoltzfus surgit devant lui. Levant une main, il contempla ses doigts épais et tremblants. Il serra le poing avant de les relâcher de nouveau, les regardant comme s'il n'avait jamais vu sa main auparavant et qu'il ne savait pas ce qu'elle faisait au bout de son bras. De l'eau coula de son nez, tombant dans sa longue barbe. La voix intérieure de David lui ordonna de sortir de là, mais ses membres ne semblaient pas vouloir coopérer.

— Je veux te frapper.

La voix du diacre était étrangement calme.

— Ce n'est pas ainsi que nous devons agir, mais je la sens quand même. Déferlant en moi. La haine. Je déteste ton frère. Pendant des années, j'ai essayé de le nier. De l'enfouir au plus profond de moi. Cependant, je ne peux pas. Je le hais. Je l'exècre pour m'avoir pris ma petite fille.

David leva les yeux vers lui. Il garda une voix basse.

— Tout va bien, Diacre. Je comprends. Je ne peux pas vous en vouloir.

Le Diacre fixait toujours sa propre main.

— C'était censé être différent ici. Nous avons fondé Zebulon pour écarter le péché. Pour protéger nos enfants. Pour que ma Martha ne soit pas morte en vain.

— David ?

La voix d'Isaac augmenta fortement.

— David !

Il se précipita vers eux, s'arrêtant à quelques pas d'eux. Il regarda David affalé sur le sol, puis le diacre.

— L'avez-vous… l'avez-vous *frappé* ?

— Non.

David se releva.

— J'ai glissé. C'est tout.

Il contourna le diacre et garda Isaac en sécurité derrière lui.

Le Diacre Stoltzfus ne fit aucun mouvement en direction d'Isaac. Il abaissa son bras, le claquant contre son manteau humide.

Isaac murmura :

— Que s'est-il passé ?

— Tout va bien. Allons-y maintenant.

L'Évêque Yoder et Eli entrèrent dans la grange. Le diacre était toujours figé comme une statue, le frémissement de son corps étant le seul mouvement qu'il faisait. Il cligna des yeux dans leur direction, étourdi.

— Il a dit qu'il prierait. Ce n'est pas juste. Un pécheur. Martha ne l'était pas. Mais il est comme son frère après tout. Impur. Un pécheur du monde.

Le Diacre Stoltzfus secoua la tête, murmurant presque pour lui-même.

— Nous avons travaillé si dur pour faire de Zebulon un endroit sanctifié et pur. Un meilleur endroit.

L'Évêque Yoder s'approcha, ses prunelles passant d'Isaac à David, puis au Diacre Stoltzfus.

— Nous l'avons fait, Jeremiah. C'est un meilleur endroit.

— Il l'a détruit. Comme son frère.

L'évêque parla d'un ton bourru.

— Jeremiah, nous avons pardonné à Joshua ses péchés et…

— Non !

Son cri se répercuta sur les chevrons et un oiseau s'envola de son nid, déployant ses ailes au-dessus d'eux.

— J'ai essayé. Toutefois, je ne pardonne pas. Je ne peux pas. J'étais censé ravaler ma colère et tout pardonner, cependant elle n'a fait que grandir en moi. Se transformant en haine. Je lutte contre elle chaque jour.

David parla doucement.

— Je suis désolé pour ce que mon frère a fait. Pour votre perte.

Le Diacre Stoltzfus se concentra à nouveau sur David et Isaac.

— Et maintenant, tu fais la même chose. Isaac Byler était un bon garçon. Et tu aurais aussi bien pu l'avoir tué. Il sera perdu pour sa famille, tout comme ma Martha l'a été. Comme Rachel l'a été.

Son front se plissa.

— C'était censé être différent ici. C'était supposé être meilleur.

— Venez maintenant, Jeremiah.

Le ton de l'Évêque Yoder ne laissait aucune place à l'argument.

— Ce ne sont pas nos règles. Nous devons pardonner et prier pour nos jeunes qui sont troublés.

Il se tourna vers David et Isaac.

— Si vous faites preuve d'un véritable repentir, nous vous pardonnerons toujours et vous accueillerons à Zebulon une fois de plus. Accueillez le Seigneur au fond de vos cœurs. Soyez obéissants et détournez-vous de ce péché. Nous prierons afin que vous trouviez le chemin du retour.

— L'Évêque Yoder se retourna et le diacre le suivit, la tête baissée.

David aurait aimé pouvoir dire quelque chose pour améliorer la situation, pour aider à soulager la peine du pauvre homme, sachant qu'il ne pourrait jamais.

Le visage empli de tristesse, Eli déclara :

— Je pense que tu ne devrais pas revenir, David. À moins que tu ne changes de voie. Je prierai pour toi.

Isaac saisit sa main.

— Jen nous attend dans la voiture.

David le suivit et quitta la grange. *Voilà. Je m'en vais pour de bon. C'est la fin.* David attendit que la crise de panique surgisse – pour être noyé par la terrible sensation qui s'emparerait de ses poumons et le mette à genoux dans la boue. Pour que la douleur dans sa tête se répande comme un glissement de terrain et le soulage de ses sentiments de terreur et de culpabilité alors qu'il quittait sa famille une bonne fois pour toutes. Pourtant, il ne se passa rien. Il tenait la main d'Isaac et ils avançaient d'un pas assuré.

David réalisa que Mary et Anna se tenaient à l'extérieur de la maison et il pouvait voir qu'Elizabeth, Rebecca et la douce petite Sarah avaient le nez pressé contre la fenêtre de la cuisine. Mère n'était nulle part en vue et il déglutit difficilement à la pensée qu'il l'avait déjà vue pour la dernière fois.

David faillit presque lâcher la main d'Isaac. Mais sa présence était si solide et sécurisante à son côté. Au lieu d'un sentiment de honte, c'était de la *fierté* qui jaillit en lui, comme si un voile s'était enfin levé. *C'est qui nous sommes. Qui nous étions censés être. C'est vraiment la façon dont Dieu nous a faits.* Il aurait voulu dire une prière de remerciement juste à cet instant.

Mary les observait, avec les bras serrés autour de sa propre taille, le visage pâle.

— David.

Ils s'arrêtèrent et David agrippa la main d'Isaac.

— Oui ?

Il jeta un coup d'œil à Anna qui surveillait sa sœur avec inquiétude.

— Ne nous oublie pas.

— Jamais.

Ses yeux le piquèrent.

— Fais bien attention à toi.

Elle hésita.

— À vous deux.

— Rentrez maintenant, les filles.

Eli dirigea Mary et Anna vers la maison et Anna lui adressa un sourire plein d'espoir par-dessus son épaule.

— Au revoir, Mary, dit Isaac.

Puis il lâcha :

— Nous t'écrirons. Si tu acceptes.

À la porte, Mary se retourna. Elle les dévisagea quelques secondes, son menton tremblant. Puis elle hocha la tête et disparut.

— Eli, appela David. Merci. Prenez soin d'elles. S'il vous plaît.

Eli acquiesça.

— Toujours.

Il referma la porte derrière lui.

L'évêque et le diacre étaient repartis dans leur charriot et Jen sortit de la voiture de location.

— Ça va, les gars ?

David jeta un dernier regard et leva une main en direction de ses petites sœurs derrière la fenêtre. Elles répondirent et Sarah pressa sa paume sur la vitre, puis sa bouche. David lui renvoya un baiser, ravala ses larmes et se tourna vers la voiture.

— Nous allons bien, répondit Isaac tandis qu'il grimpait sur la banquette arrière et tirait David à côté de lui, serrant toujours sa main.

David ne voulait pas le lâcher non plus et s'appuya contre lui.

Jen se glissa derrière le volant et entama le court trajet de retour jusqu'à chez June. Alors qu'ils tournaient sur la route, les phares coupant la nuit et reflétant les bandes jaunes de la chaussée, il souhaita qu'ils puissent reprendre le chemin du retour jusqu'à San Francisco dès maintenant. Il inspira profondément et, bien qu'il soit triste de devoir laisser sa famille derrière lui, il se sentait plus léger, comme si un énorme poids avait quitté ses épaules.

— Es-tu sûr d'aller bien ?

Isaac l'étudiait avec inquiétude.

— Hmm… hmm…

— Mais tu souris.

David se mit à rire et c'était si *bon*.

— Vraiment ? Nous appartenons l'un à l'autre, Isaac. Je ne pense pas que nous irons en enfer pour ça. Nous n'avons plus à nous sentir coupables, plus jamais.

La lèvre inférieure d'Isaac se mit à trembler. Puis il roula des yeux en une fausse bravade.

— *Peuh !* Heureux que tu aies finalement reçu le… quel est le mot, Jen ?

— Mémo.

Sa voix contenait un sourire.

— Plus de culpabilité, reprit Isaac. Aucune désormais.

David regarda la campagne obscure tandis qu'ils la traversaient. Souriant encore, il vola un baiser à Isaac, sachant qu'ils étaient enfin libres.

Chapitre Seize

C'EST MON DERNIER jour à Zebulon.

David serra brusquement les lèvres et s'allongea sur le ventre, ses bras tombant sur Isaac, manquant de peu de le frapper au menton, avant de se poser sur ses clavicules. Allongé sur le dos, dans la lumière matinale, Isaac se mit à rire intérieurement. L'épaisse couette Amish sur le lit de la chambre d'amis de June, avec des couleurs rouges, roses et vertes, avait glissé jusqu'à leur taille au cours de la nuit, mais il faisait assez chaud avec les rayons du soleil matinaux qui brillaient au-dessus des arbres et traversaient la fenêtre à côté d'eux. Ils avaient dormi nus et Isaac s'était réveillé dur, mais son érection s'était ramollie désormais.

Une odeur diffuse de café flottait jusqu'en haut, provenant du rez-de-chaussée et Isaac pouvait entendre le murmure d'une conversation autour du petit-déjeuner entre Aaron, Jen et June. Il savait qu'il devrait réveiller David pour descendre, cependant il était content d'observer son dos monter et descendre, et la manière dont ses cils papillonnaient, ses lèvres entrouvertes tandis qu'il dormait. Isaac avait l'impression que David avait des mois de sommeil à rattraper.

Nous partons. Il savait que ce n'était pas la même chose que lors de ce dimanche de janvier où ils avaient fini dans un bus Greyhound, accélérant dans la nuit. Chez June, ils n'étaient pas vraiment à Zebulon, et plus important encore – ils étaient ensemble. Isaac effleura le bras de David du bout de ses doigts, qui reposait lourdement sur lui.

Cela faisait quatre jours depuis leur coming out. Quatre jours depuis qu'Isaac avait parlé à ses parents. Il avait fait en sorte de rendre visite à Nathan quand ils n'étaient pas là et il avait eu peur qu'ils l'aient interdit. Toutefois, ils n'en avaient rien fait, il s'était assis près du lit de

Nathan pour regarder des jeux télévisés avec lui, n'ayant plus à s'inquiéter de savoir s'il avait une mauvaise influence sur lui. Si Nathan avait une chance de grandir, il ferait ses propres choix lorsque le temps serait venu.

La pensée de retourner à San Francisco avec ses collines et son air salé provoqua un frisson d'excitation en lui. Il avait l'impression qu'ils étaient partis depuis des mois, alors que cela ne faisait que deux semaines. Ses professeurs lui avaient envoyé des mails afin de lui assurer qu'il ne risquait rien pour avoir manqué les cours. Il reverrait Lola, Derek et Chris – et cette fois, David ferait correctement leur connaissance. Il allait rencontrer Gary, l'ami de David, également.

Les yeux toujours fermés, David gémit doucement tandis qu'il bougeait.

— Est-ce l'heure de se lever ?

— Non.

Isaac taquinait les poils foncés sur les avant-bras de David.

Celui-ci sourit.

— Menteur.

— Il n'y a pas d'urgence. Rendors-toi.

— Mmmm…

David cligna des yeux et passa sa paume sur la poitrine lisse d'Isaac.

— Crois-tu que cela les dérangerait si nous prenions notre temps ?

— Non. Notre vol n'est que ce soir et nous devons juste nous rendre à l'hôpital avant de partir. Nous avons donc plein de temps.

— Je me demande… Non. Peu importe.

— Quoi ?

Isaac se tourna sur le côté et plongea dans les prunelles bleues de David.

— Dis-moi.

David caressa son bras.

— Je me demande si ma mère va venir aujourd'hui. Tes parents savent que nous partons et ils en auront sûrement informé Eli et ma mère.

— Certainement. Tu sais à quelle vitesse les rumeurs se répandent à Zebulon. Je suppose que nous le saurons bien assez tôt.

Il traça des cercles sur la peau de David.

— Veux-tu qu'elle vienne ?

— Oui… Non…

Il secoua la tête.

— Je change d'avis chaque minute.

— Je sais. C'est étrange de penser que cela pourrait vraiment être la dernière fois que nous les voyons.

— Crois-tu que tes parents laisseront Danielle t'envoyer des mails, ainsi qu'à Aaron, pour t'informer de l'état de Nathan ?

— Je l'espère. Ils ont déclaré qu'elle pouvait et que ce ne serait pas comme s'ils revenaient sur leur parole. Surtout que la moelle osseuse d'Aaron pourrait le sauver. Pourtant, je déteste avoir à le laisser pendant qu'il est coincé ici.

— Il comprend. Nous devons retourner au travail et tu as tes cours.

Isaac passa sa jambe au-dessus de celle de David et la frotta sans y penser.

— Je dois admettre que j'ai hâte d'y retourner. Est-ce mauvais ? Je devrais désirer rester pour Nathan.

— Ça ne l'est pas. Nous devons reprendre le cours de nos propres vies. Il est temps.

Ses yeux dansèrent.

— Je suis excité, Isaac.

Celui-ci sourit.

— Dis-m'en plus.

— Je veux essayer une nouvelle fois les sushis, et aller dans ce musée dont tu as parlé, avec de l'art moderne. J'ai lu qu'il y avait un téléphérique qui partait du centre-ville jusqu'au musée. C'est gratuit et tu peux voir comment fonctionne le funiculaire quand ils passent en souterrain.

— Vraiment ? Cela semble génial. Où as-tu lu ça ?

David rougit un peu.

— Sur mon téléphone. J'ai utilisé Google.

— Regarde-toi ! Utiliser ton portable pour autre chose qu'un presse-papiers coûteux…

Éclatant de rire, David chatouilla les côtes d'Isaac.

— Je sais, je sais. Mais j'apprends.

— Je suis fier de toi. Et oui, je veux prendre le tramway pour aller au Musée. Je veux aller partout. Avec toi.

David l'embrassa doucement.

— Désolé. Je ne me suis pas brossé les dents.

— Je m'en moque.

Isaac le bécota à son tour.

— J'aime ton haleine matinale.

— Cela fait deux mensonges que tu as dits ce matin.

David frotta son nez contre celui d'Isaac.

Ils s'embrassèrent langoureusement pendant une autre minute, mélangeant leurs souffles, jusqu'à ce qu'Isaac ne puisse que goûter un amalgame des deux. Il recula et passa un doigt sur la joue velue de David.

— J'espère que ta mère viendra aujourd'hui. Nous pourrions faire de véritables adieux cette fois.

Le sourire de David s'effaça.

— Je l'espère.

— Je suis content que nos parents connaissent la vérité, mais ça fait tout de même mal de les voir aussi blessés, n'est-ce pas ?

— En effet.

Isaac songea à la pauvre mère de David et à tout ce qu'elle avait perdu.

— Que crois-tu que nous aurions fait si nous étions restés à Red Hills ?

Il se l'était demandé auparavant, et la question le hantait encore parfois.

La voix de David était calme et il caressait la hanche d'Isaac de sa paume.

— Nous aurions pu ne jamais apprendre à nous connaître l'un l'autre. C'est beaucoup plus grand, donc il y a davantage de charpentiers. Tu aurais très bien pu aller travailler pour l'un d'eux.

La pensée serra les entrailles d'Isaac.

— Nous aurions pu épouser des femmes si nous n'avions pas appris à nous connaître. Nous pourrions déjà être mariés.

— Ou tu serais amoureux d'un autre charpentier, plaisanta David. Comme Daniel Eicher.

Riant, Isaac claqua l'épaule de David.

— Beurk ! Il doit avoir soixante ans maintenant. Je parie qu'il louche toujours et qu'il a encore des morceaux de poulet pris dans sa barbe. Impossible. J'aurais préféré rester seul. Bien que cela ait pu être mieux qu'épouser une fille, je suppose.

— Peut-être qu'un jour, nous pourrons nous marier.

Le cœur d'Isaac rata un battement.

— Nous pouvons déjà le faire en Californie, n'est-ce pas ?

Une vague de joie l'emplit.

— Je n'y ai jamais vraiment songé. Cela me paraissait trop loin.

Un sourire ornant ses lèvres, David haussa les épaules.

— Ça l'est encore. Il s'écoulera peut-être quelques années avant que nous nous installions définitivement. Tu as plusieurs semestres d'école et nous devons économiser un peu d'argent d'abord. Alors, nous pourrons. Nous pourrions vraiment nous marier, Isaac.

Celui-ci se retrouva à sourire si largement que ses joues étaient douloureuses.

— Nous le ferons.

David se mit à rayonner.

— Marché conclu.

Nous allons nous marier. Pas avant plusieurs années, mais Isaac en avait la certitude au plus profond de lui. Il ne pouvait pas vraiment imaginer à quoi ressemblerait leur mariage cependant. Une pensée le frappa.

— Penses-tu, lorsque nous serons de retour, que nous devrions essayer de trouver une nouvelle église ? Nous avons tous les deux évité de réfléchir à ce sujet ces derniers mois. J'avais l'impression qu'il y avait tellement à faire et…

Il prit le visage de David en coupe.

— Quoi ?

David frotta sa joue rugueuse contre sa main.

— Quand je pense à aller à l'église, je me souviens de ce que la Bible déclare à propos des hommes couchant avec d'autres hommes. Sur le fait que nous irons en enfer. Mais désormais, nous savons que nous n'irons pas. Je veux de nouveau me sentir proche de Dieu.

David hocha la tête.

— Lorsque j'y songeais auparavant, je sentais un début de crise de panique arriver. Toutefois, désormais, ce n'est plus le cas.

— J'éprouve de nouveau l'amour du Seigneur. Ce n'est pas à cause d'un livre plein de règles. Il y a des églises à San Francisco qui nous accepteront.

— Oui. Trouvons-en une.

Il embrassa Isaac puis gémit.

— Je suppose que nous devrions nous lever maintenant.

— Bientôt.

Isaac leva sa jambe plus haut sur la cuisse de David.

— Mmm…

David haussa un sourcil.

— As-tu quelque chose en tête ?

— Toujours.

Isaac fit rouler David sur son dos.

— Je vais faire tout le travail. D'accord ?

Les lèvres entrouvertes, David écarta les jambes.

— Tout ce que tu veux.

— N'importe quoi ? plaisanta-t-il.

David hocha la tête avec sérieux et Isaac l'embrassa, encore et encore, son cœur se sentant si merveilleusement plein. Ils souriaient tous deux tandis qu'il accordait toute son attention au corps de David –

suçant ses mamelons, enfouissant son nez entre ses cuisses, léchant sa gorge et caressant jusqu'à la plante sensible de ses pieds.

Leurs sourires disparurent lorsqu'il lécha les testicules lourds de David, pressant son visage contre les poils rêches et son doigt taquinant son entrée. Quand il prit l'érection de David dans sa bouche, celui-ci releva ses hanches, ravalant un gémissement. Isaac le regarda à travers ses cils, aimait la manière dont il renversait sa tête en arrière, les yeux fermés alors qu'il haletait.

Les cuisses de David tremblaient et Isaac était tenté de le finir avec sa bouche. Mais son propre sexe sursautait et il voulait s'enfoncer en lui, pour faire partie de lui. Afin de se perdre en lui. Il recula, un filet de salive s'accrochant de sa bouche au gland de David.

— Oh, murmura celui-ci. Si joli…

Isaac releva les yeux et remarqua qu'il l'observait, et il rougit en se penchant pour attraper le petit pot de crème. David avait les jambes largement écartées, tandis qu'Isaac enfonçait un doigt luisant en lui. C'était serré et chaud, agrippant son doigt et Isaac l'étira aussi lentement qu'il pouvait le supporter jusqu'à ce que David soit rouge et se cambre pour relever ses fesses.

— S'il te plaît, Isaac…

La tentation de le taquiner s'évanouit lorsque David souleva ses genoux, les pliant jusqu'à ses épaules, s'ouvrant autant qu'il le pouvait, s'exposant totalement, lui faisant confiance, le regardant avec tellement d'amour et de besoin. Étourdi par son désir, Isaac lubrifia son sexe avec la crème et pénétra David d'un seul coup de reins, alors qu'il avait prévu d'y aller lentement. Ils haletèrent tous les deux et Isaac vit des étoiles tandis que la chaleur incroyable de David se refermait autour de lui. Il s'apprêtait à balbutier des excuses pour être allé trop vite, mais ses mots moururent sur ses lèvres quand David se resserra autour de lui.

— Plus ! *Eechel,* s'il te plaît… Plus…

Se soulevant en prenant appuis d'une main sur l'épaule de David, l'autre maintenant sa cuisse largement ouverte, Isaac le prit avec des mouvements courts et rapides. Ils haletèrent et grognèrent doucement, et avec les odeurs de sexe et de sueur, il sentit un soupçon du parfum sucré des pancakes aux pépites de chocolat de June. Les yeux de David s'ouvraient et se refermaient, puis il roula la tête d'avant en arrière sur l'oreiller.

— Est-ce trop ? demanda Isaac.

Le regard sauvage, David se concentra sur lui.

— Ne t'arrête pas, ne t'arrête pas…

Son sexe fuyait entre eux et il tendit une main pour se caresser.

— Non, non… Je fais tout le travail, tu te souviens ?

Isaac épingla le bras de David au-dessus de sa tête, puis attrapa l'autre pour faire bonne mesure, tenant bizarrement ses poignets d'une seule main. David écarquilla les yeux et Isaac était sur le point de le relâcher quand David frémit et resserra ses parois sur son membre, toujours enfoui à l'intérieur de lui, gémissant faiblement.

— Oui. Comme ça.

L'excitation de David se répandit en Isaac qui s'enfonça en lui, leurs peaux se heurtant, leurs souffles rauques emplissant le silence. Il saisit les poignets de David, gardant ses bras immobilisés au-dessus de lui et bien que David soit plus fort que lui et aurait pu se libérer s'il l'avait voulu, Isaac frissonna devant son acquiescement et sa confiance implicites.

Isaac voulut crier, toutefois il ne pouvait pas le faire dans la maison de June avec les autres, à l'étage du dessous, mangeant des pancakes. La pression augmentait et il gémit.

— David… C'est si bon. Seulement pour moi. Mon bon garçon.

Le cri de David explosa et Isaac plaqua brusquement sa main sur sa bouche. Son souffle devint humide contre sa paume, ses narines s'évasèrent et cela sembla le stimuler. Isaac tenait toujours ses bras au-dessus de sa tête de l'autre main et il le martelait, étouffant le cri de David alors qu'il éjaculait entre eux, se resserrant comme un étau.

Les doigts d'Isaac s'enfoncèrent dans ses poignets, et il était si proche de l'orgasme pendant qu'il le regardait se répandre. Après quelques coups supplémentaires, il se vida à l'intérieur de lui, une vague de plaisir l'enflammant alors qu'il tremblait et pantelait. *À moi.* Isaac explosa une dernière fois et laissa retomber sa tête, tandis qu'ils frissonnaient, moites et collants. Puis il relâcha ses poignets et retira la main de sa bouche, ils se dévisagèrent, la poitrine saccadée.

— Tu as aimé comme ça ?

La gorge d'Isaac était sèche.

Du sang colora les joues de David. Il acquiesça.

— Et toi ?

— C'était bon, je suppose.

Après un moment, David éclata de rire et Isaac sourit avant d'embrasser le bout de son nez.

— Allons prendre une douche et manger quelques pancakes avant qu'il n'en reste plus.

— Nous vous prenons au mot à ce sujet, June. Vous viendrez nous rendre visite à San Francisco cet été – pas de « si » ni de « mais ».

Jen l'étreignit légèrement près de la voiture de location.

— Cette chambre d'amis supplémentaire réclame d'héberger un invité.

Avec un éclat moqueur dans l'œil, June leva une main pour la saluer.

— Aye-aye, capitaine !

Elle embrassa Aaron avec précaution.

— Suis les ordres du médecin, maintenant. Et par « docteur », bien entendu, je parle de ta femme.

Aaron eut un petit rire.

— Toujours. Je me sens beaucoup mieux. Vos pancakes chaque matin sont le meilleur remède qui soit. Peut-être que vous pourriez donner votre recette à Jen.

— N'est-il pas adorable, de croire qu'il peut me forcer à cuisiner ?

Et dès le matin, rien de moins ? Chéri, j'aime ton optimisme.

Jen tapota la joue d'Aaron.

June se tourna vers Isaac et David.

— Souvenez-vous : je ne suis qu'à un appel téléphonique ou à un e-mail.

Isaac acquiesça.

— Merci. Et vous devez vraiment venir nous rendre visite.

Il hésita. Cela lui paraissait toujours étrange d'étreindre une femme adulte comme ça, mais il ouvrit les bras et elle le serra contre elle.

— David, je m'attends à une mise à jour hebdomadaire.

Elle lui lança un regard sévère.

— Oui, madame.

Il déglutit difficilement.

—Je… Merci. Pour tout. Je ne sais pas ce que j'aurais fait sans vous et vous avez été si généreuse avec nous tous, nous conduisant partout et nous préparant à manger. Merci. Cela ne me paraît pas suffisant de simplement dire ça.

June sourit, sa voix était rauque.

— Oh, mon garçon. C'est assez. Largement suffisant.

Elle le serra fort contre elle.

— Au revoir.

La voix de David était étouffée contre son épaule, où il avait posé sa tête.

— Juste pour l'instant. C'est plutôt un « à bientôt ».

June frotta son dos et s'écarta, agitant la main.

— Partez maintenant avant de me faire pleurer. Faites un bon voyage de retour.

Ils avaient déjà empilé leurs bagages dans le coffre et Jen se glissa derrière le volant. June se tenait dans l'allée et agitait la main, Isaac et David en faisaient de même à travers la vitre arrière jusqu'à ce qu'elle soit hors de vue après un virage.

Jen parla de tout et de rien en particulier pendant le trajet jusqu'à l'hôpital et Isaac en fut reconnaissant. Aaron, David et lui semblaient tous perdus dans leurs pensées jusqu'à ce qu'elle dise :

— Oh-oh… Je crois que j'ai pris le mauvais chemin. Désolée…

Isaac jeta un coup d'œil à travers la vitre et eut le souffle coupé tandis qu'ils passaient devant un champ familier.

— David, regarde…

Le cinéma de plein air était encore fermé pour l'hiver, son écran blanc se dressant seul sans les rangées de voitures devant lui et le carré de sol bétonné du bar avait l'air miteux. Mais Isaac sourit tandis qu'il lisait les grandes lettres noires sur un panneau blanc affiché à l'entrée.

Ouverture début mai pour une autre saison de films et d'amitiés.

— C'est un bon endroit.

David regarda par la fenêtre avec nostalgie.

— Notre tout premier rendez-vous.

Isaac éclata de rire.

— Cela me paraissait beaucoup plus glamour.

Entrelaçant leurs doigts, David sourit.

— Ça l'était. L'enchantement de Zebulon.

— Quel film avez-vous vu ? demanda Jen.

Ils discutèrent de films, de rien d'important jusqu'à ce qu'elle revienne sur la bonne route et Isaac dût inspirer un peu plus profondément alors qu'ils atteignaient le parking désormais familier de l'hôpital.

— Vous êtes prêts, les gars ? Nous sommes sur la dernière ligne droite. Nous pouvons le faire.

Elle sortit et ils la suivirent, la laissant ouvrir la voie.

Dans son lit, Nathan sourit faiblement, la tête totalement chauve maintenant. Sa peau était plus colorée que la veille.

— Mère et Père ont dit que je pouvais vous écrire. Me répondrez-vous ? demanda-t-il.

— Bien entendu !

Isaac saisit sa main.

— Bien sûr que je le ferai.

Nathan regarda Aaron.

— Je sais que je ne suis pas censé te parler, mais merci. Je me sens déjà mieux. Ils ont dit que, d'après eux, cela allait marcher. Peut-être que le Seigneur ne veut pas encore de moi au paradis, après tout.

Aaron sourit.

— J'espère que non.

— J'aurais aimé pouvoir rester.

Isaac serra les doigts de Nathan.

— Nous serons toujours là, avec toi, dans tes pensées.

— Je sais. Vous devez retourner dans le monde.

Il baissa la voix.

— J'aimerais foutre le camp d'ici aussi.

Isaac ne put s'empêcher de rire.

— Tu le feras. Bientôt, tu rentreras à la maison. Je le sais. Je prierai pour toi, Nathan. Chaque jour.

Danielle apparut sur le seuil.

— Hey, les gars. Vous feriez mieux d'accélérer. Il y a trop de gens ici en une seule fois. Vous devez laisser Nathan se reposer. Cependant, je vous contacterai bientôt, d'accord ? Afin de vous tenir informés.

Après d'autres salutations, Isaac se retourna près de la porte et adressa un dernier sourire à Nathan. *S'il vous plaît, laissez-le vivre. S'il vous plaît, faites en sorte que je le revois.* Puis il s'éloigna et ils se trouvaient pratiquement au niveau de l'ascenseur quand David lui prit la main. Jen glissa un bras autour de la taille d'Aaron et il embrassa son front.

Les pas d'Isaac ralentirent avant de s'arrêter.

— Ils ne vont vraiment pas venir, n'est-ce pas ? Nos parents ne vont pas venir nous dire au revoir.

David sourit tristement.

— Ça m'en a tout l'air. Je suppose qu'ils ont dit tout ce qu'ils avaient à exprimer.

Il frotta le dos d'Isaac.

Aaron hocha la tête.

— Nous savons ce qu'ils ressentent et ils savent ce que nous éprouvons. Tout ce que nous pouvons faire, c'est l'accepter. J'essaie de le faire, du moins. Et nous avons réussi ce que nous étions venus faire ici. Nous avons aidé Nathan.

— Tu l'as fait. Tu l'as sauvé, fit Isaac.

Aaron secoua la tête.

— Il ne l'est pas encore.

— S'il survit, ce sera grâce à toi, reprit David. Tu devrais être fier. Nous sommes fiers de toi.

Aaron afficha un véritable sourire.

— Merci.

— Peut-être que c'est leur manière de réagir : en vous laissant tous partir, ajouta tranquillement Jen. En ne venant pas pour essayer de vous convaincre de changer. Peut-être que c'est leur meilleur moyen de vous accepter.

— En nous laissant partir, répéta Isaac. Peut-être.

Il inspira profondément.

— Rentrons à la maison.

Aaron recommença à marcher.

— Seul Dieu le sait. Retournons à nos vies.

— Aaron ! appela Danielle.

Ils se retournèrent pour la voir courir dans le couloir, portant un objet carré enroulé dans un tissu blanc.

— J'ai failli oublier… Votre mère a laissé ceci pour vous.

— Pour moi ?

Il secoua la tête.

— Vous devez faire erreur.

Danielle le lui tendit.

— Nan. C'est vraiment pour vous, et quoi que ce soit, cela sent délicieusement bon. Alors, soit vous le prenez, soit je dévore le tout. Prenez soin de vous, les gars.

Aaron tendit la main.

— Je… Merci.

Tandis que Danielle s'éloignait sur un dernier geste de la main,

Aaron fixait le paquet dans ses mains. Il repoussa lentement le tissu blanc pour révéler un plat plein de pâtes. Il eut le souffle coupé.

— Des nouilles au beurre. Mon plat préféré.

Des larmes jaillirent de ses yeux.

Isaac dut ravaler les siennes, ainsi que David et Jen. Ils se tenaient là, dans le couloir, contemplant le plat.

Jen s'essuya les joues.

— Il y a un micro-ondes à la cafeteria. Venez.

Ils trouvèrent une table à l'étage du dessous et Aaron prit quatre fourchettes. Ils partagèrent le repas à même le plat, savourant les nouilles au beurre avec un soupçon de persil – l'ingrédient secret de Mère.

ISAAC CLIGNA DES paupières tandis que Jen se garait devant un grand immeuble qui n'était pas l'aéroport. Il était appuyé contre l'épaule de David et traçait des dessins sur sa paume, sur la banquette arrière, mais il se redressa.

— Où sommes-nous ?

David se racla la gorge.

— J'ai pensé que tu aimerais peut-être faire un trajet plus long.

— Le bus, encore une fois ?

Isaac plissa le nez.

— Voler était bizarre, mais moins salissant.

Puis cela le frappa, et son pouls s'accéléra.

— Est-ce la gare ?

Du siège avant, Jen et Aaron s'esclaffèrent.

— Ouais, fit David en souriant. Nous avons dû prendre le bus la dernière fois, cependant j'ai pensé que nous pourrions le faire correctement maintenant. De la manière dont tu l'as toujours rêvé.

Isaac ne pouvait pas parler.

Le visage de David s'affaissa.

— Si tu ne veux pas, je suis certain que nous pourrions prendre un vol. Peut-être pas ce soir, sans doute demain. Nous pouvons…

— Non !

Il agrippa la main de David.

— C'est bien. C'est même mieux que ça. Merci.

— Parfait, sortez de là, dit Jen. On se revoit dans quelques jours.

— Amusez-vous bien.

Aaron ébouriffa les cheveux d'Isaac.

— Ne faites pas quelque chose que je ne ferais pas.

— Étant donné que nous nous endormons à vingt-et-une heures après avoir regardé NCIS, la plupart des nuits où je suis à la maison, je pense que vous pouvez y aller, fit Jen en souriant.

Isaac défit sa ceinture de sécurité et se pencha par-dessus le siège pour les étreindre autant qu'il le pouvait.

— Merci. Je…

— Nous savons.

Aaron inclina la tête vers la gare.

— Va attraper ton train, frangin.

Ils le firent, dans un bourdonnement d'activités à l'intérieur du bâtiment, avec des gens se précipitant dans un sens ou dans l'autre, tirant des valises à roulettes. Ils avaient toujours la violette de June, elle avait insisté pour qu'ils la gardent, et il suivit tandis que David lisait les panneaux et trouvait la bonne voie. Isaac souffla avec fierté. Son David était un nouvel homme.

Ils attendirent sur le quai et Isaac pensa qu'il pourrait bondir hors de sa peau lorsque le train apparut au loin, son grand phare blanc rayonnant, comme celui des trains de marchandises dont il se souvenait. Il aurait pu se retrouver à bord en un seul bond et David se mit à rire avec délectation.

Bien entendu, celui-ci lui laissa le siège côté fenêtre et, quand le train sortit de Minneapolis, Isaac pressa son visage contre la vitre. Il aimait la sensation du doux balancement de la voiture et le bruit du ronflement du moteur, avec David à son côté, leurs doigts entrelacés.

— Désolé que tu ne puisses pas monter dessus comme tu avais l'habitude de l'imaginer, murmura David. Avec le vent dans tes cheveux. J'ai demandé, cependant ils ne le permettent pas.

Isaac gloussa. Les sièges étaient semblables à ceux du bus, installés par rangées de deux, tous dans le même sens. Il y avait quelques personnes dans le wagon donc Isaac parla à voix basse également.

— C'est tout aussi bon.

Je suis dans un train. Un train de la vie réelle. Il avait pris le BART à San Francisco, toutefois ce n'était pas pareil.

— Attends un peu. Cela va devenir meilleur.

Isaac se détourna de la fenêtre.

— Que veux-tu dire ?

— Tu verras.

David tentait manifestement de ne pas essayer de sourire.

Quand ils atteignirent Omaha, cinq heures plus tard, Isaac découvrit pourquoi. Il suivit alors qu'ils descendaient de la voiture et David demanda à quelqu'un où se rendre pour prendre le California Zephyr. Il était presque vingt-trois heures à l'arrivée du nouveau train. Isaac loucha vers la voie tandis qu'il approchait, son cœur battant. Il était plus long que l'autre et avait deux niveaux.

— Qu'est-ce qu'un zéphyr ?

— Je n'en ai aucune idée, mais internet disait que c'est l'un des plus beaux trains à prendre.

David sourit.

— Il paraît vraiment beau. Je crois que tu vas l'aimer. Et moi aussi.

Ils montèrent à bord et David regarda leurs billets, qu'il avait dit avoir imprimés lui-même, chez June, sur du papier blanc. Un homme en uniforme de la Navy leur indiqua de monter un escalier à proximité et les papillons furent de retour dans le ventre d'Isaac, dans le bon sens. Il y avait des portes tout du long de la coursive de l'étage et David s'arrêta devant l'une d'elles.

— Je pense que c'est ici.

Isaac fronça les sourcils.

— Que veux-tu dire ?

Une femme en uniforme apparut, souriant largement.

— Vous êtes dans cette couchette ?

David lui montra leurs tickets.

— Oui, c'est bien ça. Avez-vous déjà voyagé avec nous ?

— Non. Juste tout à l'heure pour arriver à Omaha, répondit David.

Elle sourit à nouveau.

— Je suis Monica et je répondrai à toutes les questions que vous pourriez avoir. Laissez-moi vous montrer les fonctionnalités de votre compartiment.

Elle fit glisser la porte.

Isaac ravala un halètement.

— C'est à *nous* ?

Elle acquiesça.

— Tout à vous ! Vous pouvez voir la fenêtre panoramique ici. Attendez un peu, jusqu'à ce que nous atteignons les Rocheuses – vous n'en croirez pas vos yeux. Vos deux sièges sont face à face et peuvent être convertis en lit, et il y a une couchette supérieure qui se replie d'ici.

Elle indiqua les places tout en parlant.

— Vos toilettes et douches se trouvent juste au bout du couloir. Vous pouvez contrôler la température, vous avez également des prises électriques, des veilleuses, des serviettes et des draps.

Tandis que Monica énumérait toutes les fonctionnalités, Isaac ne pouvait que regarder, l'écoutant à peine. David et lui se trouvaient dans un train pour aller jusqu'en Californie, et ils avaient *leur propre chambre*.

— Il y a des bouteilles d'eau ici et faites-moi savoir si vous avez besoin de quoi que ce soit d'autre. Voulez-vous un service de préparation de la chambre ?

— Euh…

David jeta un coup d'œil à Isaac, qui n'avait aucune idée de ce qu'elle voulait dire.

— Je pense que ça ira. Merci.

— Bon voyage. Dormez bien, messieurs.

Il y avait à peine assez de place pour qu'ils se tiennent debout tous les deux en même temps, une fois la porte refermée derrière eux, mais Isaac ne se souciait pas que ce soit minuscule. C'était à *eux*. Il se jeta dans les bras de David.

— Merci.

— De rien.

Il embrassa sa joue.

— Je sais que cela va prendre plus de temps, toutefois après Zebulon… J'ai pensé que ce serait agréable. Juste toi et moi pendant un petit moment.

— C'est plus qu'agréable.

Le train s'ébranla et Isaac ne savait pas s'il devait rire, pleurer ou crier.

— C'est parfait.

Il alla à la fenêtre, mais ne put voir que leurs reflets.

— Là…

David éteignit la lumière.

Dans l'obscurité, les lumières d'Omaha laissèrent bientôt la place aux vastes plaines du Nebraska. À la lueur de la lune, les champs plats s'étendaient au-delà de ce qu'Isaac pouvait voir. Ils déplièrent les sièges pour former un lit étroit, ne s'occupant pas de la couchette du dessus. Cela n'avait pas d'importance qu'il n'y ait guère de place – c'était impossible qu'ils dorment séparément.

En pyjama, après minuit, ils s'agenouillèrent sur le lit, près de la fenêtre, épaule contre épaule, et regardèrent le monde défiler devant eux. Ils ne pouvaient pas entendre les autres passagers, et le seul bruit provenait du faible grondement des roues sur les rails et du sifflement qui retentissait de temps en temps. Cela provoqua un frisson qui remonta le long de la colonne vertébrale d'Isaac. Il pouvait presque croire que David et lui étaient seuls dans ce train et qu'il était tout à eux.

— Je suis impatient de voir les montagnes, murmura-t-il.

— Et l'océan. Isaac, nous verrons tout. Nous pourrons voyager à bord de tous les trains.

Isaac détourna son regard de la fenêtre et dévisagea David – magnifique et courageux, et à lui. David lui adressa un sourire au clair de la lune. Ils s'embrassèrent doucement et tournèrent le dos au monde pour rentrer chez eux.

Épilogue

DAVID SOUFFLAIT AU moment où il atteignit le haut de la colline de Bernal Heights Park, heureux que le soleil soit caché derrière un amas de nuages traversant le ciel bleu. L'herbe était brune désormais, en cette fin du mois d'août, mais les chiens couraient toujours aux alentours avec leurs propriétaires à proximité. Tandis qu'il arrivait à la clôture entourant la tour radio, il passa devant un groupe d'adolescents fumant quelque chose de doux et d'écœurant. Il ne pensait pas que c'était une simple cigarette. Un chemin contournait la barrière et David sourit alors qu'il se souvenait de la première fois qu'Isaac et lui en avaient fait le tour, s'émerveillant de la vue à trois cent soixante degrés sur la ville.

Isaac était assis, l'attendant du côté océan, bien entendu. Ses jambes étaient tannées sous son short et il avait sorti son canif. Il sculptait un épais morceau de bois avec un petit sourire aux lèvres. Pendant un instant, David l'observa, souriant intérieurement.

Il se laissa tomber à côté d'Isaac, sur le côté de la colline, l'embrassa légèrement, songeant à peine aux personnes des alentours qui pouvaient les voir. Ils pouvaient même s'embrasser à l'*église* s'ils le voulaient. Non pas qu'ils l'aient déjà fait, mais c'était permis.

— Hey !

Isaac rangea son couteau et regarda son téléphone avant de le remettre également dans sa poche.

— Chris t'envoie son bonjour et dit qu'il te bottera le cul à ce nouveau match de football chez Lola, dimanche soir.

David éclata de rire.

— Sans aucun doute. Il est bien meilleur aux jeux vidéo que moi.

Il prit le morceau de bois des mains d'Isaac, son écorce ayant presque disparu.

— Qu'est-ce que cela va être ?

— Je ne sais pas. Un serpent peut-être. Pas assez de bois pour faire plus. Le Révérend Albert était-il heureux de ses nouveaux bancs ?

— En effet. Je sais que tu les verras dimanche, cependant j'ai pris une photo.

Il sortit son téléphone et entra son code secret. Il le leva pour montrer l'écran à Isaac.

— Ils ont l'air incroyables ! Tout le monde va vouloir s'asseoir de ce côté.

David ne put s'empêcher de rayonner.

— J'espère qu'ils pourront réunir bientôt l'argent pour faire l'autre moitié. Ils sont tellement vieux et grinçants. Le Révérend Albert a tenté de me payer à nouveau. J'en ai pris un peu pour qu'il se sente mieux.

Les Unitariens avaient accueilli David et Isaac à bras ouverts et David n'avait pas cherché plus loin pour une autre église. Fini les quatre heures d'hymnes mornes en allemand et les sermons. En fait, ils riaient pendant les services désormais. Ils avaient quelques nouveaux amis, et allaient à des brunchs certains dimanches. David sirotait des cocktails mimosa et n'avait jamais ressenti le besoin de tout avaler d'un trait.

— Vas-tu commencer le bureau pour le patron de Clark ensuite ? J'ai pensé que nous pourrions travailler dessus ensemble demain matin avant la fête pour Jen chez Flanagan.

— J'aimerais bien.

David essuya la sueur de son front avec la manche de son tee-shirt. Isaac se mit à rire.

— Aaron a dit que Clark allait préparer le gâteau que j'aime. Avec de la crème au fromage ? Je lui ai répondu que je lui avais pardonné maintenant, toutefois je ne suis pas certain qu'il me croie pour l'instant. Mais j'aurai du gâteau, donc c'est tout bon.

— C'est… comment appellent-ils ça ? Gagnant-gagnant ?

— Oui. Et la mère de Jen apportera du poulet avec une marinade adobo.

David gémit.

— C'est si bon. Les côtelettes de Gary sont excellentes également. Et ces ailes que nous avons eues cette fois-là… celles qui étaient désossées ? J'ai faim rien que d'y penser.

Il ramassa une des petites pierres près de son pied et la jeta au bas de la colline. Sous eux se trouvait Bernal Heights avec ses ruelles étroites et ses maisons accolées les unes aux autres. Il imagina qu'il pouvait voir le toit de la maison de Jen et d'Aaron, même s'il n'y avait aucun moyen qu'il reconnaisse laquelle c'était.

— Danielle m'a laissé un message pendant que j'étais en cours.

David inspira brusquement.

— Et ?

Isaac lui aurait certainement parlé tout de suite si c'était une mauvaise nouvelle, non ?

— Nathan est en totale rémission. Ses cheveux ont presque tous repoussé et il ressemble de nouveau à un Amish. Il te salue.

— C'est incroyable !

David voulait éclater de joie.

— Je sais.

Le sourire d'Isaac s'évanouit.

— Elle ne le reverra plus à moins qu'il ne tombe de nouveau malade. J'espère que Mère et Père le laisseront m'écrire comme ils l'ont promis.

— Je suis sûr qu'ils le feront.

David posa une main sur la cuisse d'Isaac.

— Des nouvelles d'Éphraïm ?

— La dernière fois que June en a entendu parler, il n'était pas parti. J'ai reçu une lettre de Mervin. Elle était courte, mais il paraissait aller bien. Il prévoit toujours d'épouser Sadie après les récoltes. Il dit que son frère va certainement le proposer aussi à Mary bientôt. Leur histoire est sérieuse maintenant.

— Bon. Peut-être que Mary nous écrira bientôt pour nous annoncer la bonne nouvelle.

Sa seule lettre avait parlé de choses communes, comme Eli déchirant son pantalon durant la construction d'une grange et Sarah apprenant comment écrire son alphabet en lettres cursives. Toutefois, ce qu'elle avait écrit – adressant la lettre aussi bien à Isaac qu'à lui – lui tenait à cœur.

Ils s'appuyèrent l'un sur l'autre un petit moment tandis que le soleil dansait avec les nuages.

Isaac se redressa.

— Oh, as-tu vu le message qu'Anna a envoyé sur Facebook ? Les Parker lui ont donné son après-midi pour venir à la fête de Jen demain.

Une vague de chaleur inonda la poitrine de David.

— Bien. Cela fait deux semaines. Elle me manque. C'est gentil de leur part.

— Ils disent qu'elle est la meilleure nounou à domicile et femme de ménage qu'ils aient jamais eue, et que lui accorder son après-midi était le moins qu'ils pouvaient faire. D'après Anna, du moins.

David éclata de rire.

— Non pas qu'elle soit partiale.

— Pas du tout…

— J'ai vu qu'un garçon lui parlait sur un de ses posts. Je me demande si elle l'amènera à la fête.

Isaac lui envoya un coup de coude moqueur.

— Tu vas devoir afficher un regard désapprobateur de grand frère et l'effrayer.

Puis il soupira et redevint sérieux.

— J'aurais aimé qu'Éphraïm soit venu avec elle.

— Je sais. Pour ton propre bien et celui d'Anna. Je pense qu'il lui a un peu brisé le cœur en fin de compte.

— Je crois que oui. Il ne semble pas savoir ce qu'il veut encore. Je suppose que c'est bien qu'il ne se précipite pas. Je devrais être heureux qu'Anna parle avec les garçons. Bien que je dois admettre qu'une partie de moi espérait qu'ils viendraient tous les deux ici, qu'ils finiraient par se marier et avoir des enfants pour que nous puissions devenir des oncles.

— Ils le peuvent encore. Ce serait génial, non ? Cela me manque de ne pas avoir d'enfants autour de moi.

Soudain, il pensa à Sarah, son visage pressé contre la fenêtre lorsqu'il était parti, Elizabeth et Rebecca juste derrière elle.

— Moi aussi. J'espère qu'Aaron et Jen ne vont pas attendre trop longtemps.

David observa l'ensemble silencieux des rues et des immeubles, des voitures et des gens invisibles vaquant à leurs occupations lointaines.

— J'aime la ville vue d'ici. C'est calme. Tout ce bruit se fond jusqu'à ce que ce soit paisible en quelque sorte. Presque comme la campagne.

Il ferma les yeux tandis que le soleil perçait les nuages. Les bras nus d'Isaac effleurèrent le sien et David inhala profondément. Cela avait été une dure semaine de labeur et il attendait impatiemment le week-end. Il avait le bureau à faire, mais avec l'aide d'Isaac, cela ressemblerait à peine à un travail.

— J'étais en train de réfléchir…

David ouvrit un œil.

— Oh… oh…

Isaac le poussa du coude en riant.

— Je pensais…

Il prit une profonde inspiration.

— Je pensais que, peut-être, l'année prochaine, quand nous aurons économisé assez d'argent, nous pourrions nous chercher notre propre maison.

Le cœur de David sursauta.

— Vraiment ?

— Ouais. Aaron et Jen refusent toujours que nous leur payions un loyer, et j'ai songé que si nous continuions à économiser et que je t'aidais au travail dès que je le pouvais, nous pourrions trouver un endroit, juste pour nous.

— Tu travailles déjà beaucoup plus. Et qu'en est-il de l'école ?

Ne t'excite pas tout de suite. Ne t'excite pas. Son souffle s'accélérait déjà.

— Les cours d'été m'ont beaucoup aidé. Je n'ai plus l'impression d'avoir autant de retard désormais. Si nous travaillons tous les deux sur tes commandes, pense à combien nous pourrons économiser plus vite. J'aurai toujours besoin de temps pour faire mes devoirs et suivre mes cours, cependant, ils ne seront plus aussi intensifs qu'ils l'ont été. C'est le mot que Monsieur Silverstein a utilisé. Ce ne sera pas aussi dur.

Se mordant la lèvre, il hésita.

— Ne voudrais-tu pas que nous vivions ensemble, sans personne d'autre ?

— Bien sûr !

David sourit tout en l'imaginant. Leur propre maison.

— Nous pourrions construire tout le nouveau mobilier. Notre lit, comme nous en avons déjà parlé. Et une table de salle à manger. Nous pourrions cuisiner davantage même.

Isaac se lécha les lèvres, hochant la tête avec excitation.

— Un endroit avec un garage, pour que tu n'aies plus à travailler dans cette boîte à chaussures avec la musique de rappeurs d'Alan, à côté.

— Je m'y suis habitué à présent. Enfin, presque.

— Tu mérites ton propre espace. De telle manière que tu l'aimeras.

David enroula un bras autour des épaules d'Isaac.

— Merci. Nous ne pourrons pas nous permettre quelque chose comme ça en ville. Certainement pas avec un garage.

— Je pensais que nous pourrions chercher en dehors de la ville.

David cligna des yeux, ayant de la peine à y croire.

— Déjà ? Mais et ton école ?

— Nous pourrions déménager quelque part d'un peu plus paisible, mais assez proche du BART. Ce ne serait pas la campagne, pas encore. Ainsi, nous aurions un peu plus d'espace et de tranquillité. Tu vas obtenir ton permis dans quelques semaines aussi.

— Si je le passe, bien sûr.

— Tu le feras. Tu t'es entraîné si fort. Alors, qu'en penses-tu ? Le veux-tu ?

— Eh bien…

Son cœur palpitait. Il n'avait pas osé espérer être en mesure de déménager avant des années.

Isaac lui adressa ce que Jen avait surnommé son expression de chien battu : lèvres aplaties formant une ligne, le menton baissé avec un haussement de sourcils.

— D'accord, oui. Tout à fait. Toutefois, tu devras prendre ce train, aller et retour chaque jour. Cela pourrait te faire perdre du temps.

Pourtant, son sentiment d'excitation picotait la peau de David.

— Quelle corvée de voyager en train tous les jours… Bouhou, pauvre de moi…

Isaac sourit.

— Ce sera le meilleur des deux mondes. Tu pourras créer ton propre atelier dans notre garage et nous aurons une maison. Nous devrons louer quelque chose pour commencer, et ce ne sera pas bien grand, et ce sera à nous. C'est super de vivre avec Aaron et Jen, mais… ne serait-ce pas génial ? Notre propre maison ?

Isaac fit courir sa main sur la cuisse de David.

Hochant la tête, celui-ci voulait se lever et crier de joie, cependant il savait qu'ils ne devaient pas précipiter les choses.

— Je ne sais pas quand nous aurons l'argent.

— En fait, je suis allé voir Logan à son bureau aujourd'hui. Tu sais, l'ami de Clark et Dylan qui s'occupe d'affaires financières ? Il veut nous rencontrer tous les deux, et il a dit qu'il pourrait nous aider à monter un dossier de financement. Avec un budget, des objectifs et ce que nous pourrions mettre de côté chaque mois. Je pense que ce serait bien d'avoir un budget prévisionnel mis par écrit. Il y aura peut-être des graphiques colorés aussi.

Il se mit à rire.

— C'est idiot, mais cela les ferait paraître plus officiels.

— Un plan.

David réfléchit à la proposition.

— J'aime ça. Et si nous ne pouvons pas nous le permettre cette année, ce sera peut-être pour l'année prochaine. Ce n'est pas si long. Tu seras alors prêt à aller à l'université.

Isaac hocha la tête avec enthousiasme.

— Aaron pense que je pourrais obtenir une de ces bourses si je réussis bien mes examens. Il dit que j'ai un bon projet.

David se retrouva à sourire et il embrassa bruyamment Isaac.

— C'en est un. C'est mon préféré, en fait.

Il se répéta leur idée. *Notre propre maison.* Puis une autre pensée traversa son esprit. *Peut-être qu'un jour, nous serons père et que nous pourrons avoir une famille qui sera juste à nous.*

Il s'écoulerait des années avant que cela puisse se produire, mais l'idée prit racine en lui, s'enfonçant profondément. Il embrassa la joue d'Isaac.

— Je pense que c'est un bon plan, *Eechel.*

Isaac se mit à rayonner.

— Il nous faudra travailler dur, mais nous pouvons y arriver.

— En effet.

Ils pouvaient le faire. Ils le *feraient.*

— Et pour ce soir ? Que proposes-tu ?

— Je ne sais pas.

Isaac se pencha vers lui et poussa un soupir de contentement avant de prendre sa main et de jouer avec ses doigts.

— Veux-tu rester ici pendant un moment ?

David accepta et ils regardèrent un navire en mer avancer au-dessus des vagues, devenir de plus en plus petit tandis qu'il quittait le port pour atteindre l'horizon.

FIN

Note de Keira—et téléchargez votre histoire bonus gratuite !

Merci infiniment d'avoir lu *Trouver son chez-soi* et d'avoir accompagné David et Isaac pendant leur aventure. Je vous serais reconnaissante si vous pouviez prendre quelques minutes pour laisser un avis sur Amazon, Goodreads, Bookbub, réseaux sociaux, où il vous plaira ! Quelques phrases seulement pourront aider d'autres lecteurs à découvrir la série.

Keira
<3

Ps : Retrouvez Isaac et David dans un bonus gratuit !

Un Noël sexy et délicieux entre Isaac et David.

Vivant dans le monde « Anglais », Isaac et David ont laissé derrière eux la communauté Amish rigide et isolée où ils avaient découvert pour la première fois leur amour interdit. Demeurant chez le frère d'Isaac à San Francisco, ils aspirent à avoir leur propre maison… et leur propre lit.

Alors qu'ils font l'expérience des lumières brillantes de la nativité, du Père Noël et de sa magie pour la première fois de leur vie, pourront-ils réaliser leur vœu le plus cher ?

Lisez maintenant !

Continuez à lire pour avoir un avant-goût d'une autre romance MM brûlante !

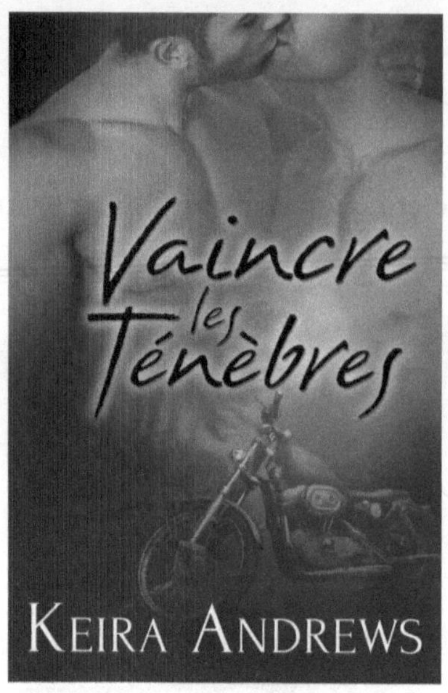

Pour affronter l'Apocalypse Zombies, ils doivent d'abord survivre.

L'étudiant de première année, Parker Osborne, passe la pire journée de sa vie. Il s'est humilié en essayant de draguer un gars mignon, il ne s'est fait aucun ami à l'université, et son stupide enseignant auxiliaire lui a donné une mauvaise note. Il va laisser tomber le cours de Cinématographie d'Adam Hawkins et il va reprendre demain du bon pied après avoir bien boudé.

Mais Parker est sur le point de découvrir à quoi ressemble une vraie pire journée – s'il peut survivre cette nuit.

Un virus s'est répandu, transformant les personnes infectées en des zombies tueurs. Quand ces monstres impitoyables ravagent rapidement le campus, Parker n'arrive à s'en échapper que grâce à l'aide d'Adam, qui le prend à l'arrière de sa fidèle moto. Maintenant, ils fuient — coincés l'un avec l'autre.

Quand ils ne se disputent pas, ils combattent les infectés dans une bataille sanglante pour survivre. Leur seul espoir est de se diriger vers l'Est pour rejoindre la famille de Parker, mais l'orphelin Adam possède un lourd secret que Parker n'acceptera peut-être pas : c'est un loup-garou. Peuvent-ils avoir assez confiance en l'autre pour trouver une quelconque lumière en ces jours sombres ?

Lisez maintenant !

Quand deux étrangers sont piégés par une tempête de neige, la chaleur monte.

Hanté par ce qu'il a perdu en Afghanistan, le Capitaine Jack Turner se retrouve à la croisée des chemins. Même si le dernier endroit où il veut être, c'est l'Arctique, la mission de routine le sort au moins de son nouveau bureau. Parti du mauvais pied avec le Ranger Canadien qui le guide à travers ce territoire interdit et dangereux, Jack aurait voulu être n'importe où ailleurs que dans la tente qu'il partage avec le Sergent Kin Carsen.

L'Arctique fait partie de l'âme de Kin, et il n'arrive pas à laisser la toundra derrière lui. Il aurait voulu vivre en tant qu'homme ouvertement gay, mais le Nord n'est pas aussi tolérant que le reste du Canada. Bien qu'il soit seul, il aime son travail de Ranger, patrouillant dans ce vaste territoire qu'il connait si bien. Toutefois, il est en terrain inconnu lorsqu'il s'agit de Jack, et quand ils se retrouvent coincés ensemble par une tempête de neige, un désir inattendu commence à s'enflammer. Bientôt, luttant pour survivre, tout ce que ces deux étrangers ont, c'est l'un l'autre.

Lisez maintenant !

La lettre d'information mensuelle de Keira vous tiendra informé de ses dernières sorties et des nouvelles sur le monde de la romance MM. Vous aurez également accès à des extraits exclusifs, des lectures gratuites et bien plus. Rejoignez sa liste aujourd'hui et vous serez automatiquement inscrit pour l'un de ses concours mensuels.

Inscrivez-vous ici !
www.subscribepage.com/KAnewsletter

Site web:
www.keiraandrews.com

Facebook:
facebook.com/keira.andrews.author

Groupe de lecture Facebook:
bit.ly/2gpTQpc

Instagram:
instagram.com/keiraandrewsauthor/

Goodreads:
bit.ly/2k7kMj0

Page Amazon:
amzn.to/2jWUfCL

Twitter:
twitter.com/keiraandrews

BookBub:
bookbub.com/authors/keira-andrews

À propos de l'auteur

Après avoir écrit pendant des années, et n'avoir jamais vraiment trouvé la juste inspiration, Keira a découvert sa voie dans la romance gay, qui est devenue une passion. Elle écrit du contemporain, de l'historique, du paranormal et de la fiction fantasy, et – bien qu'elle aime angoisser ses lecteurs tout au long du roman – Keira croit fermement aux fins heureuses. Comme Oscar Wilde l'a dit une fois : « Le bien finit bien, et le mal finit mal. C'est ce que veut dire la fiction ». Vous pouvez trouver Keira et ses livres sur son Site, sur Facebook et sur Twitter.